KB211541

아빠차 오빠차 아니고
언니차

아빠 차, 오빠 차 아니고 언니차

ⓒ 이연지 2025

초판 1쇄	2025년 03월 05일
초판 2쇄	2025년 04월 07일

지은이	이연지

출판책임	박성규	펴낸이	이정원
편집주간	선우미정	펴낸곳	도서출판 들녘
기획이사	이지윤	등록일자	1987년 12월 12일
편집진행	김혜민	등록번호	10-156
디자인진행	한채린	주소	경기도 파주시 회동길 198
편집	이동하·이수연	전화	031-955-7374 (대표)
디자인	조예진		031-955-7389 (편집)
마케팅	전병우	팩스	031-955-7393
경영지원	나수정	이메일	dulnyouk@dulnyouk.co.kr
제작관리	구법모		
물류관리	엄철용		

ISBN	979-11-5925-950-0 (03810)

값은 뒤표지에 있습니다. 잘못된 책은 구입하신 곳에서 바꿔드립니다.

여성 운전 독립 가이드북

아빠차 오빠차 아니고

언니차

이연지 지음

목차

마차와 바비인형

어릴 적, 고모부께서 해외에 다녀오시면서 저와 사촌 남동생을 위해 선물을 사다주셨습니다. 서부 개척 시대 마차 모형과 금발 바비 인형이었어요. 하나씩 고르라고 하셔서, 저는 마차를 골랐습니다. 사촌 동생은 바비 인형을 가지고 싶지 않다고 울었습니다. 하지만 저도 질 수는 없었습니다. 마차가 훨씬 마음에 들었으니까요. 사촌 동생은 끝까지 바비 인형이 싫다고 떼를 써서, 결국 둘 다 제가 가지게 되었습니다. 고모부도 그렇게 될 줄은 모르셨겠지요.

많은 이야기가 고향에서 시작해서 먼 곳으로 갔다가 고난의 여정을 거쳐 돌아오는 것으로 끝납니다. 홀로 시작한 여행에서 동료를 만나 모험하며 어려움을 극복하고 영광스럽게 귀환하는 이야기들 말입니다. 이런 이야기들은 제게 '모험'에 대한 동경을 품게 했습니다. 비록 어린 시절의 저는 멀리 '떠난' 적은 없었지만요. 작은 뒷산을 탐험하며 괜히 없던 길을 가던 기억과, 집에서 멀리 떨어진 곳까지 두 시간씩 걸어서 다녀오곤 했던 초등학교 시절. 아마 많은 어린이가 그러했듯 저는 로빈슨 크루소 같은 이야기들에 가슴이 두근거렸습니다. 벌판이라는 단어에 걸맞는 풍경을 본 적은 없지만 마음에는 늘 평원을 지니고 있었습니다. 제 마음속 평원에는 끝없이 달리는 적토마와 백만 대군, 반지 원정대의 빛나는 날개가 달린 말이 있었습니다. 아름답고 위엄 있는 말이었지요. 말을 탄 이에게 초인적인 힘이 생기도록 도와주고, 폭풍처럼 질주할 수 있게 해주는 말. 말은 마치 영웅의 일부 같았어요. 지치지 않는 힘, 거침없이 더 넓은 곳을 향하는 도전 그 자체를 보여주는 것 같았습니다. 많은 자동차 브랜드가 말의 이미지를 가져다 쓰는 이유도 여기에 있을 것입니다.

많은 어린이가 부모님의 기대 아래 모험심과 탐구심을 키워주는 이야기를 보며 자랍니다. 친구들끼리만 아는 비밀 기지와 자동차 장난감도 빼놓을 수 없지요. 여러분의 어린 시절이 전부 저와 같지는 않겠지만, 조각조각 비슷한 추억들이 있을 것입니다.

마차를 선택한 어린이가 그 뒤로도 쭉 좋아하는 것들을 선택하며 성장하고, 스무 살이 되자마자 기다렸다는 듯이 면허를 따고, 한 푼씩 돈을 모아 차를 사고, 하고 싶던 일들을 무탈하게 하다 이렇게 책을 내기까지 이르렀다면, 매끈하고 근사한 이야기가 되었겠지요. 하지만 현실은 동화처럼 풀리지 않았습니다.

당연하다는 듯이 저에게 준비되었던 바비 인형을 선택하지 않았을 때, 저는 동생에게 마차를 '양보'하지 않은 '배려심 없는 누나'가 되었습니다. 저는 가지고 싶은 것을 가졌지만, 이후로 그 마차를 보면 어쩐지 죄책감이 들어 마음 편하게 기뻐하지 못했습니다. 저는 제 것이 아닌 선물을 빼앗았던 겁니다. 고모부께서는 너무나도 당연히 제가 인형을 고를 거라고 생각하셨겠지요. 그래서 두 선물을 모두 보여주며 고르라고 하셨을 겁니다. 제가 마차를 고르자 크게 당황하시던 모습이 떠오릅니다. 그렇게 은연중에 잘못된 느낌을 받으면서도 저처럼 마차를 갖고야 마는 어린이도 있지만, 어떤 어린이는 '양보하는 착한 어린이'가 되기 위해서 바비 인형을 고르게 될 거예요.

여성으로 살아가는 동안, 이런 일들이 차곡차곡 퇴적되지 않았을까 생각해봅니다. 운전에 대한 생각도 마찬가지고요. 세상은 우리에게 공평하게 '선택'할 자유가 있는 것처럼 이야기합니다. 하지만 여자아이가 '인형'이 아닌 '자동차'를 고르면 당황하고, '소꿉놀이'나 '분홍색'에 관심이 없으면 몇 번 더 권해보다가 별난 아이라는 듯 포기했다는 표정으로 바라봅니다. 그렇게 어딘가 어긋난 기분으로 자랐기 때문에 여성들은 이제는 자동차를 보면서도 어쩐지 '내 것'이 아닌 것 같다고 느끼게 된 것은 아닐까요? 우리는 그동안 '남다른' 선택으로 모두를 걱정시키고 놀래키는 대신, 조수석이나 뒷좌석, 혹은 집안에 안전하게 있기를 암묵적으로 종용받았던 것은 아닐까요?

운전을 시작하고 나서야 알았습니다. 막차 시각이 얼마나 나를 구속했는지, 그토록 촘촘하게 방방곡곡 뻗어 있는 것처럼 보이던 대중교통이 운신의 폭을 얼마나 제약하고 있었는지를요. 자유에 대해 말하고, 그것을 추구하며 싸울 수 있다는 것은 굉장한 능력이자 행운입니다. 왜냐하면 어떤 자유는 이름이 없고 존재조차 알려지지 않아 영영 없던 것이 되고 말기 때문입니다. 운전도 그런 게 아닌지 생각합니다.

그래서 저는 제가 찾은 이 자유에 '이동 독립권'이라는 이름을 붙였습니다. '원하는 때에 원하는 곳으로 떠나고 돌아올 수 있는 힘'이라는 뜻으로 만든 말입니다. 면허를 따고 공유자동차를 빌려 처음 혼자 운전하러 나갔던 때가 생각납니다. 4층 주차 빌딩에서 10분 넘게 진땀 흘리며 씨름한 끝에 구불구불 굽이진 통로를 겨우 빠져나왔습니다. 그리고 1층 주차장 출구 앞에서 생각했습니다. '이제 어디로 가지?'

그동안은 남이 운전하는 차에 타기만 했기에 어디를 어떻게 갈지 생각할 필요가 없었던 겁니다. 실소가 터져나왔어요. 동시에 생각했습니다. '이제부터 마음만 먹으면 부산까지도 얼마든지 갈 수 있어.' 차는 빠르고 나는 운전할 수 있으니, 어디를 가든 정말로 아무런 문제가 없었습니다. 수많은 길을 생각하면 막막하기도 했지만 자유로운 느낌이 들었습니다. 여러 길 중에서 갈 길을 선택할 힘이 제게 있으니까요. 그날은 문득 근처에 새로 개점한 가게를 떠올리고서 그리로 차를 몰아 갔던 기억이 납니다.

'언니차'는 '오빠 차' '아빠 차'가 아닌, 스스로 운전하는 여성을 위해 만든 프로젝트팀입니다. 지난 2020년 초 여성가족부의 청년 성평등문화 추진단 사업에 선정되어 활동했고, 지원 기간이 끝난 지금도 경정비 클래스와 세차모임, 사고 시 대처법과 안전운전 및 내 차 관리 워크숍 등의 프로그램을 운영하고 있습니다. 자동차 이야기는 물론 스스로 운전하는 삶에 관심 있는 여성과 늘 함께하고자 합니다. '언니차 프로젝트'에 대한 신문 기사와 영상이 공개된 뒤, 이런 댓글이 달렸습니다.

"여성 이동 독립권이라니? 누가 여자를 묶어놓았나?"

정말 의아한 듯한 말투에 그 내용과는 상관없이 웃어버렸던 기억이 납니다. 2020년대를 살아가는 지금, 물론 대한민국 여성들은 얼굴을 가리지 않고 바깥에 나갈 수 있습니다. 운전면허를 딸 수 있고, 차도 소유할 수 있습니다. 자유가 주어진 듯합니다. 하지만 '언니차 프로젝트'를 하며 만난 여성들의 이야기는 달랐습니다. 모두 한 방향에 놓여 있었습니다. 운전면허 학원을 찾아가 1종 면허를 따고 싶다고 하면 "여자분이 1종 면허를 따시게요?"라는 질문을 듣습니다. 친구나 지인의 반응도 크게 다르지 않습니다. 1종이든 2종이든 등록하고 싶은 사람 마음인데, 그게 마치 유별난 행동이라도 되는 것처럼 그 이유를 설명하고 납득시켜야 하는 겁니다. 1종 자동차는 몰기 어려워서 그런다고요? 그럼 여성은 어려운 것을 못하는 사람일까요?

저 또한 1종 대형 면허를 접수하러 갔을 때 대번에 "대형 어려운데, 왜 따세요?"라는 말을 들었습니다. 그 뒤에도 질문은 계속되었습니다. "여성분이 대형 면허 따서 뭐 하시게요?" 내가 왜 해명을 해야 하는지 이해가 되지 않았고, 결국 그날은 질려서 집으로 돌아왔습니다. 물론 후에 대형 1종을 한번에 합격하기는 하였지만, 이런 식으로 여성에게 1종 면허 취득을 만류하거나 의문을 제기하는 운전면허 학원이나 친구, 지인에 대한 이야기가 '언니차' 트위터에서도 수천 회 공유되었고, 비슷한 사연이 끝없이 이어졌습니다.

차를 사는 과정에서도 마찬가지였습니다. "남성 딜러가 차량 구매자인 나를 보며 설명하는 것이 아니라 동행인 남성을 보며 이야기했다."라든가, 시승 차량을 가져오기로 했는데 상담한 것보다 사양이 낮은 차량을 가져와서는 "여자분에게는 이 정도 차도 충분하다."라고 했다는 이야기들이었습니다. 이러한 사연에는 공통점이 있었습니다. 여자에게 작은 차를 권하려 하고 여성을 결정권자로서 존중하지 않으려 하는 태도입니다.

즉 나 한 사람이 운이 나빠서 불친절한 사람을 만난 바람에 벌어진 일이 아니며 대다수 여성이 겪고 있는 문제라는 것입니다. 단순히 '내가 예민해서 그런 걸지도 몰라.' 하고 넘어갈 일이 아니라는 이야기입니다. 짐작은 했지만, 한번 터져나오기 시작하자 이야기는 끝을 모르고 이어졌습니다. 저는 그 사례들의 양에 놀랐고, 사람과 상황은 달라도 결국 뻔한 양상으로 여성 운전자를 도외시하는 것에 한 번 더 놀랐습니다.

운전은 이미 여성에게 평등하게 열려 있는 것처럼 보이지만, 사실은 어떤 영역보다도 여성에 대한 텃세가 심한지도 모릅니다. '언니차'라는 이름을 걸고 활동한 지도 어느덧 6년 차가 되었습니다. 여전히 여성인 제가 자동차 이야기를 하는 것에 어깃장을 놓는 남성이 있습니다. 왜일까요? 저를 통해 여성들이 운전에 능숙해진다면 그들이 말하는 '김 여사'가 줄어드니까 도리어 환영해야 하는 일이 아닐까요?

그 이유는 알 만합니다. 위의 사연들처럼 너무도 똑같이 반복되는 여성 운전자를 경시하는 태도, 차별의 존재를 부인하고 싶은 겁니다. "운전면허 시험장에서 여성 운전자를 비하하는 일은 일어나지 않는다. 있다 해도 여자는 원래 운전을 못하기 때문에 어쩔 수 없다." "'김 여사'는 유난히 운전을 못하는 일부 여성에게나 하는 말이지 여성 전체를 비난하는 말이 아니다." 하지만 정말 그렇다면 왜 간혹 인터넷에 어처구니 없는 사고 영상이 올라올 때마다 냅다 '김 여사'라며 욕할까요? 운전자가 남성인지, 여성인지 보이지도 않는데요.

"여자는 공간지각력이 부족해!"

"직접 운전하시게요? 여자라면 옆자리에 앉아서 대접을 받아야죠."

이러한 말들 속에서 여성은 운전에 가까워질 기회를 잃어갑니다. 도로 위에서 여자인 것을 알고 일부러 거칠게 행동하는 남성 운전자들에게 위축되어 자신감을 잃고, 자기가 잘못해놓고 냅다 큰 소리를 치는 남성에게 주눅들게 됩니다.

즐겁게 그림을 그리고 있는데 누군가가 '그따위로 그릴 거면 그림을 그리지 말라'고 끊임없이 압박한다면 계속하고 싶을까요? 아직 운전에 익숙해지지 않은 상태에서 자동차를 다루는 데 필요한 정보를 얻으려 하면 추가적인 감정적 고통이 동반됩니다. 자동차와 운전에 대한 접근성은 떨어지고 실직적인 이동 독립권을 보장받지 못하는 셈입니다.

무턱대고 "면허만 따면 운전을 잘할 수 있습니다."라고 말하기란 어렵습니다. 잘 모르더라도 일단 부딪쳐가며 배워도 좋지만, 말 그대로 '부딪쳤다가' 지갑으로 뼈아픈 대가를 치를 수도 있습니다. 여성 운전자라면 여기에 더해 따가운 눈총을 받고 주위의 걱정을 빙자한 만류("그러게 내가 하지 말라고 했잖아" 등)까지 진탕 듣게 됩니다.

우리나라에서 최초의 운전면허가 발급된 것은 1913년입니다. 그로부터 110여 년이 지난 지금까지도 운전면허를 딴 이후에 운전에 대한 실질적인 정보를 제대로 체득할 길이 없어 각자 눈물로 시행착오를 거치며 초보 딱지를 떼야 한다는 것은 참 이상하고도 비효율적입니다.

이 책을 만든 이유도 여기에 있습니다. 제가 지갑으로 대가를 치르며 배운, 그때 알았더라면 좋았을 정보와 이야기를 담았습니다.

버스처럼 정해진 노선이 아닌 길을 운전하며 새로운 곳을 발견하고, 노선에 맞춰 행선지를 정하는 것이 아니라 내가 가려는 곳을 먼저 정하고 경로를 찾아 움직이는 그 모든 순간이, 잊고 있던 마음속의 평원과 제가 가진 힘을 일깨워주었습니다. '어디든지 갈 수 있다.'라는 말이 글자 그대로 몸에 와닿았습니다. 저는 저처럼 어릴 적 '착한 아이'가 되기 위해 자신이 지닌 힘을 포기하는 줄도 모르고 포기했을 여성들을 위해, 미래의 여자 어린이들을 위해 이 글을 씁니다.

여성들이 얼마든지 가고 싶은 곳으로 모험을 떠날 수 있기를 바랍니다. 언제든 마음 가는 대로 훌쩍 떠났다가 다시 돌아올 수 있기를 바랍니다. 아직 늦지 않았습니다. 당장 오늘이든, 내일이든, 당신이 떠난다면 그때부터가 시작입니다.

1

첫 운전,
내 차부터 알아보자

우선 운전하려면 차가 있어야 합니다. 당연한 이야기입니다. 대부분의 면허 소지자가 면허를 취득하고도 '차가 없어서' 운전하지 못합니다. 내 소유의 차가 없어도 여러 대안이 있습니다. 가족의 차를 이용할 수도 있고, 공유 차량으로 운전을 시작할 수도 있습니다. 차를 빌렸을 때 어떻게 하면 좋은지에 대해서는 뒤에서 다루겠습니다. 우선 눈앞에 차가 있을 때 무엇부터 해야 하는지, 운전을 시작할 때 알아두어야 할 자동차와 도로의 기본에 대해 살펴보겠습니다. '운전'이라는 세계에서 최소한 알아야 하는 정보를 먼저 알아봅시다. 낯선 나라에 갈 때 그 나라의 인사말과 도시 이름부터 알아보는 것처럼 말입니다.

내 차의 제원과 특성

'차를 안다.'라고 하려면 무엇을 알아야 할까요? 여러 가지가 있겠지만, 그 중에서도 자가운전자 혹은 초보 운전자 입장에서 필요한 지식을 짚어보 겠습니다. 먼저, 다음 장 박스 빈칸에 내 차에 맞는 내용을 채워봅시다. 만 일 용어를 잘 알지 못하여 빈칸을 채우기 어렵더라도 걱정하지 마세요. 박 스 아래 설명을 보면서 천천히 적어봅시다.

답을 잘 모르겠다면 차량 구석 어딘가에 있을 내 차의 〈사용설명서〉 를 찾아보세요. 내 차에 대한 기본적인 지식이 담겨 있습니다. 만일 중고 차를 구입했거나 사용설명서가 없다면 인터넷에서 '모델명+사용설명서' 로 검색하는 것을 추천합니다. 제조사에서 제공하는 사용설명서 PDF파일 을 쉽게 찾을 수 있습니다.

다음 '프로필'은 차 제원 일부입니다. 차량 제원에는 마력, 토크, 출력,

전장, 축거 등 더 많은 정보가 있습니다. 이에 대해서는 뒤에서 더 알아보기로 하고, 내 차의 프로필을 한번 작성해봅시다. 무슨 말인지 잘 몰라도, 차량 사용설명서와 자동차등록증을 차근차근 살펴보면 충분히 완성할 수 있습니다.

내 차 프로필 작성하기

Q. 내 차의 모델명은? (예: 쏘나타 DN8)

_____

Q. 내 차의 연식은? (예: 2025년식)

_____

Q. 내 차의 유종(동력원)은? (예: 휘발유, 경유, 가스, 전기, 수소 전기, 하이브리드 등)

_____

Q. 내 차의 배기량or출력은? (예: 1998(통칭 2000)cc, 전기차의 경우 220KW)

_____

Q. 내 차의 구동 방식은? (예: 전륜구동, 후륜구동, 사륜구동 등)

_____

Q. 내 차의 보증 기한과 조건은?

_____ 년, _____ km

좀 더 알아본다면?
Q. 내 차의 트림은 무엇일까? _____
Q. 내 차의 옵션은? _____

＊ **모델명:** 해당 차량을 다른 차 모델과 구별해주는 '차의 이름'입니다. 차명(이름) 또는 숫자, 영문 등으로 표기합니다.

＊ **연식:** 차량의 제조 연도 혹은 모델 형식 등을 뜻합니다. 차량은 제조 연도에 따라 외형이 다르거나 제원이 다르기도 합니다. 제조사가 중대한 고장 등을 무상 수리해주는 보증 기한은 제조 연도로부터 몇 년 혹은 몇만 킬로 이내로 한정되어 있으므로 제조 연도 혹은 일자를 알아두는 것이 좋습니다. 자동차등록증을 보거나 제조사 고객센터에 전화하여 차량 번호나 차대번호(자동차등록증에 있음)를 제공하면 알 수 있습니다.

＊ **유종(동력원):** 자동차의 동력원이 되는 연료의 종류를 말합니다. 동력원에 따라 차의 특성이 달라집니다. 기름을 잘못 넣었을 경우 엔진을 바꿔야 할 정도로 문제가 될 수 있으므로 꼭 알아두어야 합니다.

＊ **배기량/출력:** 과거에 기름을 원료로 한 내연기관만 있을 때는 배기량 개념만 존재했습니다. (내연기관은 기름 등 연료를 엔진 '내부'에서 불태운 에너지로 작동하는 기관 종류이다. 2035년부터 서울시에서는 탈석탄 에너지 흐름에 따라 내연기관의 신규 등록이 종료될 예정이다.) 이제는 전기 모터를 사용하는 자동차가 등장했기 때문에 출력이 더해져 현재는 배기량 또는 출력으로 나타냅니다. 배기량은 자동차등록증에 기재되어 있으며, 배기량이라는 개념은 연료를 직접 불태우는 내연기관에만 있습니다. 전기차 자동차등록증에

배기량이 있는 이유는, 그 란이 전기차 배터리의 정격 용량(Ah암페어)을 나타내는 칸이기 때문입니다. 기존 내연차량의 서식을 크게 바꾸지 못한 한계입니다. 전기차는 정격출력(kW/rpm)으로 모터의 출력을 나타냅니다. 배기량은 엔진에서 연료를 흡입하는 공간의 총 부피이며 배기량이 클수록 엔진의 힘이 강하고 연료 소모량이 커집니다. 보통 cc를 단위로 합니다.

배기량에 따라 엔진의 크기와 기통 수가 달라져 부품 개수나 엔진룸 안의 부품 배치가 달라집니다. 그랜저 3.5(3,500cc)와 2.5T(2,500cc 터보) 모델은 서로 외관이 비슷하지만 구조가 다릅니다. 대략적으로 엔진 실린더의 부피가 배기량이라고 할 수 있습니다.

＊ 구동 방식: 자동차 바퀴 네 개가 모두 엔진의 힘을 받아 회전하는 것이 아니며 앞바퀴 둘, 혹은 뒷바퀴 둘만 힘을 받는 경우가 있습니다. 네 바퀴 모두 힘을 받으면 사륜구동이라고 하고 앞바퀴 두 개가 힘을 받는 경우에는 전륜구동, 뒷바퀴 두 개가 힘을 받는 경우에는 후륜구동이라고 하며 네 바퀴 모두 엔진의 힘을 받으면 사륜구동이라고 합니다. 이외에도 일시 사륜구동, 상시 사륜구동 등으로 나뉘며 겨울철 미끄러지는 정도나 견인 방법에 차이가 있기 때문에 내 차의 구동 방식을 알아두어야 합니다.

- 전륜구동(FF: Front engine, Front wheel drive)은 후륜구동에 비해 겨울철에 덜 미끄러지지만, 고속인 상태에서 방향을 전환하기가 불리합니다. 또한 앞바퀴 위치가 엔진과 떨어지기 어려워 실내 넓이에 한계가 있습니다.

자동차 구동 방식

❶ 앞 엔진 앞바퀴 구동 방식(FF, 전륜구동)

❶ 앞 엔진 뒷바퀴 구동 방식(FR, 후륜구동)

❶ 사륜구동 방식(4WD)

❶ 중앙엔진 뒷바퀴 구동 방식(MR)

❶ 뒷엔진 뒷바퀴 구동 방식(RR)

- 후륜구동(FR: Front engine, Rear wheel drive)은 조향 바퀴(달리는 방향을 조종하는 바퀴)와 추진 바퀴(앞으로 밀고 나가도록 기능하는 바퀴)가 따로이기 때문에 정숙하고 유려한 조향이 가능합니다. 바퀴의 위치를 비교적 자유롭게 옮길 수 있어 실내 넓이가 넓다는 장점이 있지만 겨울철에 접지 능력이 떨어집니다.

- 사륜구동(4WD: 4Wheel Drive)은 주행 능력과 접지력 모두 우수하지만 연비가 다소 떨어질 수 있으며 차량 가격이 올라갈 수 있습니다. RR(Rear engine, Rear Wheel drive) 또는 MR(Mid engine, Rear wheel drive) 엔

자동차등록증

제 호   최초등록일: 년   월   일

① 자동차등록번호		② 차 종		③ 용 도	
④ 차 명		⑤ 형식 및 연식			
⑥ 차 대 번 호		⑦ 원동기형식			
⑧ 사 용 본 거 지					
소 유 자	⑨ 성명(명칭)		⑩ 주민(법인) 등록번호		
	⑪ 주소				

「자동차관리법」 제8조에 따라 위와 같이 등록하였음을 증명합니다.

년   월   일

등록관청명   인

----

1. 제 원				4. 검사유효기간*				
⑫ 제원관리번호(형식승인번호)				㉙ 년,월, 일부터	㉚ 년,월, 일까지	㉛ 검사 시행장소	㉜ 주행 거리	㉝ 검사책 임자 확인
⑬ 길 이	mm	⑭ 너비	mm					
⑮ 높 이		⑯ 총중량	kg					
⑰ 배기량	cc	⑱ 정격 출력	Ps/rpm					
⑲ 승차정 원	명	⑳ 최대 적재량	Kg					
㉑ 기통수	기통	㉒ 연료의 종류	(연비: kg/L)					
2. 등록번호판 교부 및 봉인								
㉓ 구분	㉔ 번호판 교부일	㉕ 봉인일	㉖ 교부대 행자확인					
3. 저당권 등록사실								
				※ 주의사항: ㉙항 첫째란에는 신규등록일을 기재합니다.				
※ 기타 저당권등록의 내용은 자동차등록원부 (을)를 열람·확인하시기 바랍니다.				비고 -자동차 출고(취득) 가격(부가세 제외):				

❶ 자동차등록증은 사람으로 치면 주민등록증과 같다.

첫 운전, 내 차부터 알아보자

진은 후륜구동의 장점과 전륜구동의 접지력을 갖추어 역동적 주행이 가능하나 엔진으로 인해 실내 공간이 협소해져서 고성능 스포츠카 등에 쓰입니다.

＊ **보증 기한과 조건**: 보증 기한 내에 차량 중요 부품 등이 고장 나면 제조사가 무상으로 수리해줍니다. 내 차의 보증기간을 모른다면, 차량 제조사에 전화로 문의하거나 홈페이지 등에서 차대번호로 조회하면 알 수 있습니다. 차대번호가 궁금하다면 자동차등록증을 확인하거나, 자동차 운전석 발치의 B필러(필러는 차량 지붕과 바디 사이에 있는 기둥을 말한다. B필러는 차체 중앙에 자리하고 있으며 센터 필러 혹은 사이드 필러라고 한다. 측면 충돌에 대한 충격을 분산하는 역할을 한다. 다음 장을 참고하자.) 등에 새겨져 있습니다.

여러분은 이제 정비소에 가서 당당하게 내 차에 대해 설명할 수 있게 되었습니다.

"○○○○년식 쏘나타 휘발유 2.0모델이요!"라는 식으로요.

───────────────┤ TIP ├───────────────

＊ 자가용 승용차는 자동차관리법에 의해 최초 4년, 그 이후 의무적으로 정기검사(종합검사)를 2년에 한 번씩 받게 되어 있다. 정기검사 유효기간이 '검사유효기간'에 기록된다. 만일 유효기간이 지나도록 자동차검사를 하지 않으면 과태료가 부과된다.
만약 중고차를 사려 한다면 자동차등록증의 '검사유효기간'을 꼭 살펴보자. 검사 유효기간이 지났다면, 중고차 상사가 과태료를 납부하였는지 확인해야 한다. 그렇지 않으면 내가 과태료를 납부하게 되므로 꼭 확인하도록 한다.

자동차의 내외부 명칭과 기능

이번에는 자동차 각 부분의 명칭을 알아봅시다. 정확한 명칭을 알고 무엇으로 어떻게 구성되는지 알아야 수리할 때도 파손 부위를 제대로 설명하고 정확히 소통할 수 있습니다. 또한 공식 명칭을 익혀두면 차에 문외한이라는 인상에서도 벗어날 수 있습니다. 이외 궁금한 점이 생기면 주변인에게 물어보거나 인터넷에 검색하는 등 바로바로 알아둡시다.

차량 외부 명칭

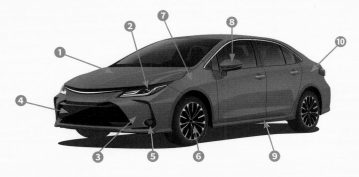

① _____   ⑥ _____
② _____   ⑦ _____
③ _____   ⑧ _____
④ _____   ⑨ _____
⑤ _____   ⑩ _____

Ⓐ _____   Ⓔ _____
Ⓑ _____   Ⓕ _____
Ⓒ _____   Ⓖ _____
Ⓓ _____   Ⓗ _____

위 사진을 보고 각 부분의 명칭을 적어봅시다. 아는 부분도 있고 모르는 부분도 있을 것입니다. 일단 아는 대로 적어봅시다. 명칭을 대략 알고 있어도, 공식 명칭이 아닌 경우가 있습니다. 아래를 보며 각 부분의 이름을 익히고, 낯설거나 기존에 알고 있던 것과 다른 점을 발견했다면 공식 명칭과 쓰임새를 알아둡시다.

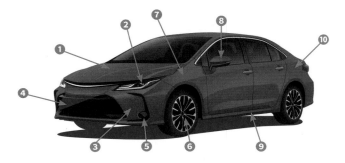

① **보닛:** 엔진룸을 덮은 철판 부위. 흔히 쓰는 본네트, 본넷 등은 표준어가 아니다.

② **헤드라이트, 하향등, 프런트 램프:** 전방을 비추는 램프로, 맞은편 운전자의 시야 보호를 위해 비추는 각도가 위쪽이 아닌 바닥을 향하고 있어 하향등이라고 한다.

③ **앞범퍼:** '프런트 범퍼'라고도 한다. 플라스틱 재질이며, 충돌 시 충격을 흡수하는 소모품이다. (표준어 규정상 '프런트'로 표기하나, 일부 자동차회사 등 현장에서는 '프론트'라고도 한다.)

④ **라디에이터 그릴:** 통칭 '그릴'이라고 한다. 전기차는 이 부분이 막혀 있기도 하다. 엔진의 과열을 막아주는 냉각수가 이 그릴 뒤에 있는 라디에이터(방열판)를 지나며 냉각된다.

⑤ **안개등:** 안개가 끼거나 눈·비가 많이 와서 시야가 확보되지 않을 때 켜는 등이다. 상향등처럼 빛이 위로 퍼지므로 평소에는 켜지 않는다.

⑥ **휠:** 바퀴의 금속 부분이다.

⑦ **(앞)펜더:** 앞범퍼 옆, 바퀴를 감싸고 있는 금속 부분이다. 마차의 흙받이 부분의 명칭이 전해진 것이다. 사고가 잦으나 명칭을 모르는 부분으로 치자면 이 부분이 첫 번째일 것이다.

⑧ **사이드 미러(옆거울):** 옆 차로와 측후방 등을 볼 때 쓰는 거울이다. 화면과 카메라로 이루어진 전자식 사이드 미러도 있다.

⑨ **사이드실:** 차체의 아랫면이자 아래에서 튀는 돌 등을 막는 부위다.

⑩ **(뒷)펜더, 쿼터 패널 :** 뒤쪽의 펜더는 쿼터 패널이 정식 명칭이지만 통칭 뒷펜더라고 한다.

Ⓐ **뒷범퍼:** 리어 범퍼 등으로 부른다. 충돌 시 충격을 흡수하는 소모품으로 플라스틱 재질이다.

Ⓑ **(후)미등, 리어 램프, 테일 램프:** 프런트 램프의 반대 개념으로, 뒤쪽의 붉은 등을 말한다. 일본식 발음으로 '데루등'이라고 부르기도 한다. 부품 검색 시에는 '리어 콤비네이션 램프' 등으로 찾으면 나온다.

Ⓒ **트렁크 리드:** 트렁크를 덮는 뚜껑 부분이다.

Ⓓ **배기구:** 머플러 팁이라고도 하며 연료가 연소되고 난 배기가스가 나오는 곳이다.

Ⓔ **주유구:** 기름을 넣는 곳의 덮개다.

Ⓕ **A 필러, B 필러, C 필러:** 창과 창 사이에 있는, 지붕을 받치는 기둥이다. 앞부터 A, B, C 순으로 부른다. 차량이 전복되었을 때 지붕이 내려앉지 않게 버티는 역할 등을 하며, 각 기둥의 안쪽에 에어백이 장착된 경우도 있다.

A필러   B필러   C필러

Ⓖ **루프 패널:** 차의 지붕 부분으로 이곳에 창문이 있으면 선 루프 등으로 부른다.

Ⓗ **1열, 2열 도어:** 앞문/뒷문의 정식 명칭이다.

차의 외부 명칭을 알고 나니, 어쩐지 차를 더 잘 알게 된 것 같지요? 실제로도 그렇습니다. 각 부분의 이름을 알게 되었다는 것은, 그 부분과 관련된 정보를 찾을 키워드를 얻은 것입니다. 이제부터는 해당 명칭으로 검색할 수도 있고, 정비소 등에서 소통하기에도 용이할 것입니다.

차량 내부 명칭

운전석에서 볼 수 있는 차량 내부 명칭과 기능을 알아보겠습니다. 차량 운전석과 센터페시아(대시보드 중앙에서 운전석과 조수석 사이에 있는 컨트롤 패널 보드)에는 차의 기능을 조절할 수 있는 다양한 버튼과 레버 등이 있으므로, 이들의 기능과 위치를 알아두어 차량을 손쉽게 다룰 수 있도록 합니다.

① **스티어링 휠(핸들):** 차의 진행 방향을 조절하는 장치로 둥근 부분을 림(Rim)이라 부릅니다. 가운데 부분에 경적을 울릴 수 있는 혼(Horn)이 달려 있습니다. 버튼식 기어가 있는 차량인 경우 스티어링 휠 뒤에 활 모양 패들이 있습니다. 이를 패들 시프트라고 하며, 몸쪽으로 당

기면 D기어 상태에서 수동 기어처럼 변속을 쉽게 할 수 있습니다.

② **리어 뷰 미러:** 흔히 백 미러라고 부르지만 정식 명칭은 리어 뷰 미러 또는 룸 미러입니다. 차량의 뒷 부분을 볼 수 있게 해 주는 거울입니다.

③ **풋 레스트:** 왼발을 두는 자리로 급커브 시 몸을 안정적으로 받치고 다른 페달을 잘못 조작하지 않도록 도와줍니다.

④ **선바이저:** 햇빛이 눈에 직접적으로 올 때 선바이저를 내려 햇빛을 가릴 수 있습니다. 선바이저의 한쪽 끝을 뽑아 옆 창문 쪽으로 돌리면 옆 창문의 빛도 가릴 수 있습니다.

⑤ **대시보드:** 운전석과 조수석 앞에 엔진룸과 승객 공간을 구별하는 부분으로 계기판과 센터페시아 등을 포함하고 있는 곳입니다.

⑥ **센터페시아:** 운전석과 조수석 사이의 대시보드 중앙부에 있는 각종 버튼 등이 모인 곳입니다.

⑦ **계기판:** 자동차의 각종 상태를 알 수 있는 부분입니다.

⑧ **기어레버:** 기어를 변속할 때 쓰는 레버로 최근 자동차는 버튼식이나 다이얼식, 칼럼(column)식으로 된 것도 있습니다. 기어레버가 버튼식이나 다이얼식으로 된 자동차는 스티어링 휠 뒤에 패들 시프트가 있어 수동 변속 모드를 지원합니다.

⑨ **글로브박스:** 조수석 앞에 있는 수납 공간으로, 차량등록증이나 작은 물건 등을 보관할 수 있습니다.

⑩ **콘솔박스:** 운전석과 조수석 사이에 있는 수납 공간으로 센터 콘솔이라고도 합니다.

버튼과 레버 살펴보기

센터페시아와 핸들, 운전석 주변에 있는 다양한 버튼의 기능들을 알아둡시다. 차량마다 버튼과 레버의 모양과 기능이 조금씩 다를 수 있으므로, 내 차량의 사용설명서를 꼭 살펴봅니다. 여기에서는 공통적인 것을 포함해 낯설 수 있는 버튼을 위주로 다루겠습니다.

시동 버튼

브레이크를 밟고 시동 버튼을 누르면 시동이 켜집니다. 기어가 P나 N에 있지 않다면 시동이 켜지지 않을 수 있으므로 확인합니다. 브레이크를 밟지 않고 시동 버튼을 한번 누르면 ACC(액세서리 on) 상태가 되며, 라디오를 켜는 등 전기 장치를 사용할 수 있습니다. 여기서 브레이크를 밟지 않고 시동 버튼을 한번 더 누르면 ON 상태가 되어 창문을 열 수 있고 시동 관

련된 모든 전기 장치가 활성화됩니다. 이때 브레이크를 밟아 시동 버튼을 눌러 시동을 켜주면, 한번에 시동을 켜는 것보다 기계에 안정적입니다. 최근 출시된 자동차들은 브레이크를 밟고 시동 버튼을 누르면 스스로 잠시 대기했다가 시동이 켜지도록 되어 있기도 합니다.

스티어링 휠

스티어링 휠(핸들) 안에도 다양한 버튼이 있습니다. 자동차 모델마다 배치와 기능이 많이 다르므로, 내 차의 사용설명서를 참고하도록 합니다. 대체로 스피커 볼륨 버튼, 라디오 채널 선택 버튼(유튜브나 음악 재생 앱에서 다음 곡 재생 기능을 같이 씀), 반자율주행 기능 버튼, 핸즈프리 통화 버튼, 계기판 클러스터 메뉴 선택 및 이동 버튼 등이 있습니다. 가운데에는 경적을 울릴 수 있는 클랙슨(klaxon, 경음기)이 있습니다. 또한 핸들에서 에어백이 나오므로, 핸들과 그 주변에는 아무것도 부착하거나 거치해서는 안 됩니다.

왼쪽 레버

왼쪽 레버에는 주로 등화 스위치가 있습니다. 레버를 돌리면 전조등과 안개등 등을 켤 수 있고, AUTO에 화살표를 향하게 두면 주변 밝기에 따라 자동으로 전조등과 미등이 켜지거나 꺼지므로 편리합니다. 이 레버를 앞 또는 뒤로 당기면 상향등을 켜고 끌 수 있습니다. 일부 외제 차의 경우 왼쪽 레버에 와이퍼 기능이 있기도 합니다.

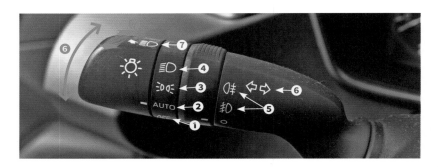

① **OFF(작동 정지):** 모든 조명이 꺼진 상태
② **AUTO(자동 켜짐):** 차량 주변의 밝기에 따라 조명이 켜지거나 꺼짐
③ **미등:** 자동차 후면의 테일램프가 들어옴
④ **전조등:** 자동차 전면의 헤드램프와 테일램프를 같이 들어오게 함
⑤ **전면 및 후면 안개등:** 가운데의 링을 돌려 안개등 작동
⑥ **방향지시등:** 방향지시등 작동
⑦ **상향등:** 헤드램프보다 멀리 비추는 상향등을 켜거나 끔(레버를 앞 또는 뒤로 밀거나 당김)

오른쪽 레버

오른쪽 레버에는 주로 와이퍼 작동 스위치가 있습니다. 레버를 몸쪽으로 당기면 워셔액이 나오고 와이퍼가 작동하며, 레버를 위 혹은 아래로 젖히면 '달칵' 걸리는 횟수에 따라 와이퍼의 속도가 달라집니다. SUV처럼 뒤쪽 창문에도 와이퍼가 있는 경우에는 레버에 'REAR'라고 적힌 쪽을 조작하여 움직일 수 있습니다. 차량마다 다르므로 내 차의 사용설명서를 참고합니다. 일부 외제 차는 오른쪽 레버에 기어 변속 컬럼이 있기도 합니다.

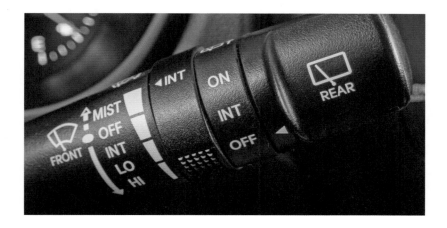

① **MIST:** 와이퍼 1회 작동, 워셔액 분사
② **OFF:** 와이퍼 작동 정지
③ **INT:** 와이퍼 간헐적 작동
④ **LO:** INT보다는 자주, HI보다는 느리게 와이퍼 작동
⑤ **HI:** 빠른 속도로 와이퍼 작동
⑥ **REAR:** 해당 컬럼을 돌려 후면 와이퍼 작동

패들 시프트

패들 시프트는 스티어링 휠(핸들) 뒤에 있는 반원형 모양의 패들로, 모든 차량에 있지는 않습니다. 몸쪽으로 패들을 당기면 기어 단수가 변속됩니다. 왼쪽 패들을 당기면 기어 단수가 내려가고, 오른쪽 패들을 당기면 기어 단수가 올라갑니다. 이러한 변속을 이용해 엔진 브레이크를 사용할 수 있으며, 가속 시 힘을 싣는 등 다양하게 사용할 수 있습니다. 전기차에서는 회생 제동의 단계를 조절하는 용도로 쓰입니다.

❶ 패들 시프트

스티어링 휠 위치 조절 레버

운전대 아래쪽을 보면 레버가 있습니다. 이 레버를 젖히면 스티어링 휠의 위치를 앞뒤, 위아래로 조절할 수 있습니다. 계기판이 가려지지 않도록, 핸들을 끝까지 돌려도 팔 관절이 약간 굽혀질 정도로 위치를 조절하면 됩니다. 핸들이 너무 가까우면 운전하며 핸들을 돌릴 때 팔이 몸통에 부대끼

🔵 스티어링 휠 위치 조절 레버

고 핸들 중앙에서 에어백이 나올 때 다칠 수 있으므로, 지나치게 가까이 조절하지 않습니다.

센터페시아 부분의 버튼들

최신 자동차들은 센터페시아 버튼을 터치스크린 형태로 바꾼 경우가 있습니다. 그러나 여전히 직접 누르는 버튼들이 있으니 알아봅시다. 차량마다 조금씩 다를 수 있지만, 비교적 공통적인 것을 모았습니다.

🔵 비상등 버튼

＊비상등 버튼: 비상등 버튼을 누르면 우리가 흔히 깜빡이라고 부르는 양쪽 방향지시등이 켜집니다. 차에 이상이 있거나 비상 상황일 때, 사고 등으로 긴급하게 정차해

야 할 때, 갑자기 감속하여 뒤차에 추돌 위험을 알릴 때, 감사나 사과 등을 표현할 때 등 사용합니다.

✲ 내기 순환 버튼: 내기 순환 버튼은 두 종류가 있습니다. 왼쪽처럼 내기 순환 모드를 켜면 작동되다가 끄면 외기 순환 모드가 되는 경우, 오른쪽처럼 외기 순환 버튼이 따로 있어 두 버튼을 선택하면 되는 타입이 있습니다. 내기 순환 버튼은 외부로부터 들어오는 공기를 차단하여 자동차 안의 공기가 내부에서만 순환하게 하는 버튼입니다. 터널에 들어갈 때, 앞차가 매연이 심할 때 등에 씁니다. 내기 순환 모드로 계속 다니면 실내 산소가 부족해져 졸음운전을 유발할 수 있으므로 외기 순환 모드로 다니다가 필요할 때만 전환하는 것이 좋습니다. 또한 비가 오거나 습한 날에 내기 순환으로 다니면 앞유리에 김서림이 심해질 수 있으므로, 외기 순환이 안전합니다.

🔼 내기 순환 버튼(ON)

🔼 외기 순환 버튼

＊앞, 뒷유리 김서림 제거 버튼: 자동차 앞뒤 유리에 김이 서려서 시야가 흐려질 때, 성에가 끼었을 때 등에 이 버튼을 눌러 김서림을 제거합니다. 부채꼴 모양이 앞유리 버튼이고 사각 모양이 뒷유리 버튼입니다. 둘의 기능이 조금 다르니 하나씩 알아보겠습니다.

앞유리 김서림 제거 버튼은 앞유리를 향하는 에어컨이 작동해 차가운 바람으로 앞유리에 맺힌 김서림을 제거합니다.

뒷유리 김서림 제거 버튼은 앞유리 하단과 사이드 미러, 뒤창 유리에 열선이 들어와 물기를 말리거나 김서

❶ 앞·뒷유리 김서림 제거 버튼

림을 없애고, 얼음도 제거할 수 있습니다. 뒷유리 김서림 제거 버튼이지만 뒷유리와 함께 사이드 미러와 앞유리 하단부 열선도 같이 작동한다는 것을 알아두면 편리합니다. 뒷유리에 김이 서릴 때, 눈이 와서 와이퍼가 얼어붙었을 때, 빗방울로 사이드 미러가 잘 보이지 않을 때 등 사용합니다.

운전석 주변의 버튼들

① **사이드 미러 접이 버튼:** 사이드 미러를 접었다 펼 수 있습니다.

② **사이드 미러 조절 버튼:** 사이드 미러의 거울을 상하좌우로 각도를 조절할 수 있습니다.

③ **중앙 도어 잠금/해제 버튼:** 전체 문을 열거나 잠글 수 있습니다. 혼자 운전할 때에는 차에 타자마자 전체 문을 잠그는 것이 안전합니다. 조수석으로 외부인이 침입할 수도 있으므로 주의합니다. 차종에 따라 외부에서 잠금 해제시 운전석만 열리도록 설정할 수 있습니다. '차일드 락 기능'이 있는 경우, 안에서는 뒷좌석과 조수석에서 문이 열리지 않도록 설정할 수 있습니다.

Ⓐ **전조등 각도 조절 스위치:** 전조등을 상하로 조절할 수 있습니다.

Ⓑ **트렁크 열림 버튼:** 트렁크를 열 수 있습니다.

Ⓒ **주유구 열림 버튼:** 주유구를 열 수 있습니다. 어떤 차량은 주유구 열림 버튼 없이 연료 주입구 커버 끝을 누르면 열립니다.

Ⓓ **운전석 아래 후드 열림 레버:** 보닛을 열 수 있는 레버입니다. 이 레버를 당기면 보닛이 '덜컹' 소리와 함께 틈이 조금 벌어지고, 그 틈 사이로 다시 잠김 레버를 젖혀야 보닛이 완전히 열립니다.

계기판 살펴보기

우리가 운전할 때 전방을 주시합니다. 전방과 함께 자주 보게 되는 곳이 계기판(클러스터)입니다. 계기판은 차량의 상태를 운전자가 쉽게 알아볼 수 있도록 여러 숫자와 게이지 등으로 이루어집니다. 이들은 안전에 꼭 필요한 정보와 위험 증상, 경고등 등 중요한 정보를 나타냅니다. 경고등에 대해서는 뒤에서 더 자세히 알아보겠습니다.

계기판은 차량에 따라 다르게 생겼지만, 표시하고 있는 정보는 비슷합니다. 최근에는 하이브리드나 전기차 등 차량의 형식이 다양합니다. 가장 널리 보급된 내연기관 휘발유 차량을 예시로 하여 살펴보겠습니다. 계기판에서 주의 깊게 보아야 할 부분은 각 게이지들의 의미입니다. 계기판 읽는 법을 알아보겠습니다.

엔진 회전계

엔진 크랭크축의 분당 회전 수를 천 단위로 보여줍니다. 바늘이 1에 가 있다면 분당 회전수가 1,000회라는 뜻입니다. 수치가 높을수록 엔진의 출력이 강해지며, 연료 소모가 증가하고 소음과 발열 등이 강해집니다. 엔진 회전수의 붉은 부분(레드존)까지 바늘이 닿도록 운전하면 엔진에 무리가 갈 수 있습니다. 보통 휘발유 엔진은 6,000여 RPM에서 최고 출력을 발휘합니다.

냉각수 수온계

시동을 켠 후 엔진이 적정 온도가 되면 수온계의 바늘은 C(Cool)와 H(Hot) 가운데에 있어야 합니다. 수온계는 엔진에서 연료를 폭발시키며 발생하는 뜨거운 열을 적정 온도로 식히기 위해 엔진을 감싸고 라디에이터 등을 오가는 냉각수(부동액과 물의 혼합물)의 온도입니다. 만약 냉각수의 온도가 정상 범주보다 지나치게 올라간다면 엔진이 과열되어 부품이 녹거나 눌어붙어 엔진이 손상되며, 큰 사고가 일어날 수 있습니다. 냉각수 수온계는 엔진과 나의 안전에 직결되는 게이지므로 운전할 때마다 살펴보아야 합니다. 물에 온도계가 꽂힌 빨간 경고등이 뜬다면 엔진이 과열되고 있다는 뜻입니다. 뒤 경고등 장에서 어떻게 대응해야 하는지 더 자세히 알아보겠습니다.

- 시동을 켠 후 몇 분 동안 수온계가 C에 가까운 것은 정상입니다. 동절기에 더 느리게 올라갑니다.

속도계

차량의 현재 속도를 나타냅니다. km/h(시속)으로 표시됩니다. GPS 속도와 일치하지 않기도 하는데요, 제조사들이 실제 속도보다 소폭 빠르게 표시되도록 만들기 때문이라고 합니다.

적산 거리계(ODO)

차량이 출고된 이후로부터 주행한 거리입니다. 이 주행거리에 따라서 보증 기간이 결정되며, 소모품 교환 등을 가늠하고, 중고차로 팔 때 차량 가격을 정하게 되기에 아주 중요한 요소입니다. ODO는 Odometer의 줄임말입니다.

연료계

연료가 F(Full-가득 참)와 E(Empty-비었음) 중 어느 정도에 있는지 확인합시다. 멀리 가기 전 연료 양을 확인합니다. 연료가 완전히 바닥나기 전에 보충하는 것이 좋습니다.

- 계기판의 주유기 표시에서 화살표가 왼쪽이면 차의 왼쪽에 주유구가 있다는 뜻입니다.

기어(변속기) 상태

요즘은 수동 기어 차량이 많지 않습니다. 자동 기어는 P-R-N-D의 네 가지 정도의 모드가 있으며 차량에 따라 수동 기어 모드를 지원하여 D단에서 1~6단 변속(경차의 경우 L단(저단 기어) 등이 있으며, 최고 기어 단수는 차량에 따라 다를 수 있음)을 수동처럼 할 수 있기도 합니다.

＊ Parking: 주차 모드입니다. 기어의 걸쇠가 걸려 밀어도 움직이지 않습니다. 단, 강한 힘을 주거나 경사로 등에서는 걸쇠가 파손될 수 있으므로 사이드 브레이크로 하중을 분산시켜야 합니다. 시동이 켜져 있을 시 기어가 P이면 액셀(accelerator)을 밟아도 전진하지 않습니다.

＊ Reverse: 후진 모드입니다. 이 상태에서는 기어 단수가 낮기 때문에 힘이 강합니다. 후진 기어로 놓은 것을 깜빡하고 액셀을 세게 밟으면 위험합니다.

＊Neutral: 중립 모드입니다. 엔진과 바퀴의 동력 연결이 없는 상태로, 브레이크에서 발을 떼면 차가 기울어진 쪽으로 굴러가므로 주의해야 합니다. 액셀을 밟아도 중립 모드에서는 전진하지 않습니다. 땅의 기울기에 따라 뒤로 굴러갈 수도 있으므로 주의합니다.

- 이중 주차 시 N모드로 놓아 남이 차를 밀 수 있게 두기도 합니다. 다만 경사로에서는 차가 혼자 굴러가 사고를 낼 수 있으므로 주의해야 합니다.

＊Drive: 주행 모드로, 앞으로 나아갈 때 씁니다.

라이트 켜짐 여부

야간이나 터널 등에서 전조등(헤드 램프)을 켜지 않으면 도로교통법 시행령 19조 1항에 의거해 범칙금 2만 원을 낼 수 있다는 사실을 아시나요? 가로등이 밝은 경우 라이트를 켜지 않고 달리기도 하는데, 내 차가 상대에게 잘 보이지 않아 위험합니다. 전조등을 켰는지 꼭 확인하도록 합시다. 간혹 주간주행등을 켰기 때문에 앞이 밝다고 전조등을 켜지 않는 경우가 있습니다. 그러나 전조등을 켜지 않으면 차 뒷면의 램프(미등)가 켜지지 않아 야간운전할 때 뒤차에서 내 차가 보이지 않아 사고 우려가 있으므로 꼭 전조등과 미등 등을 켜도록 합니다.

각종 등화류

등화(燈火)는 등에 켠 불, 램프를 말합니다. 차에는 여러 종류의 등화가 있으니 자세히 살펴봅시다.

등화는 내 시야를 밝히는 것은 물론 다른 차에 신호를 보내는 중요한 의사소통 수단입니다. 명칭을 잘 알아둬야 할 뿐만 아니라, 그 기능과 의미도 잘 알고 있어야 안전하게 운행할 수 있습니다.

① **전조등:** 헤드라이트, 혹은 아래 방향을 향해 비추기 때문에 하향등이라고도 합니다. 오후 5시 이후와 터널 안 등에서 전조등을 켜지 않으면 도로교통법 37조 위반으로 승용차 기준 2만 원의 범칙금이 부과되므로, 야간에는 꼭 켜고 다녀야 합니다. 야간에 전조등과 미등을 켜지 않으면 내 차의 위치가 다른 운전자들 시야에 잘 들어오지 않아 사고를 유발할 수 있으므로, 나 자신과 타인의 안전을 위해 꼭 켜도록 합니다.

② **상향등:** 전조등이 바닥을 향하는 것과 반대로 상향등은 위를 비추기 때문에 더 먼 거리까지

상향등 ─── 상향등

전조등 ─── 전조등

방향지시등 ─── 방향지시등

주간주행등, ─── 주간주행등,
차폭등 차폭등

안개등 ─── 안개등

빛을 비출 수 있습니다. 그러나 평소에 상향등을 켜면 반대편 차로의 운전자와 앞차 운전자의 눈을 부시게 하여 사고가 일어날 수 있습니다. 따라서 가로등이 없고 인적이 드문 국도 등이 아닐 경우, 상향등을 켜지 않도록 합니다. 상향등이 꺼져 있을 때는 외관상 등이 어디에 있는지 잘 보이지 않습니다.

③ **주간주행등:** DRL, Daytime Running Lamp라고도 하며 낮에도 켜져 있습니다. 미관상 효과와 차의 위치를 잘 인지하게 해주는 효과가 있습니다. 2015년 이후 국내에서 생산된 자동차에는 모두 이 주간주행등이 있습니다. 이 주간주행등이 밝아서 헤드라이트를 켜지 않고 야간에도 그냥 운전하는 경우가 있는데, 그러면 차의 미등(테일 램프)이 켜지지 않아 후방에서 차량 위치가 잘 보이지 않게 됩니다. 그렇게 되면 사고가 일어날 수 있으므로 야간에 앞이 밝더라도 헤드라이트 등이 켜져 있는지 확인해야 합니다.

④ **방향지시등:** 흔히 '깜빡이'라고 부릅니다. 좌회전 혹은 우회전 시 가려는 방향을 알리는 데에 사용되는 황색등입니다. 좌우 방향지시등이 같이 깜빡일 경우는 비상 상황을 알리는 비상등입니다. 비상등은 때로 인사나 미안함, 고마움을 표시하는 용도로도 사용합니다. 일부 수입형 차종의 경우 방향지시등이 적색인 경우가 있습니다.

⑤ **안개등:** 안개나 눈비가 심할 때, 가로등이 없어 어두울 때 등에 켜는 등입니다. 다만 안개등은 상향등처럼 빛이 위쪽을 향해 퍼지므로 맑은 날이나 반대편 차선에 차가 있거나 할 때는 쓰지 않는 것이 매너입니다.

⑥ **차폭등:** 차 전면부에서 차량의 양쪽 폭을 나타내는 등입니다. 과거에는 헤드라이트 바깥쪽에 있거나 앞범퍼 양쪽 끝에 있었으나, 현재는 생략되거나 주간주행등과 결합하기도 합니다.

후미등, 브레이크등
방향지시등
후퇴등

후미등, 브레이크등
방향지시등
후퇴등

Ⓐ **(후)미등:** 차 뒷면에서 차량 상태와 위치 등을 뒤차에 알리는 램프입니다. 테일 램프, 리어 램프라고도 합니다.

Ⓑ **방향지시등:** 좌, 우 방향 전환과 비상 상황 등을 나타내는 깜빡이는 황색 램프입니다. 일부 수입형 차종은 적색인 경우가 있습니다.

Ⓒ **후퇴등:** 기어가 후진(R)에 있을 때 켜지는 백색 램프로, 밤낮 상관없이 기어가 후진 기어에 있으면 자동으로 들어옵니다. 후퇴등이 켜져 있으면 차가 뒤로 움직입니다. 의외로 이 부분을 모르는 경우가 많으므로 주변인 및 어린이들에게 꼭 알려줍시다.

Ⓓ **브레이크등:** 브레이크를 밟으면 켜지는 적색등입니다. 앞차에 브레이크등이 켜지면, 앞차가 감속하고 있다는 점에 주의하며 나도 감속하는 등 대응합니다.

등화는 표현 수단입니다. 미등을 켰다 껐다를 반복하여 뒤차가 헤드라이트를 켜지 않음을 알리기도 하고, 상향등을 번쩍거려 앞차를 위협하거나 무리하게 끼어들 때 위험을 표시하기도 하고(지속적으로 사용한다면 보복운전이 될 수 있으니 자제해야 함), 갑자기 정체 구간이 나타나 급히 감속할 때 비상등을 켜서 뒤차에 알리기도 합니다. 무리해서 끼어들었을 때에는 비상등으로 미안함이나 감사를 표현하기도 하고요. 필요할 때 등화를 자유롭게 쓰고 또 상대 차량 운전자의 표현도 이해할 수 있어야 하니 잘 알아둡시다.

친환경 자동차의 분류

친환경 자동차를 분류하여 살펴보겠습니다. 하이브리드차에는 플러그인 하이브리드(PHEV)와 하이브리드(HEV)가 있는데요, 하이브리드차(HEV)는 모터가 엔진을 보조하는 정도로 기능하여 주행 연비를 향상합니다. 플러그인 하이브리드차(PHEV)는 모터가 직접 단독 주행을 할 수 있으며 배터리가 떨어지면 엔진이 작동하는 방식으로 주행합니다. 플러그인 하이브리드차는 배터리 용량이 커 외부 전원으로 충전해야 하지만 하이브리드차는 별도의 충전이 필요하지 않습니다.

전기차는 전기의 힘으로만 구동력을 내는 자동차이며, 회생 제동을 사용할 수 있습니다. 회생 제동이란 차량이 주행하는 속도를 이용해 차량 내부의 발전기를 작동시켜 배터리를 충전하면서 그때 속도가 줄어드는 것을 브레이크처럼 사용하는 제동 방식입니다. 회생 제동은 감속만 가능

구분	하이브리드차 (HEV)	플러그인 하이브리드차(PHEV)	전기차 (EV)	수소연료전지차 (FCEV)
구동원	엔진+모터(보조능력)	모터, 엔진(방전 시)	모터	모터
에너지원	전기, 화석연료	전기, 화석연료(방전 시)	전기	수소
구동형태	모터발전기 엔진 배터리 연료탱크	전원 모터발전기 엔진 배터리 연료탱크	전원 엔진 미장착 모터발전기 배터리	모터발전기 연료전지 보조배터리 수소탱크
배터리	0.98~1.8kWh	4~16kWh	10~30kWh	20~30kWh
특징	주행 조건별 엔진과 모터를 조합한 최적 운행으로 연비 향상	단거리는 전기로만 주행, 장거리 주행 시 엔진 사용, 하이브리드+전기차 특성 가짐	충전된 전기 에너지만으로 주행, 무공해 차량	수소와 연료전지가 화학 반응을 일으켜 발생시킨 전기로 모터를 움직임

하며 완전히 차를 정지시키기 위해서는 풋 브레이크를 사용해야 합니다. 수소연료전지차는 수소가 화학 반응을 일으켜 발생시킨 전기의 힘으로 모터를 구동합니다. 가스차처럼 수소를 충전해주어야 하며, 충전 시간이

❶ 전기자동차 계기판

전기차보다 짧고 수소 용량에 따라 항속 거리가 길어진다는 장점이 있습니다.

자동차 제원 및 성능 읽기

자동차 제원 예시입니다. 항목을 하나씩 설명하겠습니다.

엔진	스마트스트림 가솔린 2.5엔진
연료	가솔린
변속기	8단 자동변속기
최고출력	198ps/rpm
최대토크	25.3kg·m/rpm
배기량	2,497cc
구동 방식	2WD
연료탱크	60l

전장	5,025mm
전폭	1,875mm
전고	1,450mm
축간거리	2,890mm
윤거 전	1,620mm
윤거 후	1,617mm
타이어	245/40R19
공차중량	1,630kg

＊ 전장: 차량 전체 길이입니다. 앞범퍼에서 뒷범퍼 끝까지의 가장 긴 길이를 말합니다.

＊ 전폭: 차의 폭으로, 차를 앞에서 보았을 때 사이드 미러 양 끝의 거리에 해당합니다.

＊ 전고: 차의 높이로, 타이어가 땅에 닿은 지점으로부터 루프(지붕) 가장 높은 곳까지의 길이입니다.

＊ 윤거: 양 바퀴 사이의 폭입니다. 앞바퀴 사이의 거리는 '윤거 전', 뒷바퀴 사이의 거리는 '윤거 후'라고 합니다. 타이어의 중심으로부터 중심까지의 거리를 측정한 수치입니다.

＊ 축간 거리: 앞바퀴와 뒷바퀴의 중심 간 거리입니다.

✻ 타이어: 타이어 사이즈로, 245/40R19에서 245는 타이어의 폭, 40은 편평비(타이어의 폭에 대한 높이의 비로 숫자가 클수록 타이어가 두꺼움) R19는 안쪽 지름이 19인치인 타이어라는 뜻입니다.

✻ 공차 중량: 연료 및 냉각수를 최대한 채운 상태에서 '공차' 즉 승객이나 짐을 싣지 않은 차량 무게를 뜻합니다.

✻ 연료: 엔진이 소모하는 연료의 종류입니다.

✻ 변속기: 변속기의 단수와 종류를 나타냅니다.

✻ 최고출력: 엔진이 낼 수 있는 최고 구동력으로 단위는 마력/rpm을 사용합니다. 마력이 클수록 출력이 강합니다.

✻ 최대토크: 엔진이 낼 수 있는 최대의 회전력(가속력과 관련 있음)으로 단위는 kgf · m/rpm입니다. 숫자가 클수록 토크가 좋습니다.

✻ 배기량: 엔진이 한번에 빨아들일 수 있는 연료와 공기의 부피로, 배기량이 클수록 연료 소모가 많고 출력이 강하며, 고속 운행에도 유리합니다. 배기량은 세금과 관련되어 있으니 구입할 때 참고합시다.

＊ 구동 방식: 2WD는 네 바퀴 중 두 바퀴만 엔진과 연결되어 구동력을 가지는 방식으로 앞바퀴 두 개가 구동하는 전륜구동, 뒷바퀴 두 개가 구동하는 후륜구동이 있습니다. 4WD는 사륜구동으로 네 바퀴 전체가 엔진과 연결되어 구동력을 가지므로 접지력이 좋고 미끄러짐이 덜합니다. 다만 차량 가격이 비싸고 연비는 소폭 하락합니다.

───────────────┤ TIP ├───────────────

중고 차량을 구매할 때 침수 차량인지 걱정된다면?

＊ 보험 이력에서 침수 이력이 있는지 본다.
＊ 차량을 매매할 때 계약서에 '침수 차를 매매했을 시 계약 취소와 손해배상은 별도'라는 특약을 넣는다. (침수 사실을 점검한 내용에 대해 고지하지 않거나 거짓으로 고지한 자는 2년 이하 징역, 2,000만 원 이하 벌금에 처하며 침수 사실을 고지하지 않거나 은폐해 처벌받은 이력이 있는 사람을 고용한 자동차매매업자에게 과태료 100만 원이 부과된다는 점을 알아두자.)[1]
＊ 안전벨트를 끝까지 뽑아 물 자국이 있는지 보고, 안전벨트의 제조일자가 차량 출고 시기와 비슷한지 본다.
＊ 차 문을 닫고 에어컨을 세게 틀었을 때 흙냄새 혹은 물비린내 등이 나는지 본다.
＊ 운전석 대시보드 아래와 콘솔박스 아래에 머리를 넣고 위와 안쪽에 흙먼지 침전물이 있는지 본다.
＊ 트렁크 매트를 벗겨 쇠 바닥 부분의 흙탕물 흔적 등을 확인한다.
＊ 차량 하부에 비정상적인 흙탕물이나 진흙 등의 흔적이 있는지 본다.
＊ 차량 퓨즈박스가 교환되었는지 살펴본다.
＊ 웨더스트립(문 닫는 곳을 밀폐하는 고무) 쪽에 흙이나 진흙의 흔적이 있는지 살핀다.

운전하는 삶, 이야기 하나

여성과 독립된 삶

지난 2021년, '언니차' 활동을 하던 중 IS가 아프가니스탄의 수도 카불을 점령하고 대통령을 쫓아내 20년 만에 탈레반이 재집권하게 되었다는 뉴스를 보았다. 탈레반 정권은 여성에게서 고등 교육을 받을 권리를 빼앗고, 남성을 동반하지 않은 외출을 전면 금지했다. 정신이 아득해지는 소식이었다.

2018년에 사우디아라비아가 지구상 국가 중 가장 마지막으로 여성의 운전면허를 합법화했다. 2018년 8월 이전까지만 해도 여성이 사우디아라비아에서 운전하면 교도소에 수감되었다. 그럼에도 여성운동가들은 운전을 하고 여성의 권리를 외치다 수감되었다. 그중 몇몇은 아직도 석방되지 못했다.

지금 아프가니스탄에서 벌어지는 일들도 그때와 다르지 않다. 과거 탈레반이 아프가니스탄에 집권했다가 2002년에 퇴각하고 민주정부가 들어섰던 적이 있다. 탈레반이 물러나면서 여성의 운전도 허락되었다. 그러나 그렇게 되찾은 자유는 2021년 탈레반의 재집권으로 백지화되었다. 앞으로 여성이 운전할 수 있을지 보장할 수 없다고 했다. 2002년 아프가니스탄 여성들의 운전교육을 돕기 위해 나섰다는 한 여성단체(NGO)에 대한 기사를 다시 찾아보는데 마음이 슬퍼졌다.

아프가니스탄에서 여성의 자유를 빼앗기 위해 금지한 세 가지는 교육, 취업, 운전이었다. 이는 여성의 독립적인 삶을 위해 필요한 것이 무엇인지 상징적으로 보여준다. 인간은 교육을 통해 기술과 지식을 배우고 능력을 발휘할 기회를 얻는다. 성인은 취업을 하고 스스로 경제적 수입을 얻어 부모나 양육자로부터의 독립을 이룬다. 누군가에게 의존하지 않고 살아갈 수 있는 기본적인 힘을 갖추게 되는 것이다. 그와 함께 운전 기술을 배움으로써 자신이 원하는 때에 원하는 곳으로 이동할 수 있는 자유인이 된다. 이동수단은 이미 현대사회에서 필수적인 생활도구다. 원하는 곳에 갈 수 있게 해주고 긴급한 순간에는 도피의 수단이 되며, 때로는 위기에 빠진 사람을 도울 수 있는 힘이 된다.

교육=지식, 취업=경제력, 운전=자유롭게 이동할 수 있는 기술을 갖추는 것. 이 세 가지가 현대사회에서 완전한 자주적 일원이 되는 요소 아닐까?

"대중교통도 있고, 다른 사람(주로 배우자나 연인, 친구 등)에게 태워달라고 부탁하면 되지 않느냐?"라고 반문할 수도 있다. 생각해보자. 누군가에게 부탁하려면 우선 그의 사정과 시간에 맞추어야 함은 물론, 내 일정을 바꾸어야 할 수도 있다. 또 신세를 지는 듯한 느낌을 떨칠 수 없다. 서대문 50플러스센터에서 강연하며 만난 50~60대 여성분들께서 하신 말씀이 떠오른다.

"남편에게 태워달라고 하면 그렇게 생색을 내서 눈치가 보이는데, 이제 내가 운전할 수 있게 되니 스스로 다닐 수 있어 좋아!"

이렇듯 자신의 뜻을 이루기 위해 누군가의 호의에 기대야만 한다면 이는 완전한 독립이라 하기 어렵다. 꼭 누군가의 도움 없이 살아가는 것만을 독립이라고 하지는 않지만, 의지하지 않고 할 수 있는 일이 없다면 그것 역시 독립이라고 말하기 어려울 것이다.

친구들과 놀러 간 자리에서 막차를 타기 위해 나만 일찍 나와야 하거나, 가고 싶은 회사가 있는데 통근 교통편이 여의치 않아 아쉬울 때가 있다. 혹은 막차가 끊겨 택시를 타야 하는데 택시비 걱정에 불편한 자리에 억지로 남아 있어야 하는 일을 겪거나. 용돈이 넉넉하지 않은 대학생이나 생활비가 부족한 사회초년생이라면, '첫차가 다닐 때까지' 노래방이나 불편한 술집 의자에 눌어붙어 있다가 불쾌한 신체접촉을 당하거나 집에 데려다주겠다는 원치 않는 배려를 받기도 한다. (세상살이에 조금 밝은 여성이라면, 혼자 살고 있지 않더라도 남성에게 주소지가 알려지는 것이 결코 좋은 일이 아니라는 점을 알고 있으리라.)

돈이 없어도 자동차를 사라는 말을 하고 싶은 것이 아니다. 어떤 자유는 그것이 있는지조차 알지 못해서 추구하기 어렵다. 운전하기 전까지만 해도 나는 이렇게 자유롭게 떠나고, 움직이며, 불편한 자리를 피할 수 있는지 몰랐다. 이제 나는 언제든 떠날 수 있는 힘이 생겼기 때문에 먼 곳에서 해야 하는 일도 조금은 편하게 도전할 수 있게 되었고, 불편한 자리를 참지 않게 되었으며, 필요없는 관계를 유지할 이유가 없게 되었다. 그야말로 자유다.

특히 차를 태워달라고 부탁하기 위해 누군가와 감정적 관계를 좋게 유지하려 애써야 한다는 면을 생각하면, 이것이야말로 남성들이 차를 사려는 이유 중 하나가 아닐까 하는 생각도 든다. 감정도 하나의 자원이며 인간관계를 유지할지 말지 선택하는 것도 전적으로 나의 권한이어야 한다. 누군가에게 잘 보여야 하는 관계가 많아질수록 나는 타인에게 휘둘릴 수밖에 없다.

경제권과 이동권을 갖추면 인간관계, 나의 활동 반경과 영향력의 범위가 변화한다. 결국에는 삶이 달라진다. 반드시 내 차를 소유하지 않더라도, 할 수 있는 일의 목록에 하고 싶은 일을 올릴 수 있다는 가능성 자체가 마음의 힘을 길러준다.

사람이 어떤 도구를 손에 쥐면 그 도구가 닿는 범위까지 신체의 일부처럼 느끼게 된다는 연구에 관해 읽은 적이 있다. 그렇다면, 차에 탄 나의 신체는 어디까지 확장될 수 있을까? 아직 만나지 않은 가능성들을 향해, 나 자신을 키워가보자.

'거기'에도 이름이 있어요?

첫 사고가 났을 때, 차량 앞범퍼부터 앞바퀴까지 길게 스쳤다. 그때의 소란스러운 정황은 뒤에서 이야기하기로 하고, 사고 조사를 위해 보험사 직원이 왔을 때가 떠오른다. 나는 무슨 말을 해야 하는지 몰랐다. 사고에 관해 설명하려 애썼을 뿐이다. 무엇부터 말해야 할지, 상황을 어떻게 설명해야 하는지 감도 전혀 오지 않았다. 차량의 스친 부분을 말하려 할 때 "앞범퍼랑 여기요." 같은 소리밖에 할 수 없음을 그제야 알아차렸다. 앞범퍼는 알았지만 '펜더'라는 명칭은 몰랐다. 내가 얼마나 운전 '초짜'로 보였을까? 사고 처리가 형편없이 이루어진 것은 두말할 필요가 없다.

운전을 시작하고 나서, '자동차에 대해 알아봐야겠다.'라고 생각하면서도 쉽지 않았다. '자동차를 안다'는 것은 너무 크고 광범위한 일이었다. 어떤 일이든 일단 시작하면 어설프더라도 되기 마련인데, 운전은 너무 새로운 분야라 알아보려고 무엇부터 시도해야 할지 몰라 더 어려웠다. 궁금한 점을 물어볼 사람도 없고 막막했다. 어쩌면 많은 여성 운전자가 나와 같은 심정을 느껴보지 않았을까.

어찌 되었든, 이 사고로 나는 '펜더'가 어디인지 정확히 알게 되었고 내친 김에 내 차와 관련된 모든 부분을 알아보기로 마음먹었다. 검색을 통해서 그 이름들과 기능을 알 수 있었다. 이렇게 알아가다 보니 재미있는 점이 있었다. 자동차 앞유리 옆에 시야를 방해하는 '그 기둥' 말인데, 그 기둥에도 이름이 있었다. 'A 필러'라니. 그 이름 자체가 생소하고 신기했다. 정확히 말하면, 그 기둥에도 이름이 있을 거라고 예상하지 못했다는 것이 맞겠다. 굽은 길을 돌아나갈 때, 꼭 걸리적대는 이 기둥에 이름이 있을 줄이야!

이 기둥은 그동안 나에게 아무런 의미도 없었다. 그래서 이름을 알아볼 생각조차 한 적이 없었다. 하지만 이름을 알게 되니 그 역할 또한 알 수 있었다. 앞 유리부터 순서대로 위치한 A, B, C 필러는 자동차가 전복되었을 때 운전석이 납작해지지 않도록 버티는 기둥 역할을 한다. 이 필러 안쪽에 에어백이 장착되어 있는 경우도 있다. A 필러는 전면 충돌로부터 운전석과 조수석에 피해가 적도록 버텨주고, B필러는 측면 충돌과 전복으

A필러   B필러   C필러

로부터 차체를 보호하며, C필러는 측후방 충돌로부터 2열 탑승자를 보호한다. 이렇게 새로운 이름들을 하나씩 알아가다 보니 자동차가 어떤 것들로 구성되는지, 어떤 용도를 지니는지가 재미있게 느껴졌다. 운전석에서 뒤통수에 닿는 받침에도 '헤드레스트'라는 이름이 있다. 헤드레스트는 추돌 사고에서 목뼈 골절을 방지하는 역할을 한다. 목뼈가 잘못 골절되면 전신마비의 위험이 있다. 나는 새로운 것들을 알아가면서 자동차의 세계에 빠르게 다가갔다. 이름이 붙었다는 것은 누군가가 어떤 의미를 부여했다는 뜻이다. 정말로 '아무것도 아닌' 것에는 이름이 붙지 않는다.

A 필러의 이름을 알게 되고 A 필러라는 이름이 존재하는 세계로 들어온 것을 기뻐하다가, 이름이 가진 파괴력(?)을 깨닫게 하는 일화가 떠올랐다. '애교살'이라는 말을 들었을 때, '이런 곳에도 이름이 있었어?' 싶었다. 애교살은 눈 아랫꺼풀의 도톰한 살을 부르는 이름으로, 이 애교살이 있어야 눈이 커 보이고 '동안'이 되어 예쁘다는 것이었다. 나는 솔직히 말해서 그 부분에 살이 있는지 없는지 생각하며 살아본 적이 없었다. 그런데 TV에서 연예인의 애교살이 매력이라며 떠들기 시작한 언제인가부터 친구가 자신은 애교살이 없어서 속상하다고 말하거나, 애교살이 있어 보이게 하는 화장법이 유행하고, 주사로 애교살을 생기게 한다는 시술이 나타났으며 실제로 그 시술을 한 사람들이 생겨났다. 나도 그런 말을 많이 듣다 보니 어쩐지 웃을 때 애교살이 있는지 내 얼굴을 살피게 되었다.

어느 순간, 당황스러웠다. 분명 얼마 전까지만 해도 아무도 눈 아래를 신경 쓰지 않았는데, 이제는 '쌍꺼풀'이며 '아이라인'(지금 생각해보니 이 이름들도 고약하다)뿐만 아니라 눈 아래까지 '관리'해야 하는 것이다. '애교살'이란 말이 생겨버렸기 때문에!

구글 검색어 추이(Google Trends)를 살펴보니, 정말로 2010년 이전에는 '애교살'이라는 말이 존재하지 않았다. 애교살의 관련 검색어로는 'ㅇㅇ(여자 연예인 이름) 애교살' 'ㅇㅇ 애교살 실종' '애교살 만들기'가 급상승 중이었다. 2010년 불쑥 등장한 이 단어는 이제 마치 원래 있던 말인 양 자연스럽게 자리잡아 우리의 눈꺼풀에 '과제'를 안겨주고 있다. 이렇듯 어떤 이름들은 여성들을 새로운 세계로 이끌기보다는 자신을 검열하게 만든다. '김 여사'라는 말이 있는 세계와 없는 세계에서의 운전은 얼마나 다를까? 초보 남성 운전자가 실수하면 그냥 눈 한번 흘기고 넘어가지만, 여성 운전자가 실수하면 상황이 달라진다. 마침 '김 여사'가 잘 걸렸다는 듯이 삿대질하거나 당연히 화낼 권리가 있다는 것처럼 행동하는 남성들이 있다. 그 이름이 없었어도 훈수를 맡겨둔 것처럼 대뜸 삿대질을 할 수 있었을까? 이미 '김 여사'라는 이름 자체에 화풀이를 정당화하는 심보가 들어 있는 것은 아닐까? 또, 애교살처럼 여성의 신체 각 부위에 붙는 세밀한 이름들은 어떠한가. '승마살' '꼬막눈' '종아리 알' '힙딥(hip deep)' '중안부' 같은 명칭 말이다. 남성의 허벅지가 두꺼우면 '허벅지가 두꺼워서' 칭찬을 받고, 여성의 경우에는 자연스러운 허벅지 라인에도 '승마살'이라는 이름이 붙는다. 눈 밑에 두드러지는 도톰한 살은 '남에게 귀엽게 보이는 태도'를 의미하는 '애교'가 붙어 '애교살'로 불린다. 중둔

근과 대둔근 사이의 우묵한 부분을 '힙딥'이라 칭하며 'S 라인(우웩)'을 만들기 위해 필러를 맞기도 한다. 남성에게도 쓸 수 있는 말이라는 생각이 든다면, 당장 검색창에 각 단어를 넣어보자. 화면은 여성의 허벅지와 눈, 엉덩이 라인으로 가득해질 것이다.

'내가 좋아서' '예쁘면 좋으니까'라고 생각할 수 있다. 같은 값이면 빨간 치마라는 말처럼 선호하는 외형이 있다는 것은 어쩔 수 없다. 하지만 눈을 깜빡이는 데 아무런 문제가 없는 아래 눈꺼풀 모양까지 신경 쓰면서 자신을 못나게 여기는 일은 서글프다. '승마살'과 '승모근' 역시 그저 명칭 중 하나라고 생각할 수도 있지만, 이 이름이 여성에게 사용될 때 '승마살'이나 '승모근'은 관리의 대상이 되며 불쾌감과 죄책감을 준다. 여성에게는 이런 것이 너무나도 많다. 그냥 의식하지 않고 자연스럽게 살 수 있었을 내 몸과 행동들에 대해, 고약한 생각을 붙인 말들 말이다.

인간은 사회적 동물이기에, 다수가 좋아하거나 계속 말하면 어쩐지 동조하게 되는 경향이 있다. 그렇다면 여성들에게 알아야 한다고 주어지는 이 이름들, 그냥 내 몸일 뿐인 곳에 이름을 붙여 우리로 하여금 우리의 몸을 미워하고 감시하게 만드는 이름들에 대해, 그 이름을 만들고 스스로를 미워하게 만드는 생각을 넣는 것에 대해서 한 번쯤은 다시 생각해보면 좋겠다. 이름을 알게 되는 것은 어떤 부위가 우리에게 의미 있는 부분인지 정한 그 판단을 받아들이는 것과도 같다. 그 이름들이 가진 힘에 대해 생각해보자. 우리가 스스로에 대해 수치감을 갖게 하는 이름들 대신, 우리를 더 넓은 세상으로 이끌게 하는 이름들에 대해 알아간다면 어떨까? 내 몸과 행동을 쪼개가며 수치심을 주고 거기에 시간과 애를 쓰게 만드는 말 대신, 우리를 새로운 세상으로 이끄는 더 많은 이름, 바깥 세상의 이름들을 향해 간다면 좋겠다.

2

차에 타보자,
이제 '이 차'를 '내 차'로
만들어볼 차례

처음 혼자서 차를 운전하려고 공유자동차를 빌렸을 때가 생각납니다. 스마트폰으로 문을 열고 운전석에 앉자 운전석이 푹 내려앉아 있어서, 과장을 조금 보태면 앞이 안 보일 지경이었습니다. 아마 이전에 이 차를 운전했던 사람이 키가 컸었나 봅니다. 시트도 뒤로 쭉 밀려나 있어 페달에 발도 잘 닿지 않고 거울 높이도 하나도 맞지 않았습니다. 정말 '남의 차'를 빌린 것이 실감이 났죠. 제대로 운전하려면, 이 차를 '내 차'로 만들어야 합니다. 새 차가 나에게 와도 마찬가지입니다. 처음 보는 차를 나에게 맞게 만드는 과정에 대해 알아봅시다.

차에 타기 전 해야 할 일

먼저 차를 한 바퀴 둘러보며, 주차된 사이 혹은 간밤에 파손된 흔적이 있는지 타이어가 내려앉지는 않았는지 바닥에 액체가 흐르지는 않는지 살핀 후 차 문을 열고 운전석에 앉습니다. 차량에 타면 먼저 문을 잠그는 것이 안전합니다.

　평소 관리를 잘한 가족의 차라면 괜찮을 수도 있지만 처음 보는 차량이거나 렌터카, 공유차, 남의 차를 빌린 상황이라면 차를 반드시 살펴보아야 합니다. 외장에 파이거나 쓸린 곳, 긁힌, 곳, 철판이 벌어진 곳 등 이상이 없는지 살펴보고 차량 바닥에 액체나 기름 등이 과도하게 새어나와 흐르지 않았는지, 휠의 볼트가 헐렁거리지는 않는지 둘러봅니다. 간혹 연료 주입구를 열고 주행하는 경우가 있으니 이 부분도 확인합니다.

차에 타고 나서 해야 할 일

우선 운전석과 거울 종류를 자신의 몸에 맞게 조절합니다. 액셀 페달이나 브레이크 아래에 이물질이 없는지, 끼이거나 방해하는 것이 없는지 살핍니다. 시트 위치와 각종 거울을 조절하는 것은 안전한 운전을 위해 필수적입니다. 조절할 부분은 운전석 시트 위치, 핸들 위치, 사이드 미러와 룸 미러, 안전벨트의 위치입니다. 순서대로 하나씩 따라 해봅시다.

시트 포지션(운전석 시트 위치) 조절

① 시트 높이 조절

승용차 기준으로, 허리를 펴고 앉았을 때 머리와 천정에 주먹 하나 들어갈 정도의 높이로 시트를 조절합니다. SUV 등 승용차와 구조가 다를 때는 보닛이 시야에 약간만 보일 정도로 높이를 조절합니다. 앉은키가 작은 경우 시트의 높이를 지나치게 낮추면 대시보드(계기판이 있는 곳)에 전방 시야가 가려 좋지 않습니다. 만일 시트를 올렸는데 발꿈치가 바닥에 닿지 않으면 다시 조절해야 합니다. 발꿈치가 바닥에 닿아야 하는 것이 천정으로부터의 높이를 맞추는 것보다 우선이기 때문입니다. 발꿈치가 바닥에 넉넉히 닿는 한도 안에서 올립니다.

② 시트의 앞뒤 위치 조절

오른발 발꿈치가 바닥에 닿은 상태로, 무릎을 100~110도가량 굽히고 브레이크와 액셀 페달을 조작할 때 발목에 무리가 없도록 시트의 앞뒤 위치를 조절합니다. 대시보드에 무릎이 닿으면 불편하고 위험하므로 편안한 위치를 찾아 조절합니다. 무릎이 구부러져 있어야 하는 이유는, 긴급 상황이 발생했을 때 등받이에 몸을 지탱하는 힘으로 버티며 무릎을 펼쳐 브레이크를 끝까지 짓밟아야 하는 경우가 있기 때문입니다. 이를 '풀 브레이킹'이라 합니다. 풀 브레이킹이 가능하려면 무릎을 다 펴지 않은 상태여야 하므로 적당히 앞으로 조절합니다. 다만 좌석이 운전석에 너무 가까이 있으면 브레이크를 힘주어 밟지 않았는데도 자꾸 브레이크가 밟히는 경우가 있기 때문에 의도하지 않았는데 브레이크가 밟힌다면 거리를 더 뒤로 벌립니다.

시트 위치를 조절할 때도 요령이 있습니다. 골반이 시트 깊게 닿도록 앉으며, 만약 시트 앞뒤 길이가 길어서 오금이 걸려서 등이나 골반이 등쪽 시트에 닿지 않는다면 단단히 고정한 쿠션이나 방석 등을 등받이에 대어

🔼 좌판의 길이가 길지만 쿠션으로 조절한 예

허리가 뜨지 않고 무릎을 안정적으로 굽혀도 괜찮게 조절해야 합니다. 그래야 피로감이 적기 때문입니다.

저 또한 오금에 의자 좌판이 걸려 허리가 등받이에 제대로 닿지 못한 채 운전한 적이 있습니다. 무릎에 체중이 제대로 실리지 못하고, 허리를 똑바로 펴지도 기대지도 못해 피로감이 심했습니다. 무엇이 문제인지 몰랐다가, 등허리를 제대로 받쳐주는 다른 차량을 운전해보고서야 원인을 알 수 있었습니다. 임시 방편으로 쿠션을 받쳐서 등허리를 밀착하고 오금이 좌판에 닿지 않게 하자 편안하게 운전할 수 있게 되었습니다. 자동차 쿠션은 필수가 아니지만 이런 경우에 사용하면 운전의 피로를 줄이고 안정성도 높일 수 있습니다. 다만 쿠션이 움직이거나 바닥에 떨어지면 위험할 수 있으니 잘 고정되는 제품을 이용해야 합니다.

시트의 상하를 앞뒤보다 먼저 조절하는 이유는 시트가 상하로 이동할 때 수직으로 이동하지 않고 비스듬히 이동하기 때문입니다. 높이를 두 번째로 조절하게 되면 이미 맞춰둔 앞뒤 간격이 다시 바뀌므로 순서대로 하는 것이 좋습니다.

③ 등받이 각도 조절

등받이를 적당히 세워 지나치게 누운 자세가 되지 않도록 조절합니다. 등받이가 뒤로 누우면 등으로 버텨 풀 브레이킹을 해야 할 상황에 몸을 지지하기 어렵습니다. 또한 긴장감이 떨어져 운전 중 졸릴 수도 있습니다. 차량 기종에 따라 옆구리 쪽을 조여주는 버스트 등이 있거나 좌판(앉으면 엉덩이와 맞닿는 시트 부분) 길이가 조절되기도 하므로 몸에 맞게 조절합니다.

④ 헤드레스트 높이 조절

헤드레스트(머리 받침대) 최고점이 정수리 높이와 비슷하게 조절합니다. 혹은 정수리보다 약간 높아도 괜찮습니다. 만일 헤드레스트가 없거나 목보다 낮으면 후방 추돌 시 목이 뒤로 강하게 젖혀져 경추가 골절될 수 있으며, 이는 목 아래 전신 마비로 이어질 수 있으므로 절대 헤드레스트를 제거하지 않습니다.

⑤ 핸들 위치 조절

핸들 아래쪽을 보면 레버가 있습니다. 이 레버를 젖히면 핸들 위치를 바꿀 수 있습니다. 핸들이 계기판을 가리지 않게 조절합니다. 핸들의 3시와 9시 방향을 잡았을 때 팔꿈치가 굽혀져 있도록 거리를 조절합니다. 너무 가까이 조절하면 핸들을 돌릴 때 팔이 몸에 부딪히므로 핸들을 돌렸을 때를 생각하여 조정합니다. 핸들을 180도로 돌렸을 때 팔꿈치가 다 펼쳐지지 않아야 충돌 사고가 났을 때 관절을 보호할 수 있습니다.

사이드 미러와 룸 미러 조절

시트 포지션을 맞춘 후 핸들을 쥐고 운전하는 바른 자세를 취합니다. 핸들은 3시와 9시 방향을 가볍게 쥡니다. 오른발을 브레이크에 올려놓고 왼발은 왼쪽 발판(풋 레스트)에 둡니다. 골반을 시트 안쪽에 밀착하고 앞을 본 상태에서 거울을 맞춥니다. 시트 포지션이 맞지 않으면 거울을 맞추어도 다시 각도를 바꾸어야 하므로 시트 포지션부터 맞춥니다.

사이드 미러는 거울에 내 차의 몸체가 1/4~1/5가량 보이도록 하고 지평선이 가운데 정도로 오게 맞춥니다. 나의 차체가 거울에 보이도록 조정

❶ 상하 조절하기

❶ 좌우 조절하기

해두면 차선이나 주차선과 비교하여 내 차 방향을 짐작하기 좋습니다.

룸 미러는 뒤쪽 창문 전체가 잘 보이도록 조절합니다. 아래쪽까지 포

함하여 들어오도록 해야 합니다. 기종에 따라 야간에 반사 조도를 낮추어 눈부심을 방지하는 기능이 있는 룸 미러도 있으므로 뒤쪽에 젖힐 수 있는 클립 등이 있는지 살펴보면 좋습니다.

안전벨트 조절

벨트가 꼬여 있거나, 높이가 맞지 않으면 위험합니다. 목이 조이거나 제 기능을 하지 못할 수 있으므로 시트와 거울을 조절한 후 벨트도 조절해야 합니다. 안전벨트를 매고 B필러에 있는 안전벨트 고정 레버를 상하로 조절하여 안전벨트가 목으로 지나가지 않도록 조정합니다. 허리만 감싸는 2점식 벨트와 달리 최근 통용되는 3점식 벨트는 탑승자의 허리와 가슴 부분을 동시에 효과적으로 잡아줍니다. 3점식 벨트의 아래에 있는 가로띠가

🔼 안전벨트 조절부

골반에 걸쳐져야 올바르게 착용한 것입니다. 배에 걸치면 사고가 났을 때 내부 장기가 충격을 받을 수 있기 때문에 딱딱한 골반에 걸칩니다. 대각선 위치의 띠는 어깨와 쇄골을 지나도록 합니다. 이때도 마찬가지로 목이 조이거나 끈이 꼬이지 않게 착용합니다.

이제 나에게 맞춘 운전석 세팅이 완료되었습니다. 나만을 위해 조정한 차로 편안하고 안전하게 운전해봅시다.

렌터카 혹은 공유자동차를 이용할 때

공유자동차나 렌터카를 빌릴 때 무엇을 신경 써야 할까요? 가장 먼저 해야 할 것은 렌터카 계약을 할 때 드는 보험이 어디까지 보장해주는지 유심히 보는 것입니다. 렌터카를 빌릴 때 '완전자차'나 '슈퍼자차' '프리미엄자차' 같은 문구들을 흔히 볼 수 있는데요. 이 보험들은 실제 '자차' 보험은 아니고 '차량손해 면책 상품'이라는 유사보험입니다. 자동차보험에 대해서는 뒷장에서 자세히 다룰 예정이니 여기서는 간단하게만 다루겠습니다.

이 '자차' 보험들은 자기부담금 액수에 따라 보험료가 달라집니다. 자기부담금이란 사고가 났을 때 내 과실로 부담해야 하는 배상금의 일부를 운전자에게 분담하도록 하는 액수로, 운전자가 사고 시 내야 하는 액수의 최대액이라고 볼 수 있습니다. 예를 들어, 자기부담금이 30만 원인 '자차' 보험에 가입했을 때 30만 원 미만의 수리비가 발생하는 단독사고가 났다면 그 실비를 렌터카 회사에 내게 되지만, 수리비가 65만 원이 나오는 사고가 나면 나는 30만 원만 내도 됩니다. 같은 상황에서 자기부담금 70만 원짜리 '자차' 보험에 가입했다면, 수리비 65만 원짜리 사고가 났을 때 앞에서처럼 30만 원만 내도 되는 것이 아니라 65만 원을 다 지불해야 합니다. 단, 200만 원짜리 사고가 나면 70만 원만 내도 되겠지요. 그렇기 때문에 '자기부담금'이 적을수록 '자차' 보험료는 비싸집니다. 이를 알고 가입하면 좋습니다.

또한 렌터카의 '자차' 보험은 내가 알던 자동차보험이 아니라 새로운 상품이기 때문에, 내가 평소 운전하던 차와 배상 범위가 상당히 다를 수 있다는 점을 알아두어야 합니다. 배상 범위를 알기 위해서는 계약서를 잘 읽어보고 '보장 제한'과 관련한 항목을 살펴야 합니다. 예를 들어 '휠, 타이어의 파손은 보장하지 않음'이라든지, '12대 중과실(신호위반, 중앙선 침범, 제한속도 20km/h 이상 초과 과속, 앞지르기 방법 위반, 철길 건널목 통과 방법 위반, 횡단보도 사고, 무면허 운전, 음주(약물) 운전, 보도 침범, 승객 추락방지 의무 위반, 어린이 보호구역 안전운전 의무 위반, 화물 고정조치 위반)로 인한 사고는 보장 제한' 같은 여러 제한 조항이 있을 수 있으니, 미리 숙지하고 주의해야 합니다.

차량 렌트를 예약했다면, 대여 시간보다 조금 일찍 도착해 차량을 점검하는 것이 좋습니다. 인수할 때의 차량 번호와 모델이 내가 빌린 차량과 일치하는지 확인한 후 전후좌우 및 휠, 실내와 트렁크 내부까지를 자세히 사진으로 찍어두도록 합니다. 동영상으로 느리게 촬영해도 좋습니다. 외부와 내부를 촬영하다가 파손되거나 오염된 부분, 고장난 부분을 발견한다면 미리 촬영하거나 렌터카 회사에 알립니다. 오염이나 파손이 심하면 차를 바꿔달라고 요청할 수 있습니다. 렌터카 회사에서 차량을 교체해주지 않을 경우에는 차후 문제가 발생하더라도 촬영해둔 내용을 기반으로 오염과 파손 책임이 내게 있지 않음을 증명할 수 있습니다. 그리고 시동이 잘 걸리는지, 기타 고장 등이 없는지 확인하고 기름 혹은 배터리 양을 확인합니다. 계기판도 한번 촬영해둡니다.

공유자동차 대여 앱을 살펴보면 기본적으로 앞 사람이 사고 없이 차를 반납했는지 점검하기 위해 내가 운행하기 전, 외관 사진을 찍게 됩니다. 보통 앞, 뒤, 옆 등의 사진을 찍는데요. 이때도 마찬가지로 허술하게 찍어둔다면 앞 사람의 사고를 책임지게 될 수도 있으므로 이용하기 전에 흠집이나 찌그러진 곳이 있다면 잘 보이게 찍어두어야 합니다.

외관을 다 찍은 후에는 차 문을 열어 내부를 살핍니다. 담배 냄새가 나거나 쓰레기는 없는지, 시트에 이물질이나 동물의 털 등은 없는지 살핀 후 문제가 없다면 '이상 없음'에 서명 혹은 클릭하여 차를 빌리면 됩니다. 만일 외관만 살펴보고 이상 없음으로 체크했다가 내부에 문제가 있음을 뒤늦게 알게 되면 앞 사람의 오염도 자신이 책임지게 될 수 있습니다. 만일 이런 일이 발생한다면 렌터카 혹은 공유자동차 업체 고객센터와 통화하는 것이 좋습니다.

대개 차 뒷면에 모델명이 적혀 있으므로 알아두고, 조수석 글로브박스 안에 자동차등록증이나 사용설명서가 있다면 모델명을 정확하게 확인해도 좋습니다. 차 모델명을 기억해두면, 궁금증이 생겼을 때 'ㅇㅇㅇ(모델명) 와이퍼 세우는 법' 처럼 검색어에 넣어 더 정확한 정보를 찾을 수 있습니다. 또한, 가솔린/디젤/하이브리드/전기차/수소 전기차 등 연료 종류를 정확히 알아두어야 합니다. 차량에 맞지 않는 연료를 잘못 넣어 혼유 사고가 일어나면 엔진을 교체하게 될 수 있고 비용이 크게 드니, 유종을 반드시 기억해둡니다.

그다음에는 다른 사람에게 맞춰져 있던 운전석 위치와 핸들 위치, 각종 거울들(사이드 미러, 룸 미러 등)과 안전벨트를 나에게 맞게 조절합니다. 시트 포지션과 거울을 나에게 맞게 조절했다면, 기본적인 버튼과 기능들의 위치를 숙지합니다. 차량마다 버튼 모양이나 위치가 다르므로 시동 버튼, 기어 레버(버튼), 사이드 브레이크(주차 브레이크) 버튼/페달, 비상등 버튼, 램프 점등 레버, 와이퍼(워셔액) 조작 레버, 차 문 개폐 버튼, 사이드 미러 접기/펴기 버튼, 앞/뒷유리 열선 버튼, 주유구/충전구 열림 버튼, 트렁크 열림 버튼, 에어컨/히터 버튼, 스피커 볼륨 버튼 등 안전과 관련된 버튼과 주로 쓰는 버튼의 위치를 알아둡니다.

버튼과 기능의 위치를 숙지한 후, 차량과 블루투스 연결 혹은 안드로이드 오토, 카플레이 등의 연결 설정도 같이 해주면 좋습니다. 이 기능들은 기어가 P에 있거나 정차한 상태에서만 설정할 수 있기 때문입니다. 단, 차량에 통화 기록 등이 남을 수 있으므로 개인정보 보호를 위해 차량을 반납할 때 설정에 들어가 연결한 기기 목록에서 내 기기를 지우도록 합시다.

액셀이나 브레이크의 답력(응답하는 민감도)이 차마다 다를 수 있으므로 참고하여 운행합니다. 전기차를 처음 빌렸을 경우, 내연기관 차에 비해 가속력이 강한 편이기 때문에 평소처럼 액셀을 세게 밟지 않는 것이 안전합니다. 후진할 때도 주의합니다.

차 번호를 외우는 것도 잊지 맙시다. 내가 빌린 차의 번호를 촬영하거나 메모해두면 편리합니다. 방문한 곳에서 주차 정산을 할 때, 갑자기 누군가 차 번호를 물을 때, 주차장에서 주차된 차를 찾을 때 등에 깜빡할 수도 있기 때문입니다.

공유자동차의 경우, 스마트폰이 키 역할을 하기 때문에, 스마트폰 전원이 꺼지면 시동을 걸 수 없는 등 매우 곤란한 상황에 처할 수 있습니다. 만약 공유자동차를 빌렸는데 스마트폰이 꺼진다면 어떻게 해야 할까요? '쏘카'의 경우, 차 문을 열어둔 상태에서 대여자의 스마트폰이 꺼진다면 누구나 시동을 걸 수 있게 되어 있습니다. 또 주변인의 스마트폰으로 고객센터에 전화하여 원격으로 차 잠금을 제어할 수 있습니다. 혼자 있고 차문이 잠긴 상태에서 대여자의 스마트폰이 꺼지면 충전할 때까지는 차를 사용할 수 없겠지요. 그런 일이 생기지 않도록 보조배터리나 충전선을 준비하여 차 안에서 충전하며 다니면 편리합니다.

렌터카에는 스마트폰 거치대가 없기 마련이라 스마트폰을 계기판 앞에 두는 경우가 있는데요. 그러면 절대 안 됩니다. 각종 경고등과 계기판의 게이지 등을 볼 수 없어 큰 사고가 날 수 있습니다. 따라서 스마트폰 거치대를 준비하는 것도 좋습니다.

이제 새로운 차를 운행할 준비를 마쳤습니다. 즐거운 드라이브!

운전석, 불편한 게 맞다고요?

'언니차' 프로젝트로 활동하면서 BMW 드라이빙 센터에서 운영하는 교육 프로그램에 참가한 적이 있다. 나에게 맞게 운전석 시트를 조절하는 법을 '제대로' 배운 것은 '처음'이었다. 이때 운전석에 앉자 놀랍게도 '이거다!' 하는 느낌을 받았다. 그동안 렌터카를 이용했을 때는 운전석에 앉아 '뭔가 아니다.' 싶은 적이 많았다. 과장을 보태자면, 운전석에서 계기판에 눈앞이 가려 전방이 보이지 않을 정도였다. 시야를 확보하기 위해 한숨을 쉬며 의자를 최대 높이까지 올리니 어쩔 수 없이 무릎이 운전대 쪽에 닿아 어정쩡해졌다. 그러면 나는 다시 시트를 뒤로 밀며 '표준 사이즈 남성-충돌 테스트 때에 쓰이는 키 174cm, 78kg의 남성 더미'보다 작은 자신을 한탄했다.

운전석 시트가 여성의 신체 크기를 고려하지 않아 여성 운전자가 남성 운전자보다 중상을 입을 확률이 높고 불편하다는 기사를 '언니차'

SNS에 올리자 '그럴 리가 없다.'라는 반응과 함께 '남성도 불편하다.' '운전석은 원래 불편해야 하는 것이다.'라는 설전이 오가며 해당 트윗이 몇천 번 이상 공유되었다. 당연히 운전석은 아늑함만을 위한 자리가 아니다. 시속 200여 킬로미터를 넘나들며 달릴 수 있는 철마(!)를 조종해야 하는 자리인 만큼 운전을 위해 필요한 동작을 효과적으로 하면서도 몸에 무리가 덜 가서 같은 자세로 오래 앉아 있더라도 피로가 덜 쌓여야 하고, 사고로부터 운전자를 보호할 수 있는 구조여야 한다. 그러니 마땅히 어느 정도의 불편함은 감수해야 하는 걸까?

BMW 드라이빙 센터에서 급제동과 회피 기동, 젖은 길 위에서의 미끄러짐 대비 훈련 등을 배웠다. 이때 무엇보다도 차에 처음 앉았을 때 정말 놀라웠다. 모 모델 운전석에 앉는 순간, 나는 알 수 있었다. 그동안 내가 앉았던 운전석이 어떻게 잘못되었는지 말이다. 무엇이 나를 불편하게 했는지 짐작도 못 하고 불편한 채로 어정쩡한 착석감에 익숙해져 있었는데, '나에게 맞는' 운전석에 앉아보니 잘못된 점을 바로 알 수 있었다.

우선 좌판의 길이가 적당해서 무릎을 굽힌 운전 자세를 취해도 등이 시트에 제대로 닿아 허리가 뜨지 않았다. 그다음으로는 등받이 길이가 적당해서 헤드레스트가 뒤통수를 불쾌한 각도로 누르지 않았다. 평소 내 차는 좌판 길이가 지나치게 길어서, 바른 운전 자세를 유지하기 위해 무릎을 약간 굽힌 채 좌판에 허벅지를 밀착하면 오금에 좌판이 걸려서 골반 뒤쪽이 등받이에 닿지 않았다. 허리가 공중에 떠 있지만 등받이에 등을 걸치면 허리를 바르게 펼 수 없는 매우 피곤한 자세가 되곤 했다.

🔼 좌판이 길어 평소 불편함을 느끼던 자세

BMW의 모 모델은 좌판 길이 조절이 가능했다. 좌판 길이를 최소로 조절하면 무릎을 굽힌 채로도 골반 뒤쪽과 엉덩이가 시트 깊숙이 묻혀서 차가 좌우로 흔들려도 시트가 몸을 지탱하여 안전하고 편안한 느낌이 들었다. 동시에 주행 시 급제동해야 하거나 급히 회피해야 할 때도 몸이 시트에 단단히 밀착되어 흔들리지 않았다. 그러니 핸들을 잡은 팔도 흔들리지 않아 안정적으로 주행할 수 있었다. 단지 '좌판 길이가 나에게 맞는 의자'라는 단 한 가지 변화로 나는 원 없이 격렬하게 운전하고 또 달리면서도 차와 몸을 밀착한 채 하나 된 느낌을 받을 수 있었다.

왜 한국 차는 나에게 너무 크고 불편한데 독일 차는 나에게 딱 맞을까? 독일인이 한국인보다 평균 신장이 작을 리도 없지 않은가. 약간의 문화 충격과 함께, 잘 맞는 차를 탔을 때의 편안함에 그간 믿었던 국산 차에 약간의 배신감(?)을 느꼈다. 이렇게 된 김에 차량들의 의자 사이즈와 착석감 등을 직접 체감해봐야겠다고 생각했다. 당시 드라이빙 센터에 전시되어 있던 모든 BMW 모델의 운전석에 앉아보았다. 대체로 잘 맞는 편이었지만 7시리즈 같은 상위 기종은 비교적 좌석이 큰 경향이 있었다. 여기에서 미묘한 기분이 들었다. 애초에 여성 혹은 체구가 작은 사람을 고가 차량의 운전자로 고려하지 않은 것만 같았다. 그러나 모든 모델의 헤드레스트가 뒤통수를 불쾌하게 누르지는 않았다.

헤드레스트는 왜 있을까? 자동차가 후방에서 추돌을 당하면 충격의 반작용으로 목이 뒤로 세차게 넘어간다. 만일 이때 헤드레스트가 없다면 목에 골절이 일어나 신경이 손상을 입을 가능성이 크고 심각한 경우 목 아래로 전신 마비가 될 위험도 있다. 그래서 헤드레스트가 뒤통수를 받치며 존재한다. 한국 자동차는 왜인지 뒤통수를 받치는 정도를 넘어 정수리를 위에서부터 누르는 각도가 되어 매우 불편하다. 그래서 이 각도도 역시 살펴보기로 했다.

2021년 서울오토모빌리티쇼에 방문한 나는 앉을 수 있는 각국의 자동차 운전석에 모두 앉아보았다. 이때 특히 살펴본 것은 좌판의 길이와 헤드레스트의 각도, 각종 버튼이 손에 닿는지 여부였다. 흥미롭게도 국산 차량의 경우 전반적으로 좌판 길이가 길고 헤드레스트 각도가 적절하지 않은 경우가 많았다. 이유는 잘 모르겠다. 우리나라 차나 다른 나라에서 생산한 차들도 분명 다 시트의 안전도를 테스트해서 만든 결과물일 텐데 말이다. 우리나라 사람의 평균 신장이 전 세계에서 월등히 클 것 같지 않은데 왜 좌판의 길이를 그렇게 길게 고집하는지 알 수 없었다.

3

도로를 이해하기 위해서는
도로의 규칙을 알아야 해요

운전할 때는 도로를 이용하게 됩니다. 도로는 보도로 걸어 다닐 때와 다르게 많은 규칙이 있습니다. 평소에 우리는 도로를 따라 나 있는 보도(인도)로 걷기 때문에 운전과 걷기가 이동이라는 측면에서는 비슷하다고 느낄 수도 있습니다. 그러나 운전을 '조금 빨라진 걷기'라고 생각하면 낭패를 보게 됩니다. 언제든 뒤를 돌아 유턴할 수 있고 좌회전 또는 우회전할 수 있으며 문을 통과해 건물 사이를 뚫고 나갈 수도 있는 걷기와는 달리 도로는 이미 만들어진 규칙에 따라서만 움직여야 하기 때문입니다. 이번 장에서는 도로와 그 시설물들에 대해서 알아보겠습니다.

도로에 대해 알아보자

우리를 기다리는 길, '도로'에 대해 알아봅시다.

　먼저, '차로'와 '차선'이 어떻게 다를까요? '차로'란 차마(자동차 등)가 한 줄로 도로의 정해진 부분을 통행하도록 차선으로 구분한 차도의 부분입니다. '차선'이란 차로와 차로를 구분하기 위하여 그 경계지점을 안전표지로 표시한 선입니다. 길 그 자체와 길을 구분짓는 선의 차이라고 생각하면 쉽습니다. 자동차의 길에는 법으로 정한 규칙이 있습니다. 도로교통법 제1장 5조에 운전자와 보행자 등에게 교통안전시설의 신호 또는 지시, 경찰공무원 등의 신호 또는 지시를 따를 의무를 다음과 같이 명시하고 있습니다.

제5조 (신호 또는 지시에 따를 의무) 도로를 통행하는 보행자나 차마는 신호기 또는 안전표지가 표시하는 신호 또는 지시와 교통정리를 하는 경찰공무원(전투경찰순경을 포함한다. 이하 같다)과 행정자치부령이 정하는 경찰공무원을 보조하는 사람(이하 "경찰공무원등"이라 한다)의 신호나 지시를 따라야 한다.

즉 도로를 주행하려면 신호나 지시에 대해 알아야 합니다. 갑자기 법을 운운하니 딱딱하게 느껴질 수 있지만 안전과 원활한 통행을 위해서도 이 규칙들을 알아두는 것이 좋습니다. 문제가 생기면 결국 '법을 얼마나 잘 지켰는지'에 따라 과실이 결정되기 때문입니다. 또한 도로의 규칙을 잘 알고 있다면 사고나 어떤 문제가 생겨도 경찰 및 보험사, 상대 운전자에게 주눅들지 않고 자신감 있게 대처할 수 있습니다.

이 장의 내용들은 도로교통법, 도로법 등 현행법을 반영하였습니다.

도로의 요소

아래 도로 그림에서 각 요소의 이름을 빈칸에 채워봅시다.

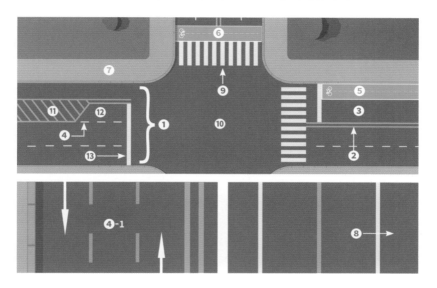

①	_____	⑦	_____
②	_____	⑧	_____
③	_____	⑨	_____
④	_____	⑩	_____
④-1	_____	⑪	_____
⑤	_____	⑫	_____
⑥	_____	⑬	_____

- -

① **차도:** 모든 차가 통행할 수 있도록 설치된 도로 부분이다.

② **중앙선:** 차마의 통행 방향을 구분하기 위하여 설치된 선 및 시설이다.

③ **차로:** 차선으로 구분한 차도 부분, '1차선'이 아니라 '1차로'라고 불러야 한다.

④ **차선:** 차로와 차로를 구분하기 위하여 표시한 선이다.

④-1 **가변차로:** 교통량에 따라서 유동적으로 차로의 수를 확대하도록 신호기를 통해 차로의 진행 방향을 지시하는 차로다.

⑤ **자전거도로:** 자전거 및 개인형 이동장치가 통행할 수 있도록 설치된 도로다.

⑥ **자전거횡단도:** 자전거 및 개인형 이동장치가 횡단할 수 있도록 표시된 부분이다.

⑦ **보도:** 보행자가 통행할 수 있도록 한 부분이다. 보도와 차도가 구분되지 않은 도로에서는 보행자의 안전을 위해 도로 가장자리에 흰 선으로 길가장자리를 표시하였다. 이 도로 가장자리 부분을 '길가장자리구역'이라고 하며 예전에는 흔히 '노견'이라고 불렀다.

⑧ **길가장자리구역:** 보도와 차도가 구분되지 않은 도로에서 보행자의 안전을 위해 표시한 도로의 가장자리 부분이다. 예전에는 흔히 '노견'이라고 불렀다.

⑨ **횡단보도:** 보행자가 도로를 횡단할 수 있도록 표시한 부분이다.

⑩ **교차로:** 둘 이상의 도로가 교차하는 부분이다.

⑪ **안전지대:** 보행자나 차마의 안전을 위해 표시한 도로의 부분. 주정차 금지구역이다.

⑫ **포켓차로:** 기존 차로에서 좌회전 혹은 우회전을 위한 전용 차로 하나가 주머니처럼 늘어나 확장된 부분(도로교통법상 정식 명칭은 아니지만 실생활에서 통용되는 이름이며 정식 명칭은 좌회전/유턴 전용차로, 우회전 전용차로).

⑬ **정지선:** 차량이 신호 대기 등으로 정지하여야 할 때 보행자나 통행에 방해가 되지 않기 위해 정지해야 하는 선이다.

도로를 이해하기 위해서는 도로의 규칙을 알아야 해요

도로의 구분

도로를 지칭할 때 쓰이는 여러 분류와 이름에 대해 알아봅시다. 달달 외워야 한다기보다는, 무엇이 어떤 이름으로 불리는지 감만 잡으면 됩니다.

도로법에 의한 분류

도로를 관리하기 위한 법적 분류로, 7개 등급으로 나뉩니다.

1. 고속국도(고속국도의 지선 포함): 자동차 교통망의 중추 부분을 이루는 중요도시를 연결하는 자동차 전용의 고속교통이 이용하는 도로.

2. 일반국도(일반국도의 지선 포함): 중요도시, 지정항만, 중요한 비행장, 관광지 등을 연결하며 국가 기간 도로망을 이루는 도로.

3. 특별시도 · 광역시도: 서울특별시, 부산 · 대구 · 인천 · 광주 · 대전 · 울산광역시 구 역내의 도로.

4. 지방도(국가지원 지방도): 도내의 주요 도시를 연결하며 지방의 간선도로. 망을 이루는 도로, 국가와 지방자치단체가 역할을 분담하여 건설하는 도로.

5. 시도: 시 구역 내의 도로.

6. 군도: 군 구역 내의 도로.

7. 구도: 구 구역 내의 도로.

기능별 도로 구분

1. 주간선도로: 시·군의 골격을 형성하며, 시와 시의 도심을 연결하는 도로.

2. 보조간선도로: 주로 주간선도로의 안쪽에 자리하며, 근린주거구역의 외곽을 형성하는 도로.

사용 및 형태별 도로 구분

1. 일반도로: 폭 4m 이상의 일반도로.

2. 자동차전용도로: 자동차만 전용으로 다닐 수 있는 도로.

3. 보행자전용도로: 대개 폭 1.5m 이상으로, 차도와 구분하여 보행자만 다닐 수 있는 도로.

4. 보행자우선도로: 횡단보도처럼 보행자가 우선이 되는 도로로, 폭 20m 미만인 경우가 많음.

5. 자전거전용도로: 주로 보행자전용도로와 차도 사이에 위치하며 폭 1.5m 이상인 길로 자전거 전용인 도로.

6. 고가도로: 도로와 평면으로 교차하지 않도록 지면보다 높게 지대를 가설하여 그 위에 설치한 도로.

7. 지하도로: 지하에 있는 도로로, 지하차도 역시 지하도로에 포함되는 개념이지만 통상적으로 지하도로는 전부 혹은 일부 구간이 모두 지하화된 도로를 말함.

    하나하나 외울 필요는 없습니다. 도로들을 부르는 이름이 이렇게 구분되어 있구나 하고 알아두면 됩니다. 이상의 구별 기준들은 서로 다른 기준이기 때문에, 같은 대상을 두고 다른 이름으로 부르는 경우도 있습니다. 주간선도로가 곧 고속국도(고속도로)이기도 한 것처럼 말이지요. 이제 뉴스나 교통방송 등에서 '간선도로'라든가 '국도' 등에 관한 이야기가 나올 때, 이해하기가 더 쉽겠지요?

도로 위 신호와 지시

도로를 주행할 때 만나게 되는 다양한 시설 중 특히 주의해야 할 것들에 대해 알아봅시다. 앞에서 운전자는 '신호 또는 지시에 따를 의무'가 있다고 하였는데요, 이 신호 또는 지시가 무엇으로 이루어져 있는지, 의미는 어떠한지 살펴보겠습니다.

도로 위에 있는 신호기와 안전표지를 통틀어 교통안전시설이라고 합니다. 가드레일이나 톨게이트 등은 도로의 부속물로 취급합니다. 교통안전시설 분류를 이해하기 쉽도록 다음 표로 정리하였습니다. 이 또한 외울 필요는 없습니다. 신호기(신호등)와 안전표지는 도로에서 우리가 따라야 할 신호와 지시를 나타냅니다. 우선 반드시 알아두어야 할 신호기와 안전표지에 대해 알아보고, 전체 교통안전표지는 뒤에서 따로 다루겠습니다.

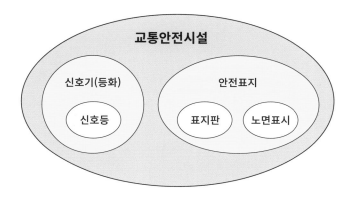

신호기

신호등은 램프로 신호를 보내는 대표적인 시설물입니다. 등화는 색과 모양, 깜빡임 유무에 따라 의미가 달라집니다. 크게 적색은 '정지', 황색은 '주의', 청색은 '통행 가능'을 의미합니다. 점멸 신호(깜빡이는 신호)일 때는 켜져 있는 신호와 비교하여 규제의 정도를 한 단계 낮게 생각하면 됩니다. 예를 들어, 적색 점등(켜진) 상태는 정지를 의미하는 신호이지만, 적색 점멸등일 때는 '일시정지한 후 진행가능한 신호'를 의미합니다.

사거리에서 황색등이 점등되면 사거리에 진입하지 말아야 합니다. 이미 진입한 후라면 빠르게 통과해야 합니다. 사거리에 진입하기 직전에 황색등이 점등되었으나 속도가 붙어 이내 정지하더라도 사거리 중간에 정지할 듯하여 그대로 진행하다가 사고가 난 경우, 신호위반(12대 중과실)이라는 대법원 판례[2]가 생겼습니다. 따라서 사고가 나지 않도록 판단해야 합니다. 황색등이 점멸하고 있다면 주변 통행에 유의하며 통행하면 됩니다.

점멸등 상태라면 해당 색 신호에 비해 규제의 정도가 조금 유연해졌다고 이해하면 쉽습니다.

화살표 모양의 등은, 화살표 방향으로 가는 길에 대해서 정지, 통행 등을 색으로 표시합니다. 우회전하는 길에 있는 오른쪽 화살표의 녹색등은 우회전해도 된다는 뜻이지만, 오른쪽을 향하는 적색 화살표 점등 시에는 우회전 금지를 의미합니다.

가장 조심해야 할 부분은 황색등이나 적색등이 깜빡이고 있는 경우입니다. 새벽에 한적한 국도 등에 적색 점멸등이 있을 때 일시 정지하지 않고 진행한 경우, 사고가 나면 100:0의 과실이 될 수 있습니다. 많은 사람이 일시 정지하지 않고 그대로 운행하는데요. 사고가 났을 때는 원칙대로 따지기 때문에 황색 점멸등에서 서행하지 않거나 적색 점멸등에서 일시 정지하지 않으면 신호 위반(12대 중과실)으로 처리될 수 있습니다. 그러므로 차가 없는지 반드시 확인하고 통행해야 합니다. 다만, 뒤에서 차가 가까이 따라오는데 급정지하면 오히려 사고를 유발할 수 있으니 상황을 보고 대처합니다. 신호별 의미를 표로 정리해보았습니다.

적색 점등		신호 앞에서 정지한다. (원문) 차마는 정지선, 횡단보도 및 교차로의 직전에서 정지한다. 다만, 신호에 따라 진행하는 다른 차마의 교통을 방해하지 않고 우회전할 수 있다.[3]
적색 점멸		신호 앞에서 일시 정지한 다음 상황에 따라 진행한다. (원문) 차마는 정지선이나 횡단보도가 있을 때에는 그 직전이나 교차로의 직전에 일시 정지한 후 다른 교통에 주의하면서 진행할 수 있다.
적색 화살표		화살표 방향으로 가지 않고 멈춘다. (원문) 화살표시 방향으로 진행하려는 차마는 정지선, 횡단보도 및 교차로의 직전에서 정지하여야 한다.
황색 점등		교차로나 정지선 직전에 정지하며, 이미 진입했다면 신속히 교차로 밖으로 진행한다. (원문) 1. 차마는 정지선이 있거나 횡단보도가 있을 때에는 그 직전이나 교차로의 직전에 정지하여야 하며, 이미 교차로에 차마의 일부라도 진입한 경우에는 신속히 교차로 밖으로 진행하여야 한다. 2. 차마는 우회전할 수 있고 우회전하는 경우에는 보행자의 횡단을 방해하지 못한다.
황색 점멸		주변 통행에 유의하며 통행한다. (원문) 차마는 다른 교통 또는 안전표지의 표시에 주의하면서 진행할 수 있다.
청색 점등		통행 가능하다. (원문) 1. 차마는 직진 또는 우회전할 수 있다. 2. 비보호좌회전표지 또는 비보호좌회전표시가 있는 곳에서는 좌회전할 수 있다.
청색 화살표		해당 방향 통행 가능하다.

안전표지

안전표지는 '표지판'과 도로 표면에 표시된 '노면표시'로 나뉩니다. 전체를 다 살펴보아도 좋지만 그 특징을 파악해두는 것이 좋습니다. 예시를 살펴보며 그 특징을 알아봅시다.

1. 표지판: 먼저 색깔을 봅니다. 적색이 있는지 없는지, 금지 표지가 있는지 없는지를 살펴보면 얼마나 중요한지 그 정도를 가늠할 수 있습니다. 아래 표지를 보고 이름과 내용을 짐작해봅시다. 주의 표지, 규제 표지, 지시 표지, 보조 표지라는 명칭을 외울 필요는 없습니다. 적색 표지판의 경우 규제 및 주의 표지판으로, 금지하는 내용 및 도로 위의 조심할 내용 등을 나타내므로 특히 유의하여 봅시다. 표지판은 의미하는 바가 직관적으로 그려져 있지만 몇몇은 이해하기 어렵기 때문에 이번 장 끝에 있는 전체 목록을 한번 살펴두면 도로에서 친숙하게 이해될 것입니다.

✳ 주의 표지: 도로 위에서 주의해야 할 내용을 다루는 표지입니다. 도로에 대한 어떤 정보를 나타내는지 다음 예시를 살펴보세요. 빨간색 테두리로 강조된 세모 모양의 주의 표지는 안에 담고 있는 내용을 주의하라는 의미의 표지입니다. 각각 +자형 교차로, Y자형 교차로, 우선도로, 우합류도로, 철길건널목으로 주의할 것을 나타냅니다. 우선도로라는 표지는, 내가 진행하는 도로가 '통행의 우선권'이 있다는 의미입니다.

| +자형 교차로 | Y자형 교차로 | 우선도로 | 우합류도로 | 철길건널목 |

🔼 주의 표지 예시

＊규제 표지: 도로 위에서 금지하는 내용을 담은 표지입니다. 대개 눈에 띄는 빨간 원형에 빗금 혹은 X자로 금지하는 내용을 표시합니다. 아래 예시는 각각 진입, 좌회전, 유턴, 앞지르기, 주차와 정차를 금지하는 표지입니다. 진입금지의 경우 진입하면 역주행이 되어 사고가 났을 시 12대 중과실이 되기 때문에 들어가서는 안 됩니다.

| 진입금지 | 좌회전금지 | 유턴금지 | 앞지르기 금지 | 정차·주차 금지 |

🔼 규제 표지 예시

＊지시 표지: 운전자가 따라야 할 통행 지시 사항을 담은 표지입니다. 파란색 배경에 흰색으로 내용을 표시합니다. 여기에서 진행 방향별 통행 구분은 각 차로가 1차로부터 좌회전 차로인지, 직진 차로인지, 직진/우회전 차로인지를 나타냅니다. 이 진행 방향별 통행 구분을 위반할 경우 과실이 100:0이 될 수 있으므로 유의합니다. 우회로의 경우는 좌회전이 없는 도로

에서 좌회전하기 위해 'P턴'해야 함을 보여줍니다. 이는 화살표 모양처럼 세 번 우회전하여 좌회전할 수 있는 길을 의미합니다.

양측방통행	진행방향별 통행구분	우회로	자전거 및 보행자 통행로	자전거 전용차로

↑ 지시 표지 예시

＊ 보조 표지: 다른 표지판의 의미를 명확히 해주는 표지판입니다. 다른 표지판과 같이 설치되기도 합니다.

↑ 보조 표지 예시

2. 노면표시

노면표시는 도로교통의 안전을 위하여 각종 주의 · 규제 · 지시 등의 내용을 노면에 기호 · 문자 또는 선으로 도로 사용자에게 알리는 표지입니다. 시간이 지나면 닳아서 잘 안 보이기도 합니다. 길 위의 글자나 화살표는 내비게이션으로 길을 찾거나 직진 및 좌회전 차로 등을 구별할 때 파란색, 녹색 표지판과 함께 자주 이용하는 표시입니다.

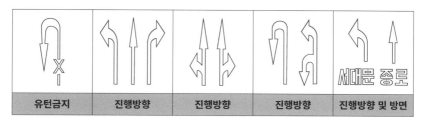

유턴금지	진행방향	진행방향	진행방향	진행방향 및 방면

❶ 노면 표시 예시

위 노면표시는 각 차로의 진행 방향을 나타냅니다. 차로마다 직진, 좌회전, 우회전, 유턴 등 해당 차로에서 가능한 진행 방향을 노면표시(도로)와 파란색 지시(머리 위) 표지로 알 수 있습니다. 만일 이를 위반하여 사고가 나면 최대 100:0의 과실로 처리될 수 있으므로 좌회전인 곳에서 직진하거나 직진인 곳에서 좌회전해서는 안 됩니다. 다음으로 노면표시, 표지판중 초보 운전자가 어렵게 느낄 수 있는 표지를 살펴보겠습니다. 노면표시의 전체 내용은 이번 장 마지막에 따로 실어두었습니다.

초보 운전자가 어려워하는 노면표시와 표지판에서의 통행

1. 양보 표시, 양보 표지판
도로에서 자주 볼 수 있는 양보 표시와 양보 표지판은 주로 도로가 합류하는 지점이나 차로가 줄어드는 곳에 있습니다. 해당 차선에 있는 차량이 다

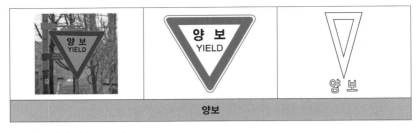

◐ 양보를 의미하는 각종 표시

른 차로로 합류할 때 해당 차로에 있는 차가 양보해야 함을 나타냅니다. 즉 상대방 차로의 차가 지나간 다음 내가 합류해야 한다는 뜻입니다.

　　운전에는 통행의 우선권이라는 개념이 있습니다. 이는 차마의 통행에서 특정 위치에 해당하는 운전자가 먼저 지나갈 수 있음을 결정해둔 것을 말합니다. 현재 내가 있는 차로에 '양보' 표시가 있으면 상대 차로에 우선권이 있어서 내가 양보하여 상대방을 먼저 보내주어야 합니다. 이때 끼어들다가 사고가 나면 양보해야 했던 쪽인 나의 과실이 커질 수 있으므로 주의해야 합니다.

2. 회전교차로

회전교차로는 도로가 만나는 중심부에 교통섬을 두어서 차량이 교통섬을 반시계 방향으로 돌아가도록 만든 길입니다. 로터리와 통행 방법이 비슷하지만 로터리와 달리 신호가 없습니다. 신호가 없어 교통 흐름이 원활하며 정차가 없기 때문에 대기오염 감소에도 도움이 됩니다. 처음 접한다면 운전하기에 어렵다고 느낄 수 있으나 가고자 하는 방향만 정확히 파악한다면 그저 구부러진 길과 마찬가지입니다.

회전교차로 주행은 진입-곡선부 주행-진출의 3단계로 생각하면 됩니다. 진입과 진출은 차로 변경을 떠올리면 됩니다. 먼저, 진입할 때는 속도를 줄입니다. 서행하며 바깥쪽 차로에서 왼쪽 안쪽 차로로 변경하는 셈이므로 왼쪽 깜빡이를 넣고 진입합니다. 이때, 내 차로가 양보 차로이므로 무리하게 끼어들지 않습니다.

곡선부에서는 반시계 방향으로 회전하게 됩니다. 이 차로를 직선 차로로 취급하며, 만일 나가는 곳을 놓쳐도 당황할 필요 없습니다. 몇 바퀴 더 돌아도 문제없거든요. 이때 바깥쪽에서 돌고 있다면 안쪽 차로의 차량이 우측 깜빡이를 켜고 나가려 할 수 있으므로, 나가는 차량의 흐름에도 주의합시다. 내가 나가는 방향을 미리 봐둔 후, 우측 깜빡이를 켜고 바깥쪽 차로로 변경합니다. 진출할 때는 안쪽 차로에서 바깥쪽 오른쪽 차로로

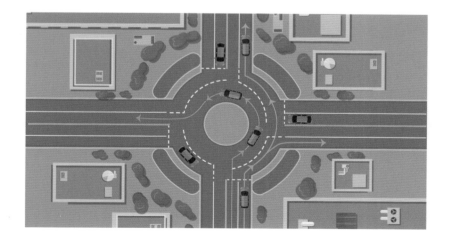

변경하는 셈이므로 오른쪽 깜빡이를 켜고 진출합니다. 차로 변경과 같은 요령으로 진출하며, 차가 들어오는 방향으로 나가서 역주행하지 않도록 주의합니다.

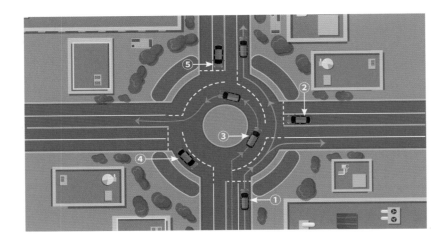

① 회전교차로 진입 시 서행합니다. 좌측 방향지시등을 켜고 진입합니다.
② 회전하는 차량에 통행 우선권이 있으니, 회전차량에 양보합니다. 금방 나가야 할 경우에는 바깥쪽 차로로 회전하고 많이 돌아야 할 경우에는 안쪽 차로로 회전합니다.
③ 회전교차로는 반시계방향으로 통행합니다.
④ 회전교차로에서 진출할 때는 우측 방향지시등을 켜고 빠져나갑니다. 실수로 빠져나갈 곳을 놓쳤을 때는 급정거하거나 후진하지 말고 한 바퀴 더 돌면 됩니다.

	101 +자형교차로	102 T자형교차로	103 Y자형교차로	104 ㅏ자형교차로	105 ㅓ자형교차로	106 우선도로	107 우합류도로
주의 표지							
118 도로폭이 좁아짐	119 우측차로없어짐	120 좌측차로없어짐	121 우측방통행	122 양측방통행	123 중앙분리대시작	124 중앙분리대끝남	125 신 호 기	126 미끄러운도로
138의 2 교 량	139 야생동물보호	140 위 험	141 상습정체구간	**규제 표지**	201 통행금지	202 자동차통행금지	203 화물자동차 통행금지	204 승합자동차 통행금지
217 앞지르기 금지	218 정차·주차금지	219 주차금지	220 차중량제한	221 차높이제한	222 차폭제한	223 차간거리확보	224 최고속도제한	225 최저속도제한
305 직 진	306 우 회 전	307 좌 회 전	308 직진 및 우회전	309 직진 및 좌회전	309의 2 좌회전 및유턴	310 좌우회전	311 유 턴	312 양측방통행
321 보행자전용도로	321의2 보행자우선도로	322 횡단보도	323 어린이보호 (노인보호구역안)	324 어린이보호 (어린이보호구역안)	324 의 2 장애인보호 (장애인보호구역안)	325 자전거횡단도	326 일방통행	327 일방통행
403 구 역	404 일 자	405 시 간	406 시 간	407 신호등화상태	407의2 우회전 신호등	407의3 신호등 방향	407외4 신호등 보조장치	408 전방우선도로
419 구 간 끝	420 우방향	421 좌방향	422 전 방	423 중 량	424 노 폭	425 거 리	427 해 제	428 견인지역

🔼 교통안전시설 일람표

교통안전시설 일람표

도로를 이해하기 위해서는 도로의 규칙을 알아야 해요

차의 길과 사람의 길

나는 길을 잘 찾는 편이다. 눈썰미가 좋아서 한번 갔던 길도 잘 기억하고, 가보았던 곳은 머릿속에 지도를 대략적으로 그려놓아서 '어디로 간다'고 하면 얼추 어느 방향으로 가야 하는지 짐작이 간다. 그래서 운전을 시작할 때 나름대로 자신이 있었다. 그런데 서울에 있는 운전면허 학원에 다니다가 주행 시험에서 너무도 복잡한 도로에 질려버린 나는 서울에서 시험을 보지 않기로 마음먹었다. 그래서 집이 있는 경기도 면허시험장에 시험을 접수했는데, 여기서는 학원에 다니지 않았으니 주행 연습을 따로 하지 못했다. 대신 가족이 운전하는 차를 타고 주행 코스를 돌면서 '여기에서는 이렇게 해야지, 저기에서는 저렇게 해야지.' 하며 길을 익혔다. 주행 시험 코스는 도로교통법 시행령 제 67조 1항에 의거해 '총 거리 5km 이상, 교통량에 비해 폭이 넓은 도로이며 보행자 및 차마의 통행량이 비교적 일정하며 교통안전시설이 정비된 도로'여야 한다. '1구간 400미터 이상을 시속 40km 이상의 속도로 주행할 수 있어야 하며 차로변경 1회 이상, 방향전환(좌회전 또는 우회전) 1회 이상, 횡단보도 일시 정지 및 통과를 1회 이상 할 수 있는 도로'를 선정해야 한다. 이러한 기준에 의해 코스를 선정하다 보니 좌회전 혹은 우회전이 한두 번밖에 없는 비교적 단순한 코스들이 많아 길을 외우는 것은 어렵지 않았다. 그렇게 (머릿속으로) 연습하며 주행 코스를 숙지(했다고 생각)한 후, 조금은 떨리는 마음으로 주행 시험을 보러 갔다.

내가 '걸린' 코스는 운전면허 시험장에서 나와 직진하여 내리막길로 쭉 가다가 큰길 끝에서 좌회전한 후 몇 블록 더 가서 유턴하고 다시 같은 길을 거쳐 시험장으로 돌아가는 루트였다. 자동차라는 기계를 다루는 데에는 익숙했기에 탑승 전 차 주변을 살피고 탑승 후 시트 포지션과 거울을 조정한 후 안전벨트를 매고 신호에 따라 출발했다. 날씨도 맑고, 평일 오후라 차도 적었다. 게다가 신호까지 타이밍 맞게 모두 녹색 불이었다! 나는 자신 있게 출발해 직진 구간 내리막의 청색 신호등 네 개를 지나 끝내주게 부드러운 감속을 하며 큰길 안쪽의 좌회전 차로에 대기하려 했다. 좌회전하기 위해 대기 중인 차 뒤에 멈추자, 시험관이 절도 있게 말했다.

"불합격입니다."

'어? 왜지?' 당황스러웠다. 직진 주행만 했기 때문에 다른 문제가 있던 것도 아니고 딱히 신호를 위반한 것도 아니었는데 불합격이라니! 혼란스러워하며 이유를 물었다.

"좌회전 차로를 밟고 직진하셨어요."

아뿔싸. 아까 네 개의 신호등을 지나면서, 차가 한 대도 없었기 때문에 나는 좌회전 차로 세 개를 밟고 직진해서 왔다. 지나왔던 길을 돌이켜보니, 큰 사거리를 하나 지나쳤는데 그 사거리의 1차로가 좌회전 차로였다. 나는 2차로로 주행했는데, 그 사거리를 지나며 내가 달리던 2차로가 1차로로 바뀌고 그 1차로는 좌회전 차로가 된 것이었다.

꼭 기억해두자. 1차로나 2차로로 직진하다 보면, 사거리를 지날 때 내 차로가 좌회전 차로로 바뀔 수 있다는 점을. 때로 5차로 이상 폭이 넓은 도로에서는 2차로까지도 좌회전 차로일 때가 있으므로, 직진하고 싶다면 2차로나 1차로에 있을 때 바닥의 노면표시나 표지판, 내비게이션의 차로 안내를 꼭 보도록 하자.

두 발로 걸을 때는 방향만 맞게 가면 그만이었기 때문에, 차의 길은 차로별 지정 주행방향이 따로 있다는 것을 깜박한 데서 나온 실책이었다. '아무튼 방향만 맞으면 되는 것 아닌가?'라고 생각한 나의 길 찾기 방식은 도로에서는 통하지 않았다. 강변북로에서 맨 끝 차로에 정체되어 있는 차들을 이유도 모르고 지나쳤다가 오른쪽으로 빠져나가야 하는 램프구간이 가까워져 왔을 때 알고 보니 내가 무시하고 지나쳤던 그 차로로 다시 끼어들어야 했음을 깨달았고, 그제야 도로는 방향만큼 차로 선택이 중요하다는 것을 알았다. 사람이 가는 길은 차로처럼 구별되어 있지 않다 보니 각 차로에서 할 수 있는 일이 정해져 있다는 개념이 생소했던 것 같다.

꼭 기억하자. 우회전은 오른쪽 끝 차로, 좌회전은 왼쪽 끝 차로, 1차로에 가까이 있다면 가끔은 내가 가는 차로가 갑자기 좌회전 차로로 변할

○ 지시 표지를 보면 각 차로별 진행 방향을 알 수 있다. 이 표지판은 주로 교차로 앞에 있다.

○ 내비게이션 아래쪽을 보면 차로별 진행 방향을 알 수 있다. 중앙선 쪽 포켓차로 유턴, 1, 2차로 직진, 3차로 우회전인 도로이다. 왼쪽 위를 보면 '다음 할 일'을 알 수 있는데, 왼쪽 고가차도로 올라간 후 2km를 지나 유턴해야 하는 것을 알아 두면 차로 변경을 미리 대비하기 좋다.

○ 도로 노면표시를 보면 차로별 진행 방향을 알 수 있다. 닳아서 잘 보이지 않을 때 가 있으므로 내비게이션이나 표지판을 참고하여 확실히 알아두도록 한다.

도로를 이해하기 위해서는 도로의 규칙을 알아야 해요

수도 있다. 간혹 왼쪽 끝 차로에 좌회전이 아닌 유턴 전용 차로가 있기도 하니, 좌회전을 해야 한다면 주의하자.

큰길에서 직진하다가 오른쪽 램프 구간으로 빠져나가야 하는 상황을 생각해보자. 내비게이션은 보통 직진을 제외한 경로 변화(좌, 우회전이나 분기점 등)가 있을 때마다 알려주곤 한다. 문제는 우측으로 빠져나가기 전에 다른 우회전이나 좌회전 등을 해야 하는 상황이라면 그걸 먼저 알려주어야 하기 때문에 다음 알림까지의 거리가 짧아진다는 점이다. 그때 알림을 보고 오른쪽 차로로 끼어들려 하면 이미 정체된 차로는 나를 끼워주지 않으려 하는 경우가 많다. 눈물로 비상등을 켜고 손짓하기를 몇 번 해보면서, 내비게이션의 '다음 할 일'을 유념하여 어느 차로로 재빨리 끼어들어야 할지 감이 왔다. 상습 정체가 있는 곳에서는 분기점에 가까워서 얌체같이 끼어드는 운전자를 단속하는 경우도 있으니, 미리 줄을 서 있는 것이 안전하다.

차의 길과 사람의 길이 다르다는 것을 느낀 또 다른 에피소드가 있다. 내비게이션이 말해준 위치에 도착했는데 길 건너편에 목표지점이 있는 경우였다. 도보로 이동했다면, 길을 건너면 그만이어서 운전하기 전에는 길을 찾을 때 목표 지점이 건너편인지 아닌지를 심각하게 따진 적이 없었다. 하지만 차의 커다란 몸체로, 그것도 정해진 차로로만 다녀야 하는 경우라면 사람처럼 내 몸 하나만 움직여 쉽게 길을 건너거나 뒤돌아서기가 어렵다. 차는 우측통행만 하기 때문에, 차도의 오른편에 있는 건물로만 진입 가능하다. 만약 길의 왼쪽에 있는 건물에 당도하려면 유턴이 가능한 지점까지 다시 운전해 가서 길 건너편으로 가야만 한다. 처음에는 이렇게 '길 건너편'에 차가 도착할 수 있다는 개념이 와닿지 않아 몇 번 고된 유턴을 한 후에야 차의 '우측통행' 개념을 철저하게 깨달을 수 있었다.

어릴 적에는 차들이 차로를 지키면서 운전하는 것을 보고 자동으로 차로를 유지하는 기능이라도 있나 생각한 적이 있었다. 물론 최근 출시된 자동차에는 그런 기능이 있긴 하지만 사실은 다들 수동으로 차로를 유지하고 있었다. 이 사실을 알게 된 이후 웃기고 어이가 없었다. 그냥 핸들을 중립에 놓으면 '당연히' 직진 주행할 줄만 알았던 차가 차로 안에서 이리저리 흔들릴 줄 누가 알았겠는가.

희한하게도 자동차는 바퀴가 네 개인데도 자전거처럼 좌우로 흔들거린다. 운전에 익숙해지면 자전거 핸들을 능숙하게 조절해 직진 주행을 할 수 있게 되는 것처럼 자동차도 점차 자연스러운 직진 주행을 할 수 있다. 하지만 초보 때에는 이야기가 다르다. 넓은 차로 안에서 긴장하며 왼쪽으로 붙었다 오른쪽으로 붙었다를 신경 써야만 했다.

초보를 벗어나자 이제는 비틀거리는 다른 차들이 눈에 들어온다. 어떤 남성들은 차선을 맞추려 애쓰며 운전하는 초보 운전자를 고의적으로 괴롭히기도 하는데, 가령 차로를 바꾸지 못하도록 속도를 맞추어 따라다니면서 괴롭히는 거다. 도대체 무슨 심보일까? 이해가 되지 않는다. 쩔쩔매는 그런 차들을 마주치면, 도움을 주거나 그 차의 안전 운전을 빌어주자.

대체 '1종'이 뭐라고!

"요즘 세상에 누가 여자들을 차 못 타게 하나요?"

"그건 그렇지만……."

위 질문에 선뜻 대답하기가 어렵다면, 나 또한 당신에게 질문하고 싶다. 면허를 처음 따려 했을 때, 1종 면허를 따야겠다고 생각해본 적이 있는가? 주변에 1종 면허를 따겠다는 계획을 이야기하거나 운전면허 학원에 가서 1종 취득 과정을 접수하겠다고 했을 때, 만류를 당한 적은 없는가? '언니차' SNS를 통해 실시한 자체 조사에 따르면, 약 31%의 확률로 당신은 1종 취득에 대한 만류를 겪어보았을 것이다. 겨우 31%라고? 이는 전체 여성 운전자 중 약 50%가 1종을 따려는 시도조차 해본 적이 없기 때문이다. 분석에 따르면, 당신이 1종 취득을 시도할 확률은 약 50% 정도이며, 당신이 1종을 취득하려 했을 때 만류나 거절을 겪을 확률은 약 67%이다. 1종을 따려고 시도했던 여성 세 명 중 두 명은 만류하는 말을 들었다는 것이다.

나 역시 같은 경험을 한 적이 있다. 2005년에 처음으로 운전면허를 따려 했을 때, 왜인지 더 멋져 보이는 1종을 취득하고 싶었다. 친구들은 굳이 1종을 딸 필요가 없다며 말렸다. 친구들과 같이 학원에 다니기로 했는데, 나만 따로 혼자서 1종 수업을 듣기가 애매해서 결국 2종 보통 수업을 등록했다.

십여 년이 지난 뒤에도 사정은 마찬가지였다. '언니차' 활동을 하며 1종 대형 면허를 취득하고자 학원에 간 날이었다. 접수처 직원은 "대형 왜 따세요? 어려워요."라며 내 쪽을 쳐다보지도 않고 접수조차 받으려 하지 않았다. '언니차 프로젝트'의 일환으로 대형 면허를 따려던 당초 취지를 언급하기는커녕 접수조차 하지 못한 채 얼떨떨하게 있다가 시무룩해져 집에 왔다.

대체 1종이 뭐라고. 당시 학원비는 64만 원에 달했다. 학원비를 받는 것보다 여자인 내가 1종(대형) 면허를 왜 따고 싶은 것인지, 여성이 대형 차량을 몰 이유가 무엇인지 알아내는 것이 더 중요하다는 듯한 직원의 태도를 이해할 수 없었다.

'언니차 프로젝트'로 활동하면서 사람들의 의견을 듣고 살펴보니 이는 나에게만 일어난 일이 아니었다. 나만 유달리 운이 없었던 게 아니라, 최소한 '자동차'의 영역에서만큼은 전국 어디서나 '여성'이라는 이유로 차별이 존재했다. 1종을 따겠다는 여성은 대부분 텃세를 겪게 된다. 어쩌면 나를 포함한 여성 예비 운전자 자신부터가 애초에 1종 면허가 '여자라면' 그다지 필요하지 않은, 어려운 것으로 인식하고 있던 것은 아닐까?

나는 그런 날것의, 하지만 모두가 입을 맞추기라도 한 듯 유구하게 전국 방방곡곡에서 이루어지는 1종 문턱 차별을 겪은 다음 날 다시 학원을 찾아갔다. 그리고 다른 직원에게 1종 대형 면허 교육을 접수했다. 여자는 운전을 잘하지 못할 거니까 굳이 1종 면허를 따려는 이유를 물어봐야만 하고, 여자가 1종 대형을 따게 하느니 수강료를 못 받더라도 집에 돌려보내겠다는 이런 현실. 시작하려는 용기조차 짓밟고 '너희는 못 할 거지만 굳이 하고 싶으면 하든가.'라는 제스처로 시작하는 운전의 세계. 과연 여성과 남성이 각각 만나는 운전이라는 세계의 출발점이 같을까? 나는 완전히 다르리라 생각한다.

당신의 경우는 어땠을까? 무슨 변명을 둘러대어 1종 보통을 따려는 것을 합리화해야만 했을까? 혹은 난데없이 "네가 운전하면 사람 다치는 거 아니야?" "트럭 몰고 나가서 어디 주차는 하겠냐?" 같은 무례한 농담을 마주해야 했을지도 모르겠다. 나는 언니차라는 이름으로 활동하며 수없이 많은 이를 만났고, 이야기를 모을 수 있었다. 이와 관련해 생각나는 일화가 있다면 X(구 트위터) 혹은 인스타그램 '@unniecar' '#언니차'로 당신의 이야기를 들려주어도 좋다.

4

눈비에도 야간에도,
안전 운전 자신 있게

자신에게 맞도록 차량을 조정한 후 우리가 달릴 길을 알아보았습니다. 이제 안전하게 운전할 일이 남았습니다. 하지만 우리가 달릴 길을 비출 하늘이 늘 맑지만은 않습니다. 눈이나 비가 내릴 때, 밤이 찾아왔을 때에도 우리는 달려야 합니다. 많은 비가 쏟아지는 날, 앞에 달리는 차도, 차선도 잘 보이지 않습니다. 어떻게 하면 좋을까요? 이번 장에서는 안전하게 운전하기 위한 상식과 함께 눈비 등이 올 때 어떻게 해야 하는지, 야간에 운전할 때는 어떻게 하는 것이 좋은지 알아봅시다. '엔진 브레이크'에 대해서도 살펴보겠습니다.

제동거리와 공주거리

여러분은 면허를 따기 전 대중교통 없이 스스로 이동할 때, 어떤 수단을 이용했나요? 최대 속력을 내기 위해서는 뛰거나 자전거 페달을 밟아야 했을 것입니다. 자동차에 타면 우리는 순식간에 발끝으로 100마력 이상, 즉 100마리 말이 달리는 것과 같은 힘을 다루게 됩니다. 이 힘을 안전하게 다루려면 달리는 것만큼이나 서는 것에도 능숙해져야 하고, 제동거리와 공주거리의 개념을 반드시 알아두어야 합니다.

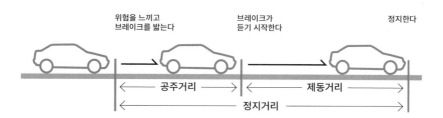

공주거리

우리는 위험을 감지하면 바로 브레이크를 밟습니다. 생각과는 달리, 실제로는 운전자가 이상을 감지하고 브레이크를 밟기까지 최소 0.5~1초 정도 걸립니다. 차를 멈추고 싶은 그 사이에도 차는 전진하고 있습니다. 이 거리를 '공주거리(空走距離, free running distance)'라고 합니다. 공주거리는 운전자가 위험 상황을 인지한 순간부터 브레이크를 밟기 직전까지 이동한 거리입니다. 차의 속도가 빠를수록 공주거리가 길어져서 시속 100km로 주행했을 경우 0.5초라는 짧은 순간에도 약 14m를 지나쳐버립니다. 14m는 시내버스와 소형차를 합한 길이입니다. 공주거리는 차의 속력과 반응 시간에 정비례하며, '차 속력×반응 시간'으로 나타낼 수 있습니다.

제동거리

'제동거리(制動距離, braking distance)'는 브레이크를 실제로 밟은 시점으로부터 타이어가 바닥과 마찰하며 자동차의 속도가 줄어들다가 정지한 순간까지 밀려간 거리입니다. 제동거리는 공주거리와 마찬가지로 속도가 빠를수록 늘어납니다. 공주거리는 속도에 따라 늘어나지만, 제동거리는 속도의 제곱에 따라 늘어납니다. 요약하면 속도가 3배 빨라질 때 제동거리는 약 9배 증가합니다. 그렇기 때문에 안전하게 운전하려면 감속 운전해야 합니다. 제동거리는 체중을 다 실어서 브레이크를 끝까지 밟았을 때(풀 브레이킹)를 기준으로 합니다. 평소처럼 브레이크를 얕게 밟는다면 정지하기까지의 거리는 더 늘어납니다.

정지거리

문제를 발견했을 때부터 실제로 차량의 속도가 0이 될 때까지(멈출 때까지) 필요한 거리가 바로 실질적으로 차가 멈출 때 필요한 거리이며, 이 거리를 '정지거리(停止距離, Stopping distance)'라고 합니다. 정지거리는 공주거리와 제동거리를 합한 전체 거리로, 비나 눈이 올 때, 모래가 깔려 있을 때, 도로가 얼었을 때 등에 증가합니다. 또한 제동거리의 특징(속도의 제곱에 비례) 때문에 속도가 빨라질수록 급격하게 증가합니다. 그러므로 속도가 빠르거나 날씨가 좋지 않을수록 앞차와의 간격을 멀리 유지해야 합니다.

만일 앞에 달리던 차가 고장으로 정지하거나 사고로 멈췄다면, 이를 감지하고 브레이크를 밟아 멈추거나 옆 차로로 피해야겠지요. 그러려면 내가 달리고 있는 속도에 따른 정지거리보다 앞차와의 거리에 여유가 있어야 안전합니다. 또한 앞 차로뿐만 아니라 옆 차로의 상황도 살피면서 운전하면 긴급할 때 피할 여유를 조금이라도 더 확보할 수 있습니다.

├ TIP ┤
---

* 정지거리 = 공주거리 + 제동거리
* 공주거리: 위험을 감지하고 브레이크를 밟을 때까지 전진한 거리
* 제동거리: 브레이크가 듣기 시작하여 정지할 때까지의 거리
* 공주거리는 속도가 빠를수록 늘어나고 제동거리는 속도가 빠르거나 눈, 비 등으로 노면 상태가 좋지 않을 때 증가한다. 날씨가 좋지 않거나 가시거리가 짧을 때는 감속 운전하며 앞차와 안전거리를 유지하는 것이 좋다.

ABS 시스템

여러분은 급정거해본 적이 있나요? 급정거할 때, 브레이크를 세게 밟으면 발에 '득득득' 하는 이상한 소리와 함께 둔탁한 진동이 느껴질 것입니다. 이것은 차가 고장난 것이 아니라, ABS 시스템이 작동하는 소리입니다. 국도를 달리다 우측에서 산사태가 일어나 바위가 굴러떨어졌다고 가정해봅시다. 급정지하려고 브레이크를 힘껏 밟으며 핸들을 왼쪽으로 틀었습니다. 풀 브레이킹을 했기 때문에 바퀴의 회전이 멈춥니다. 이때 방향을 전환하려고 핸들(스티어링 휠)을 돌리더라도 바퀴가 잠겨('lock 상태'라고 함) 있기 때문에, 앞바퀴가 어느 방향을 향하든 원래 진행 방향대로 밀려가 바위와 충돌하게 됩니다. 차의 방향이 전환되는 이유는 핸들을 돌려서 앞바퀴가 비틀어졌을 때, 비틀어진 방향으로 바퀴가 구르며 차를 이끌기 때문입니다. 그런데 바퀴가 잠기면(lock) 바퀴의 방향이 왼쪽으로 틀어지든 아니든 지우개를 바닥에 죽 미는 것처럼 그대로 직선으로 미끄러지게 됩니다.

ABS(Anti-lock Break System)는 이러한 바퀴 잠김을 막아 급정지할 때 바퀴 잠금을 순간적으로 풀었다가 다시 브레이크를 잡아주는 기능을 빠르게 반복함으로써 급작스럽게 브레이크를 강하게 밟더라도 바퀴가 잠기지 않게 하여 원하는 방향으로 향하게 해주는 시스템입니다.

잠깐 퀴즈

Q ABS는 정지거리를 짧게 해주기 위한 시스템일까요?

□ 예

□ 아니오

정답은 '아니오'입니다. ABS는 브레이크를 순간적으로 빠르게 잡았다 풀기를 반복함으로써 바퀴 잠금을 피하고 방향 전환을 할 수 있게 해주는 시스템입니다. 오히려 브레이크가 풀려 있는 동안의 정지거리는 상대적으로 증가할 수 있습니다. 그러면 ABS는 무조건 안 좋은 것일까요? 아닙니다. 급정거하며 정면의 장애물을 핸들 조작으로 피해야 할 때 바퀴가 잠긴 채 차가 앞으로 계속 미끄러지면 더욱 위험합니다. 따라서, ABS 시스템은 급정거 시에도 차량을 원하는 진행 방향으로 움직일 수 있도록 해주는 안전장치라고 생각하면 됩니다.

* ABS는 바퀴 잠금을 막아 급정거했을 때 핸들 방향 조작이 가능하게 해준다.
* 속도가 빨라질수록 앞 차와의 간격을 크게 유지해야 안전하다. 원할 때 빠르게 정지하려면 감속 운전하는 것이 좋다.
* 눈비 및 안개 등 악천후로 시야가 좋지 않을 때와 바닥이 미끄러울 때도 감속하여 운전하고 앞차와의 간격을 여유 있게 유지하며 비상등을 켜고 운행하면 안전 운전에 도움이 된다.

우천 시, 야간 운전

눈이나 비가 올 때, 혹은 밤에 운전할 때 안전하게 운전하려면 어떻게 대비해야 할까요? 우선 눈이나 비가 올 때의 도로 특징은 다음과 같습니다.

① 길이 미끄러워 정지거리가 증가할 수 있다.
② 눈, 비, 안개나 어둠에 의해 시야가 좁아진다.
③ 도로가 젖어 있거나 눈이 덮이면 차선이 잘 보이지 않을 수 있다.

위 상황에 하나씩 대응해봅시다.

비가 올 때

❋ 와이퍼 작동법을 미리 익혀둡니다. 보통 핸들 뒤쪽 레버 두 개 중 우측 레버를 위 혹은 아래로 누르거나 레버의 링을 돌려 작동합니다. 내 차의 뒷면에 와이퍼가 있는지도 알아두고 작동법을 숙지합니다. 갑자기 비가 오면 알던 것도 헷갈릴 수 있으니 미리 익혀두어야 합니다.

❋ 안개등 및 비상등 작동법, 김서림 제거 버튼의 위치를 알아둡니다. 폭우 등으로 시야가 좋지 않을 때는 전조등과 함께 비상등이나 안개등을 켜게 됩니다. 비상등은 센터페시아에 있는 빨간색 삼각형 모양 버튼입니다. 차종에 따라 핸들에 비상등 버튼이 존재하는 경우도 있습니다. 안개등은 범퍼 아래쪽에 있는 램프로, 핸들 뒤쪽 좌측 레버를 이용해 작동할 수 있습니다. 안개등은 바닥을 향하는 헤드라이트(하향등)와 달리 상향등처럼 위로 빛이 퍼지므로, 맑은 날 차가 많은 길에서는 켜지 않는 것이 매너입니다. 차량에 따라 안개등이 없는 경우도 있습니다.

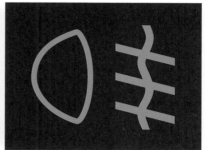

🔆 안개등 표시

＊ 야간에는 비로 젖은 도로 표면이 불빛에 반사되어 차선이 잘 보이지 않을 수 있습니다. 그러면 어떻게 해야 할까요? 우선 서행하며 안개등을 켜봅니다. 차선이 보이지 않더라도 당황하지 말고 앞차가 있다면 앞차를 따라가는 것이 좋습니다. 지면을 자세히 보면 차선이 볼록하게 나와 있어서 윤곽이 보이기도 하므로 평소 운전하던 것처럼 천천히 운행하며 잘 살핍니다. 진행이 어렵다면 비상등을 켜고 서행하여 주변에 나의 상황을 알려 피해서 갈 수 있도록 합니다.

＊ 우천 시에는 평소보다 감속 운전합니다. 도로교통법상 우천 시, 특히 앞이 안 보여 시야 확보가 안 될 정도의 비가 내리면 20%에서 최고 50%까지 감속 운전하도록 시행규칙을 두고 있습니다. 비가 오면 정지거리가 늘어나기 때문에 서행해야 안전하게 정지할 수 있기 때문입니다.

✳ 평소에 타이어를 점검해둡니다. 타이어가 닳아 골이 점점 얕아지면, 비 오는 날 물웅덩이에서 '수막 현상'을 일으킬 수 있습니다. 수막 현상은 타이어가 닳아서 표면이 비교적 매끈해졌을 때 고속으로 물 표면에 닿으면 물수제비를 뜰 때 돌이 튕기는 것처럼 접지력을 잃고 타이어가 물 위에 뜨게 되는 현상을 말합니다. 이때 차가 미끄러질 수 있으므로 평소에 타이어를 잘 관리해야 합니다.

눈이 올 때

✳ 외부 온도가 영하로 떨어지기 전, 평소에 점검해둘 필요가 있습니다. 타이어 상태와 공기압, 냉각수를 확인해야 합니다. 이와 관련한 자세한 요령은 10장 '평소에 차량 관리하기'에서 다루겠습니다.

✳ 강원도 등 눈이 많이 오는 지역은 스노우체인이나 스노우타이어 등을 구비합니다. 미리 한번 채우는 것을 연습해둡니다. 스노우타이어는 타이어 전문점에서 구입할 수 있습니다. 원래 타이어는 구매한 곳에서 보관해 줍니다. 스노우타이어는 눈이 오지 않을 때에는 제동 능력이 사계절 타이어보다 떨어지므로 동계에만 사용합니다.

✳ 사이드 미러 혹은 전면 유리에 얼음이나 눈이 끼었다면 후면 열선 버튼으로 사이드 미러와 전면 유리 아래에 긴 얼음을 제거할 수 있습니다. 이 버튼은 비 오는 날 김 서림을 제거할 때도 유용합니다. 후면 열선 버튼

이지만 열선은 앞쪽과 뒤쪽 창문 유리와 사이드 미러에 있습니다. 앞유리 열선은 와이퍼가 얼어붙은 것만 녹여주므로, 나머지 얼음은 스크래퍼 등 도구를 이용하여 제거합니다. 뜨거운 물을 부으면 온도 차에 의해 유

❶ 앞유리 김서림 제거 버튼(좌), 후면 열선 버튼(우)

리가 깨질 수 있습니다. 소독용 알콜을 스프레이로 뿌리면 얼음이 녹기도 합니다. 만일 눈이 올 것 같다면 전날 주차할 때 와이퍼를 세워서 주차해 두세요.

　＊ 반드시 서행 운전하며, 길이 얼어 있을 때에는 급정거하지 않습니다. 길이 얼어서 미끄러울 때 안전하게 감속하려면 엔진 브레이크와 풋 브레이크(발로 밟아 멈추는 브레이크)를 같이 사용해도 좋습니다. 엔진 브레이크는 이 장의 뒷부분에서 자세히 살펴보겠습니다.

　＊ 앞유리에 김이 서리지 않도록 창문을 조금씩 열어 환기해줍니다. 유리창에 김이 서리는 이유는 여름철 차가운 컵에 물방울이 맺히는 것과 같습니다. 차가워진 유리창 표면에 따뜻하고 습한 공기가 닿아 김이 서리는 것인데요, 이를 방지하기 위한 방법으로 내기순환으로만 다니지 않으며, 앞유리 김서림 제거 버튼으로 에어컨을 켜서 찬바람으로 안쪽 유리의 온도차를 없애주기가 있습니다.

밤에 운전할 때

❋ 밤에 운전할 때는 헤드라이트(전조등)와 리어 램프(미등)를 켭니다. 최근 출시되는 차량 다수가 헤드라이트만 켜도 미등이 켜지도록 만들어져 있습니다. 만일 주간주행등만 켜고 있다면 미등이 켜지지 않아서 위험하니, 앞이 밝더라도 잊지 않고 전조등을 켜서 미등도 켜지도록 합니다.

❋ 야간 및 터널 안에서 램프를 켜지 않으면 도로교통법 37조 '등화점등 조작 불이행[4]' 범칙금 2만 원이 부과됩니다. 남에게 위험할 뿐만 아니라 내 차가 다른 운전자 시야에 잘 들어오지 않아서 추돌사고를 당할 수 있으니 꼭 등화를 켜도록 합니다. 등화를 _끄고_ 켜는 것을 깜빡할까 봐 자신이 없다면 항시 AUTO모드로 놓고 다니도록 합니다.

❋ 가로등이 없거나 어두운 곳에서는 시야가 좁아지므로 앞의 차량이나 굽은 도로 등에 대응하기 위해 속도를 줄입니다.

❋ 가로등이 없는 한적한 도로를 달릴 때에는 상향등을 켜서 시야를 확보할 수 있습니다. 다만 멀리서 맞은 편에 차량이 나타나면 상향등을 꺼야 합니다. 상향등 불빛에 앞이 안 보여 맞은편 차량의 운전자가 위험할 수 있습니다. 중앙분리대가 없다면 나를 향해 달려오게 될 수도 있으므로, 꼭 _끄도록_ 합니다.

✳ 절대로 굽은 길이나 가로등이 없는 길에서 정차하거나 휴식하지 않습니다. 후면 추돌로 큰 사고가 날 수 있습니다.

✳ 룸 미러를 통해 뒤차 헤드라이트가 눈에 직접 반사되지 않도록 룸 미러 뒷면의 레버를 젖혀 거울의 반사 밝기를 조절합니다. 자동으로 조절되는 차량도 있습니다.

✳ 전조등을 켜지 않은 운전자를 보면, 앞질러 가서 미등을 켰다 껐다 하여 전조등이 꺼져 있음을 알려주기도 합니다. 상향등을 뒤에서 쏘기도 하지만 이는 도발이나 시비로 오인될 수 있습니다.

✳ 밤에 사고가 나거나 차량이 고장나서 정차한 상황에는 트렁크를 열고 전조등과 미등, 비상등, 상향등을 켜고 실내등까지 켜서 멀리서도 내 차량을 알아볼 수 있게 해야 2차 사고를 피할 수 있습니다. 켤 수 있는 등화는 다 켠다고 생각하면 됩니다. 이와 같이 조치한 후, 차에서 벗어나 도로 가드레일 밖으로 대피합니다.

엔진 브레이크

여러분이 운전에 관심이 있다면 '엔진 브레이크'라는 말을 들어본 적이 있을 것입니다. 그러나 엔진 브레이크를 왜, 언제 쓰는지는 잘 모를 수 있습니다. 엔진 브레이크는 발로 밟는 '풋 브레이크' 말고도 기어의 원리를 이용해서 차 속도를 줄이는 방법인데요, 현재 기어 단수에서 기어를 한두 단 내려주면 감속 효과가 나는 것입니다. 몇 킬로미터 이어지는 긴 내리막에서 사용하거나 눈길 등에 사용할 수 있습니다.

풋 브레이크(발로 밟는 일반적인 브레이크)도 있는데 왜 엔진 브레이크를 사용할까요? 그 이유를 이해하려면 풋 브레이크 시스템에 문제가 생기는 '베이퍼 록(vapor lock)' 현상을 알아야 합니다. 베이퍼 록 현상은 풋 브레이크를 오래 지속적으로 밟았을 때 일어나기 쉽습니다. 브레이크가 마찰에 의해 뜨거워지면 제동력의 전달이 방해받아 브레이크가 듣지 않게 되는 현상입니다.

풀어서 설명해볼게요. 발로 브레이크 페달을 밟으면 그 압력이 브레이크액이라는 액체를 따라 브레이크 패드로 전달되고, 브레이크 패드가 강하게 안쪽으로 오므라들며 회전하는 브레이크 디스크를 움켜쥐어 바퀴를 돌지 못하게 잡습니다. 이때 브레이크 패드와 디스크가 마찰하며, 마찰열로 브레이크 전체가 뜨거워집니다. 뜨거워진 브레이크액은 파이프 속에서 끓어올라 기포가 생기고, 이 기포는 브레이크로 전달되어야 하는 압력을 흡수해버립니다. 그러면 브레이크를 밟아도 중간에서 힘이 흡수되어 사라지기 때문에 브레이크가 먹통이 되어 페달을 밟아도 브레이크가 들지 않고 페달이 힘없이 쑥 들어갑니다. 소위 '스펀지 현상'이라고 부르는 상태가 됩니다. 이처럼 베이퍼 록 현상이 일어나면 극히 위험하기 때문에 풋 브레이크의 사용량을 줄이는 보조적 의미로 엔진 브레이크를 사용하는 것입니다.

엔진 브레이크를 사용하려면 수동 자동차에서는 주행 중 기어 단수를 한두 단 내리면 되고, 자동변속기 자동차의 경우에는 수동 기어 모드를 이

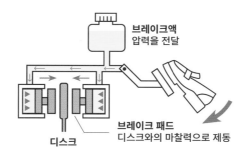

용하여 기어 단수를 내리면 됩니다. 전기차의
경우는 회생 제동 단계를 높이면 됩니다. 자동
변속기 차량에서는, 기어박스의 D 부분을 보
면 기어봉을 옆으로 움직일 수 있습니다. 기어
봉을 측면으로 젖히면(버튼형 기어 또는 컬럼형 기
어인 경우 스티어링 휠 뒤의 패들을 사용함) 계기판

의 기어 'D' 표시가 숫자로 바뀔 것입니다. 이때 기어봉을 아래로 내리면
숫자가 하나 내려가는데, 기어를 낮은 단수로 변속한 것입니다. 그와 함께
차가 묵직해지는 느낌이 들며 속도가 줄어듭니다. 이 상태를 엔진 브레이
크가 걸린 상태라고 생각하면 됩니다. 엔진 브레이크를 그만 사용하고 싶
을 때에는 기어봉을 원래 위치로 다시 옆으로 젖혀 'D' 상태로 바꾸어주
면 다시 자동 변속 상태로 돌아갑니다.

　여기서 잠깐, 기어를 한 단 내리면 속도가 줄어든다니, 왜 그럴까요?

　톱니바퀴의 원리를 생각하면 어렵지 않습니다. 자동차 바퀴를 회전시
키는 힘은 엔진에서 오는데요, 엔진 회전수와 바퀴 회전수는 서로 같지 않
습니다. 예를 들어 공회전 중일 때, 엔진 회전수는 600rpm 정도이며 이는
엔진의 회전축이 1분에 600번 회전 중이라는 뜻입니다. 이를 계산하면 회
전축이 1초에 10번 돌고 있다는 것을 의미합니다. 이때 브레이크에서 발
을 떼면 바퀴가 1초에 10번 돌까요? 그렇지 않습니다. 바퀴는 매우 서서히
움직입니다. 이렇게 엔진 회전수와 바퀴 회전수가 같지 않은 이유는 엔진
과 바퀴 사이에 있는 기어(변속기)가 엔진의 힘을 바퀴로 전달하는 과정에

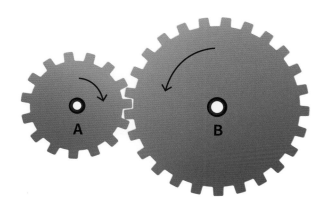

서 회전 속도와 힘을 변환해주었기 때문입니다. 그러면 기어가 어떻게 엔진의 빠른 속도와 힘을 바꾸어서 rpm이 빠른데도 바퀴는 느리게 돌도록 만든 것일까요?

이처럼 크기가 다른 톱니바퀴 두 개가 맞붙어 있다고 가정해봅시다. 실제 기어의 모습은 더 복잡하지만, 원리적으로는 크게 다르지 않으니 간단히 표현해두었습니다. 엔진 쪽에 작은 톱니바퀴를 연결하고, 바퀴 쪽에 큰 톱니바퀴가 연결되어 있으면 엔진이 빠르게 회전하더라도 톱니바퀴가 작기 때문에 A 톱니바퀴(엔진 쪽)가 15바퀴는 돌아야 B 톱니바퀴(바퀴 쪽)가 1바퀴 돕니다. 이것이 바로, 우리가 차를 출발시킬 때 1단 기어가 작동할 때의 모습입니다. 엔진의 회전 속도, 즉 rpm이 빨라도 바퀴는 느리게 도는 상태이지요. 그러면 자동차는 빠르게 달리기 위한 기계인데 바퀴를 느리게 돌게 하는 1단 기어가 왜 필요한지 궁금할 것입니다. 이를 이해하기 위해서는 힘과 속도의 관계를 살펴보아야 합니다. 정지되어 있던 차를 출발시킬 때에는 무거운 차체를 밀어야 하기 때문에 휠을 1번 회전시키는 데에 힘이 많이 필요합니다. 속도는 빠를 필요가 없습니다. 그렇기 때문에 엔진이 15번 도는 힘을 모아서 실제 바퀴를 1번 회전시키는 상태의 1단 기어로 바퀴를 굴려주게 됩니다. 바퀴의 회전 속도는 느리지만 한번 도는 데 감당할 수 있는 힘이 큰 상태이지요. 그렇게 무거운 차체를 끙, 하고 느리지만 강한 힘으로 출발하도록 만드는 기어 상태가 1단입니다.

이제 1단으로 출발해서 액셀을 밟아 속도를 높여봅시다. 엔진의 회전수를 높여주더라도, 1단 기어 상태라면 바퀴의 회전 속도는 엔진 회전수의 1/15로 줄어듭니다. 아무리 액셀을 밟아도 비효율적인 상태이겠지요. 게다가 차가 출발해서 속도가 붙었기 때문에, 속도가 0인 처음 움직일 때처럼 그렇게 큰 힘이 필요하지 않습니다. 1단으로 계속 달리면 기름 낭비인 셈입니다. 이럴 때, 휠 쪽의 큰 톱니바퀴를 '철컹'하고 한 단계 작은 톱니바퀴로 바꿔 끼웠다고 생각해봅시다. 그러면 휠의 회전 속도가 어떻게 될까요? 액셀을 더 밟지 않아도 톱니바퀴의 크기가 작아졌기 때문에, 엔진이 15번 돌아야 한 바퀴 돌 수 있던 것이 엔진이 7번만 돌아도 휠이 한번 돌아갑니다. 그러면 휠의 회전 속도는 약 두 배 증가하게 되겠지요. 이것이 2단으로 변속한 상태입니다. 액셀을 밟아서 속도가 빨라진 것이 아니라, 변속해서 바퀴의 속도가 물리적으로 증가한 것이지요.

속도가 더 빨라지면, 바퀴 쪽 톱니바퀴를 한 단계 더 작은 것으로 바꾸어줍니다. 이번에는 3단으로 변속한 것이고, 휠의 속도는 더욱 빨라집니다. 이렇게 계속 속도가 빨라질수록 기어 단수를 높이면, 휠 쪽 톱니바퀴가 작아져서 휠을 한번 돌릴 때 드는 힘이 적게 들고 회전 속도는 빨라집니다. 이렇게 변속을 하는 이유는 속도에 따라 엔진의 힘과 속도를 가장 효율적으로 쓰기 위해서입니다.

왜 기어 단수를 높일수록 바퀴 속도가 빨라지는지 이해되셨나요? 그렇다면, 이번에는 거꾸로 생각해볼게요. 빠르게 달리다가 기어 단수를 하나 낮췄다고 가정해봅시다. 그러면 톱니바퀴의 숫자가 달라지면서 딱히 브레이크를 밟지 않아도 휠의 속도가 커진 톱니바퀴의 크기만큼 줄어들게 됩니다. 1단에서 2단, 3단으로 변속할 때 엔진의 rpm이 그대로이더라도, 바퀴 쪽 톱니바퀴의 크기가 작아져서 휠의 회전 속도가 올라간 것을 이제는 반대로 한 셈입니다. 단수를 내림으로써 속도가 줄었습니다. 톱니바퀴의 비율을 이용해 휠의 회전 속도를 조절하여 힘과 속도를 원하는 대로 배분하는 것이 변속이며, 이 변속의 원리를 이용해 기어를 낮은 단수로 바꿈으로써 바퀴 속도가 느려지게 만드는 것이 바로 '엔진 브레이크'입니다. 엔진 브레이크를 사용하면 바퀴의 구동력이 엔진으로 전달되어 엔진의 rpm이 소폭 증가하며, 이는 정상적인 현상입니다.

여기서 퀴즈 하나! 내리막길에 베이퍼 락을 막기 위해서는 엔진 브레이크만 사용해야 할까요? 정답은, '아니오'입니다. 엔진 브레이크는 감속의 보조적 수단이며 풋 브레이크도 적절히 사용하는 것이 안전합니다. 동시에 사용해도 아무런 문제가 없습니다. 엔진 브레이크를 써서 풋 브레이크의 사용량을 줄여 발열을 줄이는 것이 핵심입니다.

그러면 퀴즈 둘! 엔진 브레이크를 사용할 때에는 꼭 기어를 한 단만 내려야 할까요? 정답은, '아니오'입니다. 속도에 따라 적정 기어 단수가 있는데요. 차량마다 조금씩 다르지만 시속 10km까지는 1단, 20km까지는 2단, 30km즈음은 3단, 6단 기어는 60km 언저리라고 생각하면 얼추 맞는데요. 속도가 현재 단수보다 더 떨어지게 되면 한 단 더 내려 변속해도 문제가 없습니다. 그리고 수동 기어 모드를 그만두고 평소의 자동 변속 상태로 돌아가고자 한다면, 기어봉을 원위치인 D 기어로 돌려놓으면 됩니다. 버튼식 기어 등의 경우, 일정 시간 이상 수동 기어 조작을 하지 않고 추가로 액셀을 밟으면 다시 자동 변속 모드 D로 돌아갑니다.

　　전기차의 경우는, 회생 제동을 최대로 올리면 엔진 브레이크와 같이 감속 효과가 나므로 회생 제동 레벨을 조절하여 베이퍼 락 현상을 막을 수 있습니다.

┤ TIP ├

* 엔진 브레이크는 베이퍼 락 현상을 막기 위한 방법이다.
* 엔진 브레이크는 기어 단수를 한두 단 낮추어 휠의 속도를 줄이는 방법이다.
* 기어봉을 옆으로 젖히거나 패들을 이용해 기어를 변속해 감속한다.
* 안전을 위해 풋 브레이크와 병용한다.
* 엔진 브레이크를 사용할 때 rpm이 올라가는 것은 정상 현상이다.
* 전기차는 회생 제동 기능을 사용한다.

자동차안전도시험과 여성

안전한 차는 무엇일까?

사고가 나도 안전한 차, 사고가 나는 것을 예방할 수 있는 차 등 여러 가지로 대답할 수 있겠다. 객관적인 기준으로 이야기하자면 '자동차안전성테스트(충돌 테스트)에서 우수한 점수를 받은 차'라고 할 수 있을 듯하다. '언니차' 활동을 하던 중, 2021년 12월 21일에 국토교통부 초청을 받아 '2021년 신차 안전도 평가(케이엔캡, KNCAP) 시상식'에 다녀왔다. 공식적인 자동차 행사에 간다고 생각하니 뿌듯하기도 하고, 격식 있는 자리에 초대받은 만큼 긴장도 조금 되었다. 뉴스나 신문에서 '신차 안전도 평가'에 관해 접해본 독자도 있을 것이다. 유럽 자동차 안전 평가 프로그램(유로 엔캡, EURO NCAP)에서는 주로 외제 차를 대상으로 시험하여 대한민국 차량은 데이터가 적거나 없다. 그에 비해 한국형 자동차 안전도 평가(KNCAP)는 한국에서 제조된 신차를 중심으로 테스트하기 때문에 국내 소비자들에게 더 와닿을 수 있다는 장점이 있다. KNCAP에서 신차의 안전도를 평가하는 방식과 함께 여성 운전자의 안전에 대해 짚어보고 싶다.

한국형 신차 안전도 평가인 KNCAP은 Korean New Car Assessment Program의 약자다. 1999년에 최초로 실시된 이래로 매년 신차를 대상으로 정면충돌 및 각종 충돌 시험을 시행하여 안전도를 평가하고, 그 결과를 공개함으로써 국민에게는 안전한 자동차를 살 수 있도록 정보를 제공하고 제작사로 하여금 보다 안전한 자동차를 만들도록 유도하는 자동차 안전도 평가 사업이다.

KNCAP의 평가 항목은 크게 '충돌 안전성' '외부통행자 안전성' '사고 예방 안전성' '전기자동차 안전성' 네 분야로 이루어져 있으며 세부 21개의 항목이 있다. 최근에는 전기차 배터리 화재안전성 강화를 위해 배터리 BMS의 보호 기능을 평가하는 항목이 새로 추가되었다.평가 결과에 따라 해당 차종에 점수를 매겨 종합등급을 부여하고 종합점수가 높은 차종을 선정해 매년 이 '신차 안전도 평가 시상식'에서 시상한다.

KNCAP은 한국에서 개발한 신차 충돌 테스트로, 각 시험 항목마다 프로토콜 및 평가 기준이 엄격히 정립된 시험이다. 우리나라는 세계 5위 자동차 생산국이라는 지위를 굳건히 하며, 우리가 생산한 자동차의 안전 기준에 대해서도 확립된 기준을 두기 위해 KNCAP을 국책 사업으로 추진하고 있다. KNCAP은 국토교통부가 주관하고 TS한국교통안전공단 산하 자동차안전연구원이 연구하여 만들고, 시험한다. 대한민국의 신차 안전성 테스트인 KNCAP는 유럽의 자동차 안정성 평가 프로그램인 유로 엔캡(Euro NCAP)이나 미국 고속도로 안전보험협회 IIHS의 'Top Safety Picks' 등 세계 여러 나라의 테스트와 비교하여 기준이 절대 후하지 않은, 오히려 다소 까다로운 편에 속하는 테스트다. 또한 KNCAP은 한국에서 만든 테스트인 만큼, 우리나라 자동차 시험 결과가 풍부하다. 따라서 국내 소비자들에게 보다 접근성이 높은 국산 차에 대한 안전 정보를 줄 수 있다는 장점이 있다.

그러면 KNCAP에서 신차를 어떤 방법으로 테스트하는지, 그 테스트에서 여성 운전자의 안전은 얼마나 고려되는지 살펴보자.[5]

충돌 안전성 분야	
— 정면충돌안전성	— 원측면충돌안전성
— 차대차상호충돌안전성	— 좌석안전성
— 어린이충돌안전성	— 좌석안전띠경고장치
— 측면충돌안전성	— 첨단에어백장치
— 기둥측면충돌안전성	— 교통사고긴급통보장치(정보제공)

첫 번째로, 충돌 안전성 분야는 위 10개 항목으로 평가한다. 충돌 시 인체 모형의 충격값을 점수화하거나 경고장치 등의 작동 여부를 확인하여 탑승자의 안전을 평가한다. 10개 항목 중 여성 더미(인체 모형)를 사용한 시험은 '정면충돌안정성' 단 1개뿐이다.

정면충돌안전성은 정면으로 고정된 벽에 자동차를 시속 56km/h로 충돌하여 시험한다. 이 시험에서 눈여겨볼 점은, 운전자석에 여성 더미를 사용했다는 점이다. 1열 운전자석과 조수석, 2열 좌석 모두에 여성 더미를 앉혀 시험했다는 점이 상당히 고무적이다. 반면 한계도 있다. Hybrid III 5%라는 더미는 가장 작은 체형을 의미하는 1%로부터 가장 큰 체형의 100% 분위까지의 인체 모형을 나타내는 번호가 있다. 이 중에서 5%에 해당하는 작은 모형을 사용했다. Hybrid III 5%는 신장 153cm, 체중 49kg, 앉은키 78.7cm의 여성형 더미이다. 신장 153cm에 체중 49kg 정도라면 성인 여성 중에서도 상당히 체구가 작은 편이다. 모든 체구를 감안하여 실험하기란 불가능에 가깝지만, 더미는 성인 여성을 대변하기에는 조금 작은 사이즈인 듯하다. 물론 이런 체형의 여성도 안전을 보장받아야 하기 때문에 오히려 최소치를 감안한 모형을 사용하는 것이 나쁘지 않을 수 있다. 하지만 인형의 모습은 평균적인 여성 체형과는 동떨어진 느낌이다. 여성의 가슴은 더미처럼 딱딱한 돌출물이 아니기 때문에 흉부 충돌에 대해 정확히 판단하기에 어려울 수 있다. 또한, 여성의 경우 동일한 키의 남성에 비해 상체 길이가 짧은 편이어서 앉은키가 작게 나올 수 있다. 이러한 면이 고려되었다면 신장 153cm의 여성 더미의 앉은키는 더 작아질 수 있겠다는 생각도 든다. 그렇다면 핸들(스티어링 휠)과 상체가 부딪칠 때 인체의 움직임 궤적이 다를 수 있으니, 더 현실적인 여성 운전자 모형에 대한 고민이 필요해 보인다. 해당 더미를 만든 제조사에서 새로운 여성 더미를 개발했지만, KNCAP는 비용 등의 이유로 해당 더미를 도입할 계획이 아직 없다. 미국 교통국 NHTSA에서는 2023년 말까지 발표될 규정에 새로운 더미를 포함하기 위해 테스트 항목을 개발 중이라고 한다. 만약 규정이 발표되더라도 실제로 새로운 여성 더미가 충돌 테스트에 도입되기까지는 몇 년이 걸릴 것으로 예상된다. 아쉬운 소식이다.

사고 예방 안전성 분야	
— 외부통행자충격 — 비상 자동 제동장치(주간 보행자 감지)	— 비상 자동 제동장치(자전거 탑승자 감지) — 비상 자동 제동장치(야간 보행자 감지)

두 번째로 외부통행자안전성분야는 위 4가지 시험으로 평가한다.

이 분야에는 인체 더미를 사용하지 않고, 성인 머리 모형과 어린이 머리 모형, 성인 및 어린이 다리 모형만 이용한다. 시속 40km로 매달려 있는 구 모양의 머리 모형과 충돌하는 테스트 및 허벅지, 정강이를 모형화한 다리 모형을 충돌시켜 상해값(충격량을 점수로 환산한 것, 높을수록 충격이 낮음)을 점수로 산출한다. 머리 24점, 다리 6점의 배점 방식으로, 머리에 해당하는 점수가 높은 것을 모아 보행자의 생명을 중심으로 점수를 안배하였음을 짐작할 수 있다. 유로엔캡에서도 머리 모형과 종아리 모형만을 사용하고 있다.

비상자동제동장치(주간 보행자 감지, 자전거 탑승자 감지, 야간 보행자 감지) 시험에서는 다음 그림과 같이 비상 자동 제동장치 보행자 감지 모드를 이용, 성인 보행자 및 어린이 보행자 모형을 지나가게 한다.

보행자 감지 모드의 경우 외부통행자를 보호하기 위해 자동 제동장치가 충분히 잘 작동하는지 여부를 테스트하는 시험이기 때문에 이 시험에서는 위험을 감지하여 경고 표출 여부와 해제, 충격 순간의 상대속도를

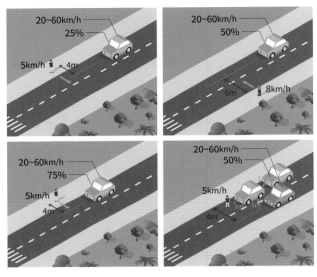

　● 비상 자동 제동장치 보행자 감지 모드 시험에서 25%의 의미는 차량 좌우 폭에서 25% 지점에서 충돌한다는 의미이다.

점수화한다. 이때 사용되는 보행자 모형은 성인 모형과 어린이 모형으로, 다소 아쉬운 부분은 있지만 종합적으로 보았을 때 꼼꼼한 테스트임을 알 수 있다.

　세 번째로 사고 예방 안전성 분야는 아래 7개 시험이 이루어진다.

사고 예방 안전성 분야	
－ 비상 자동 제동장치(고속 모드)	－ 후측방 접근 충돌방지장치
－ 비상 자동 제동장치(시가지 모드)	－ 지능형 최고속도제한장치
－ 차로 유지 지원장치	－ 긴급조향기능
－ 사각지대 감시장치	

각종 운전 보조장치 및 안전 센서가 사고를 감지하고 작동하여 실제로 충돌을 어느 정도로 줄이는지를 충돌 상대속도와 작동 해제, 경고신호 발생 여부 등을 점수화하여 평가한다. 이 시험들을 보면 새로 만들어지는 안전 기술에 대해서 평가할 준비가 되어 있는 듯하다.

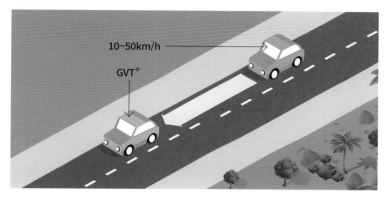

10~50km/h

GVT*

＊ 국제 자동차시험 대상 자동차(Global Vehicle Target)

위 이미지는 비상 자동 제동장치 시가지 모드 시험방법으로, 앞차가 정지해 있는 경우 뒤에서 시속 10~50km/h로 돌진할 때 전방 충돌을 얼마나 효과적으로 예방하는지 확인한다. 사고 예방 안전성 분야에서는 고속 및 저속 모드를 함께 평가하여 최대한 종합적인 성능 테스트가 되도록 촘촘하게 꾸렸다는 인상이었다. KNCAP에서는 외부통행자와 차는 물론, 자전거(이륜차)를 포함해 다양한 장애물과 교통상황에 대처하는 기술 및 자율주행 기술에 대해서도 어느 정도 대응이 가능할 듯하다.

KNCAP에서 인체 더미 혹은 인체 일부를 사용하는 테스트는 KNCAP

의 21종의 시험 항목 중에서 11개이다. 이 중에서 '여성 더미'를 명시하여 사용한 항목은 1개뿐이다. 물론 시험의 항목을 늘리면 비용도 늘기 때문에 쉽게 바꿀 수 없겠지만, 특히 좌석 안전성 면에서는 신장이나 체격이 작은 여성 운전자를 고려하면 좋을 듯하다. 운전석이 몸에 맞지 않으면 쉽게 피로를 느끼게 되거나 안전한 운전 자세를 취하는 데 방해가 되기도 하며 무엇보다도 상대적으로 부상이 더 클 수 있다. 좌석 안전성 분야에서 여성 더미도 평가하지 않은 부분이 특히 아쉽다.

언니차 SNS에서 운전석 시트 크기에 관한 이야기로 화제가 되었던 적이 있다. 운전석 시트의 최소 크기조차도 성인 여성에게는 맞지 않을 수 있다는 점을 어떤 남성들은 받아들이고 싶지 않아 했다. 앞에서 정리했듯이 국산 자동차는 신형으로 갈수록 운전석 시트의 좌판이 조금씩 짧아져서 신장이 작은 운전자도 오금이 좌판 끝에 닿아 허리가 등받이에 닿지 않는 경우가 줄어들고 있다. 그러나 여전히 국산 차는 외제 차에 비해 좌판이 길어 오금이 시트에 닿는 비중이 크다. 서양인의 허벅지 뼈 길이가 한국인 평균보다 더 길 텐데, 왜인지 알 수 없었다. 좌판 길이를 조절할 수 있는 장치가 있기 때문에, 좌판의 최소 길이가 그렇게 길 필요는 없을 듯하여 의아했다. 편안함과 안전은 다른 차원의 문제라고 해도 시트 포지션은 안전 운행에 중요한 역할을 한다. 여성 운전자가 좌판 길이 때문에 등받이에 엉덩이를 붙일 수 없어 안정적인 자세를 취하기 어렵다면, 시트 크기가 전반적으로 수정되어야 하지 않을까 생각해 본다.

KNCAP 선정 2024년도 가장 안전한 차는, 벤츠 E200과 현대 싼타

폐, 기아 EV3와 볼보 S60순으로 1등급을 차지하였다.

KNCAP은 각종 첨단 장치에 대한 촘촘한 시험 시나리오나 충돌 테스트에서도 정면, 측면, 기둥 등 다양한 시나리오를 통해 다양하게 평가하는 점에서 전반적으로 꼼꼼하게 만들어진, 신뢰할 만한 시험이라고 볼 수 있다. 아쉬움도 남지만, 우리나라 자동차 산업과 KNCAP이 여성과 함께하는 미래를 기대해본다.[6]

5

사고?
미리 걱정하지 말아요!

운전을 시작하려 하면 크게 걱정되는 것 중의 하나가 교통사고일 것입니다. 사고 그 자체도 두렵지만 사고가 일어난 이후의 일에 대해서 아무것도 모르다 보니 막연히 공포의 대상이 되기 쉬운데요. 알고 나면 생각처럼 큰일은 아닙니다. 이번 장에서는 어떻게 사고를 처리하는지, 절차와 주의할 점 등에 대해 알아보겠습니다.

사고 처리를 시작하며

보험? 보험처리? 대인? 대물? 그게 다 뭐죠?

문제를 하나 내보겠습니다.

초보 운전자 지영 씨는 정체 중인 도로에서 앞을 보며 천천히 주행하고 있었습니다. 갑자기 뒤에서 쾅 소리와 함께 충격을 느껴 차를 세웠습니다. 사고가 났구나 싶어 아득합니다. '누군가 이럴 때 클락션에 머리를 박고 엎어져 있으라고 했던가……' 싶지만, 아무래도 그런 과감한 행동을 하기란 쉽지 않습니다. 침착하게 비상등을 켜고 기어를 P에 둔 후 사이드 브레이크를 당기고 차에서 내렸습니다. 뒤차 아저씨와 눈이 마주칩니다. 식은땀이 흐릅니다. 운전하다 사고가 나면 보험사를 부르라고 들은 것 같습니다. 그렇다면 보험사는 누가 부르는 것일까요?

① 지영 씨

② 아저씨

③ 둘 다

여러분은 답을 알고 있나요? 정답은 이번 장 마지막 부분에서 알려드리겠습니다. 우선 사고가 났을 때 현장에서 대처하는 방안을 순서대로 알아보고, 자동차보험의 구체적인 내용은 다음 장에서 살펴볼 것입니다. 주의할 점과 보험 처리 절차 등을 살펴볼 텐데요, 혹시나 보험과 관련해 이해가 되지 않는 부분이 있다면 다음 장을 먼저 보고 와도 좋습니다.

사고가 나기 전, 평소에 준비할 일

사고가 난 후 미리 준비하지 않은 것을 안타까워하기 전에, 평소에 준비할 수 있는 것들은 미루지 말고 해둡시다.

① 내 보험사 출동 번호, 고속도로 긴급 견인 번호(1588-2504, 무료), 단골 병원 번호, 112, 119를 지금 바로 핸드폰에 저장해둡니다.

② 블랙박스 앞뒤 카메라의 영상 기록이 모두 날짜에 맞게 잘 저장되고 있는지, 고장나지 않았는지 이따금 확인합니다.

③ 핸드폰 녹화, 촬영 기능과 통화 녹음 기능을 숙지합니다.

④ 교통사고 시 과실 비율을 미리 알아두면 현장에서 대응할 때 유리합니다. 과실 비율은 자주 일어나는 유형별로 다다음 장에서 다루겠습니다.

⑤ 보통 무언가를 위반한 쪽이 가해자가 되므로, 안전 운전 요령을 익혀둡니다.

⑥ 반말은 모욕죄에 해당하지 않습니다(특정 욕설 단어 제외).

사고가 났을 때, 현장 대처법

① 큰 사고인지 작은 사고인지 살피고, 우선 상대방 차 번호를 기록합니다. 사진을 찍어 남겨두면 좋습니다.

② 큰 사고일 경우 119와 112, 보험사와 경찰을 부릅니다. 만일 내가 뒤에서 받히는 등 나의 과실이 없는 상대방 100:0의 사고라면, 내 보험사는 부르지 않습니다. 상대방이 음주운전 의심이 든다면 경찰에게 음주 측정을 요구합니다.

③ 112나 119에 신고할 때는 정확한 위치와 구조가 필요한 사람의 명수와 상태, 화재가 났는지, 났다면 내연기관인지 전기차인지를 반드시 알리도록 합니다. 정확한 위치가 중요합니다.

④ 사고가 크지 않고 파손 정도가 약하며(스친 정도) 서로의 과실이 비슷할 때(5:5나 4:6 정도) 각자 수리를 제안할 수 있습니다. 하지만 아

직 협상력이 약한 초보 운전자에게는 이 방법을 추천하지 않습니다. 만일 파손 정도가 약하고 내 과실이 크다면 현금 처리를 제안할 수 있습니다(현금 처리에 관한 자세한 내용은 다음 장 참고).

⑤ 현금 처리가 무리인 상황이라면, 보험으로 처리합니다. 물론, 작은 수리이더라도 보험을 사용할 수 있지만 그러면 처리한 수리비로 인해 다음 해 자동차보험료가 수리비 이상 오를 수도 있습니다. 보험으로 사고를 처리하려면 보험사 출동 번호로 전화해서 현장 위치와 상태를 알립니다. 사고가 크다면 현장에서 기다리고, 사고가 작다면 현장 사진과 피해 사진을 찍어두었다가 나중에 보험조사원을 만나거나 통화 또는 보험사 어플로 사고를 접수할 수 있습니다. 참고로, 가해자인 경우 사건 현장에서 연락처를 주지 않고 떠나면 뺑소니가 되므로 유의합니다. 또한 현금 합의나 구두로 합의한 경우에는 녹음이나 문자 연락 등으로 기록을 남기는 것이 안전합니다.

⑥ 보험 처리와 관련한 기본적인 용어는 알고 있는 것이 좋습니다. 대표적인 것이 '대물 접수'와 '대인 접수'인데요, 대물 접수는 '자동차'나 '기물 파손'과 관련된 수리비 배상이고, 대인 접수는 '인적 피해' 즉 병원비 등이라고 할 수 있습니다. 내 과실이 적고 몸에 이상이 느껴진다면 만일의 상황을 대비하여 사고 당일, 늦어도 다음 날 한 번이라도 병원에 방문하여 진료받기를 권합니다(보험 접수와 보험료에 관한 상세한 내용은 다음 장에서 다룰 예정).

⑦ 보험사에 사고를 접수하면 문자나 카카오톡 등으로 사고 처리 서

비스 메시지가 오며, '보험 접수번호'가 나옵니다. 이 번호로 병원에 가서 '교통사고 보험 접수 치료'를 한다고 하면 병원에서 진행해줍니다.

⑧ 대물 수리의 경우, 아는 정비소나 정식 수리센터가 있으면 그곳에 가서 접수번호로 수리를 요청합니다. 아는 곳이 없거나 정식 수리센터에 가기 어렵다면 보험사가 지정하는 정비소로 가면 됩니다. 보험사 지정 정비소의 수준이나 비용 격차는 큰 편입니다. 대체로 비싼 편이고, 1급 정비소(모든 종류의 자동차에 대한 점검 · 정비 및 튜닝이 가능한 정비소, 2급은 대형 자동차를 제외한 승용 및 경형, 소형 자동차에 대한 점검 · 정비 및 튜닝이 가능한 정비소)에 보내는 편이라 사설 정비소 중에서는 비쌀 수 있습니다. 내 과실이 크다면 아는 곳이나 저렴한 곳에 가고, 내 과실이 적다면 정식 센터에 가는 등 유연하게 대응할 수 있습니다.

⑨ 대물 수리를 하는 동안 렌터카가 나올 수 있으므로 알아봅니다. 만일 렌터카가 나오지 않는다면 교통비를 청구할 수 있습니다. 대인 보상을 접수했다면 병원에서 치료받고 나서도 합의가 이루어질 수 있습니다. 이와 관련하여는 뒤에서 더 자세히 살펴보겠습니다.

⑩ 대인과 대물 보상이 모두 끝나면 사고 처리가 완료됩니다.

⑪ 만일 사망 사고나 뺑소니, 12대 중과실일 경우 대인, 대물 배상과 별도로 형사 처벌됩니다. 이러한 형사 관련 금액에 대해 지원되는 상품이 운전자보험이며, 자동차보험과 달리 의무가 아닙니다.

① 음주로 인해 사고가 난 줄 모르고 간 경우

② 어린이와 경미한 접촉사고가 난 후 어린이가 괜찮다고 해서 간 경우

③ 보행자 피해자를 병원에 옮겨 진료받는 것을 보고 귀가한 경우

④ 현장에서 119가 출동하자 피해자가 실려 간 것을 보고 귀가한 경우

⑤ 가벼운 접촉사고 이후 각자 수리하기로 했는데 상대방이 진단서를 제출한 경우

⑥ 상대방 100% 과실 사고라 내 과실이 없는 상황에서 상대방이 다쳤는데 귀가한 경우

정답은 5개입니다. ⑤를 제외한 모든 사례가 뺑소니가 될 수 있습니다.

'뺑소니'는 크게 세 가지를 의미합니다. 첫 번째는 사고 후 미조치, 두 번째는 대인 뺑소니, 세 번째는 대물 뺑소니입니다. 첫 번째 '사고 후 미조치'는 말 그대로 조치를 취하지 않은 경우입니다. 사고 현장에서 구호가 필요한 피해자에게 구호 행위를 하지 않거나 연락처를 주지 않고 도주한 행위를 의미하지요. 그다음 '대인 뺑소니'는 차량으로 '사람'과 사고가 난 다음에 연락처를 주지 않거나 아무런 조치도 하지 않고 떠난 경우입니다. 셋째 대물 뺑소니는 사고로 물건(자동차, 오토바이 등)을 파손한 것을 알고도 조치 없이 연락처를 남기지 않고 도주한 경우 성립합니다. 그러면 한 가지씩 문제 상황을 살펴보겠습니다.

① 음주로 인해 사고가 난 줄 모르고 간 경우: 사고가 난 것을 몰랐다 하더라도 피해의 정도가 크다면 음주운전으로 인한 뺑소니에 해당합니다. 음주운전으로 사고가 났기 때문에 가중 처벌될 수 있습니다. 다만, 사고를 인지하지 못할 만한 정황이 있는 상황이라면 뺑소니가 아닐 수도 있습니다.

대형 트럭 등의 경우 우회전 혹은 좌회전 시 뒷부분과 약한 충격을 일으키는 등으로 운전자가 사고를 인지하지 못할 충분한 사유가 참작된다면 뺑소니에 해당하지 않을 수 있습니다.

최근, 유명인이 음주 후 사고를 일으키고 도주하여 음주 측정이 어려워져 음주운전 혐의가 적용되지 않은 사례가 있습니다. 이 사례로 도로교통법 일부개정법률안이 통과되어 음주측정 방해자에 대한 법정형이 음주측정 거부자와 동일하게 '1년 이상 5년 이하 징역 또는 500만 원 이상 2,000만 원 이하 벌금'으로 처벌하게 되었으므로 따라하지 맙시다.

② 어린이와 경미한 접촉사고가 난 후 아이가 괜찮다고 해서 간 경우: 어린이가 괜찮다 해도 아이는 자신의 상황을 잘 인지하지 못하여 괜찮다고 할 수도 있습니다. 병원에 데려다주고 연락처를 주지 않은 채 돌아가도 뺑소니에 해당하므로, 병원에 데려다주지 못하더라도 연락처를 주면 뺑소니가 성립하지 않으니 연락처는 반드시 줍시다.

③ 보행자 피해자를 병원에 옮겨 진료받는 것을 보고 귀가한 경우: 피해자를 병원에 옮겨주었다 해도 연락처를 주지 않아 사후 처리를 할 수 없다면 뺑소니에 해당합니다. 이때도 마찬가지로 연락처를 주어야 합니다.

④ 현장에서 119가 출동하자 피해자가 실려 간 것을 보고 귀가한 경우: 현장에 119가 출동했을 때, 돕는 것처럼 행동하더라도 교통사고 당사자가 아니라 무관한 행인인 것처럼 행동한다면 뺑소니입니다. ③번과 마찬가지로 연락처를 주지 않았으므로 뺑소니입니다.

⑤ 가벼운 접촉사고 이후 각자 수리하기로 했는데 상대방이 진단서를 제출한 경우: 각자 알아서 차량을 수리하기로 서로 동의하여 귀가하였으나, 이후 뺑소니 합의금이 크다는 것을 알고 이를 노려 사후에 112 신고 등을 언급하며 병원 진단서를 가져온 경우 뺑소니로 처리되지 않습니다. 진단서가 있더라도 치료 기간이 1~2주 정도의 경상이라면 뺑소니가 성립하기 어렵습니다. 각자 수리하기로 한 기록 등이 남아 있다면 더욱 그렇습니다.

⑥ 상대방 100% 과실 사고라 내 과실이 없는 상황에서 상대방이 다쳤는데 귀가한 경우: 전적으로 상대 과실의 사고라서 나의 책임이 없다고 해도 상대방의 부상이 심한 경우 구호하지 않고 돌아가면 뺑

소니가 적용될 수 있습니다.

기억하기 어렵다면 한 가지만 기억합시다. 사고 후 연락처를 주고받으면 뺑소니가 성립할 가능성은 없습니다. 만일 각자 수리하기로 하거나 현금을 주고받기로 합의했다면 음성 녹음이나 이체 기록을 남겨두면 확실합니다. 다만 이것이 상대에게 불쾌감을 유발하여 합의를 무르지 않도록 상황을 보아가며 해야 합니다.

뺑소니 가해자에게는 도로교통법 제54조 1항에 의하여 5년 이하의 징역이나 1,500만 원 이하의 벌금이 부과됩니다. 만일 주·정차된 차만 손괴하여 대인 피해가 없을 때, 피해자에게 인적 사항을 제공하지 않고 도주한 경우에는 20만 원 이하의 벌금이나 구류 또는 과태료[7]에 처해집니다. 만일 피해자를 치사(致死), 죽음에 이르게 하고 도주하거나 또는 사고 후 피해자가 사망한 때에는 무기 또는 5년 이상의 징역에 처해지며 치상(致傷) 후 도주 시에는 3년 이상의 유기징역에 처합니다.

만일 사고 운전자가 피해자를 사고 장소가 아닌 다른 곳에 옮겨 유기하고 도주했다면, 피해자가 사망했을 때 사형, 무기징역 또는 10년 이상의 징역, 피해자를 치상한 때에는 3년 이상의 유기징역에 처해집니다. 가끔은 뺑소니 처벌을 악용하여 합의한 척 신고하는 악성 운전자도 있으므로 합의할 때는 의사를 분명히 해두어야 하지만 이 또한 상황에 맞게 합니다. 가장 중요한 것은 사고가 나지 않는 것이고, 사고가 나더라도 연락처를 남기는 것입니다.

이번 장을 시작하며 냈던 퀴즈의 정답은 '② 아저씨'입니다. 아마 ③번을 선택할 사람이 많을 것 같습니다. 사고가 나면 대개 '자연스럽게' 서로의 보험회사를 모두 부르는 것 같기 때문입니다. 그러나 이 같은 추돌 사고 상황에서는 지영 씨의 과실이 0입니다. 지영 씨가 보험을 불러 책임져야 할 것은 아무것도 없습니다. 내 보험사를 부른다는 의미는 '내가 한 잘못', 즉 과실이 있고 상대에게 손해를 끼쳐서 배상할 것이 있다는 의미입니다. 이 경우에는 지영 씨의 과실이 없기 때문에 보험사를 부르지 않습니다.

사고에서는 과실 유무와 과실 크기가 중요해지는데요. 어떤 상황에서든 보험 처리를 하면 보험료가 올라서 불리할 것 같은 막연한 생각이 들 수 있습니다. 그러나 이 사고처럼 과실이 0일 때에는 상대방의 보험으로 지영 씨의 차 수리비와 지영 씨의 병원비, 그리고 아저씨의 차 수리비와 병원비 등을 모두 부담하게 되므로, 과실이 0인 지영 씨는 보험 처리를 마다할 필요가 없습니다. 당연하지만 내 과실이 0이기 때문에 수리비가 얼마든, 병원비가 얼마든 간에 지영 씨의 보험을 쓴 것이 아니기 때문에 지영 씨의 보험료도 오르지 않습니다.

이렇게 내 과실이 있는지 없는지, 있다면 어느 정도인지, 보험은 어떻게 사용하는지를 알아야 사고 현장에서 유리하게 대처할 수 있는데요. 처음부터 잘 알기란 어렵습니다. 다음 장에 이어서 보험과 사고 시 과실에 대해 다루겠습니다. 확실히 익혀 사고 처리에 자신감을 가져봅시다.

운전하는 삶, 이야기 일곱

은행나무님이 무서워요

여성운전 프로젝트 '언니차'
@unniecar

교통사고시 절대 받지 말아야 할 지형지물을 알아볼까요?
교통신호제어기.. 750만원.
은행나무... 이분은 834만원.
가로등.. 약 300만원
전신주... 고압/저압선 따라 다르나 설치비 포함 약 1~2000만원.
중앙분리대or가드레일...m당 10만원.
무단횡단 방지봉...m당 17만원.
안전운전합시다... 🐢

3:23 PM · Oct 29, 2021

💬 2   🔁 19K   ❤️ 5K   🔖 1K   ⬆️

'언니차' SNS에서 인기를 끌었던 게시물이다.[8] 재미로 알아두자는 의미
도 있었는데, 조회수가 160만 회를 돌파하며 덧글과 멘션이 활발하게 이
어지는 등 반응이 뜨거웠다. 운전하다 은행나무 가로수를 들이받았는데
복구 비용이 834만 원이더라는 정보와 함께 가로등이나 전신주, 교통신

호제어기 등 각종 도로시설물의 견적을 알려주는 이 게시물에 이어진 반응들을 다음과 같이 유형화해볼 수 있었다.

은행나무 가격에 대한 놀라움 20%
무서워서 운전 못 하겠다! 19%
가드레일을 받아야겠다 16%
안전 운전을 강조하는 내용 14%
사람을 받지 말자는 반응 7%
운전 관련 팁 7%
자신의 사고 경험 6%
'최애' 관련 잡담 4%
기타 7%

*2024년 8월 기준, 반응 유형에 따른 비율(총 70여 개 중)

유형화하여 다시 살펴보니 흥미로웠다. "은행나무가 834만 원이라니, (사고라도 나면 물어줄 돈이 없어서) 운전 못 하겠다." "장롱면허를 유지하겠다." "이래서 부모님이 나에게 차를 안 빌려주시는 것 같다."라는 식으로 운전에 대한 부담 혹은 경악을 드러내며 현재 운전을 하지 못하는 자신의 상황을 인정하는 반응이 대다수였다. 물론 대부분은 농담으로 한 이야기겠지만, "무서워서 운전 못 하겠다."라는 반응이 은행나무 가격에 대한 놀라움에 이어 두 번째로 큰 비중을 차지할 정도로 크다는 것은 주목할 만했다.

정말로 가로수와 교통사고가 났을 때 내가 직접 800여 만 원을 부담하게 된다면 운전할 마음이 쏙 들어갈 것이다. 하지만 실제로는 음주운전이나 고의 사고가 아닌 이상 대부분 자동차보험이 부담한다(음주운전, 무면허운전, 뺑소니로 인한 사고는 자동차보험이 배상하지 않음). 사람들의 반응을 보니 대부분 이것을 잘 모르는 듯했고, 자동차 사고 자체에 대해 부담스러워하고 있구나 싶었다.

    '언니차' 활동뿐만 아니라 지인들과도 운전에 관한 이야기를 했을 때, "운전은 무섭다." "아무튼 어려워서 못 하겠다."라고 하는 말을 제법 많이 들었다. 평소에 여성들이 운전에 대해 이야기할 때에는, 운전의 재미나 운전 에피소드, 지식보다는 '위험'이 화제가 되는 경향이 있는 듯하다. 막연히 '운전은 위험하고 사고가 나면 큰일 난다.'라는 식으로 묘사하고 실제로 사고가 나면 어떻게 대처해야 하는지에 대해서보다는 '아무튼 내게는 너무 어려운 일' '사고는 무조건 큰일'이라고 농담처럼 이야기한다. 그 속에서 우리는 '운전은 어려운 것'이라는 전제를 당연하다는 듯 받아들인 것은 아닐까?

    선풍기를 튼 채로 자면 죽는다는 말을 들어본 적 있을 것이다. 이것은 한국에만 있다는 '선풍기 괴담'이다. 2025년인 지금도 우리 부모님 세대는 선풍기를 틀고 자는 일을 꺼린다. 요즘에는 '선풍기를 켜고 자도 죽지 않는다.'라는 연구 결과가 알려지기 시작했지만, 그전까지만 해도 그말에 과학적으로 근거가 있는지 없는지 찾아보지 않았다. 전기 요금을 아끼고 싶은 부모님의 마음과 '아무튼 죽는다더라.' 하는 말의 방향이 같아서였을지도 모르지만, 여하튼 선풍기를 켜지 못하게 된 경험들이 있을 것이다. 이 괴담이 재미있는 것은 등장한 지 수십 년이 지났는데도 여전히 생명력을 가지고 입에서 입으로 전해지며 많은 사람의 밤을 덥게 했다는데 있다. 실제로 죽은 사람이 있었는지, 얼마나 오래 틀고 자면 죽는지 등 근거가 없는데도 실체 없는 두려움이 뭉뚱그려져 2024년까지 전해졌다니 코미디 아닌가? 운전에 대한 이야기도 이와 비슷하다는 생각이 든다. 실체도 모르고 사실 알아보려 한 적도 없지만 '아무튼 어렵고 무서운 것'이 되어버렸다. 인터넷을 조금만 살펴보면 자동차 사고에 대한 자극적인 표현들을 발견할 수 있다. '김 여사'니 '너비아니(떡갈비와 비슷한 음식으로, 뭉개진 자동차 혹은 피해자에 대한 경멸적 표현)'니 하며 교통사고를 자극적인 소재로 소비하지만 정작 알아야 할 사고 대처와 과정, 안전 운전에 대해 알려주는 곳은 적었다. 그러다 보니 여성에게 운전은 더욱 '미지의 금기'로 남아버린 것이 아닐까.

　은행나무로 다시 돌아가보자. 음주운전, 무면허, 뺑소니가 아닌 이상 은행나무 복구비는 내 자동차보험의 '대물' 보상으로 전액 처리되어 내가 직접 낼 금액은 없다는 점을 알려주고 싶다. 내 자동차 수리비에 대해서는 '자차' 보험 가입 약관에 따라 다르지만, 수리 실비 또는 자기부담금 약 30~70만 원을 내고 수리를 마무리하게 된다. 물론 보험료가 오를 수는 있지만 800만 원보다는 싸다.

　잘 모르는 것은 무섭기 마련이다. 게다가 알 방법조차 모른다면 더 막막할 수밖에 없다. 운전을 시작하려 할 때부터 "여자는 남자보다 운전을 못 한다." "운전은 어려우니 여자는 1종을 딸 필요가 없다."라는 선입견 가득한 태도를 마주한다면 자신감을 잃을 수밖에 없다. 작은 접촉 사고가 났을 때, 지나가던 아저씨가 대뜸 "아가씨가 잘못했네!" 하고 간다거나, 약하게 입힌 선팅 때문에 여성 운전자임이 '발각'되면 더 공격적으로 바뀌는 도로 상황을 보면 운전이라는 새로운 세상에 대한 두려움은 사실 '차' 자체보다는 도로의 상황에서 생겨났을지 모른다.

초보라면 누구든 서툴기 마련이다. 사고에 대한 두려움은 남녀를 불문하고 모두가 가지고 있는 것이다. 그러나 실제로 사고가 나면 어떻게 되는가? 사고 상황 그 자체만으로도 당혹스러운데 여성 운전자라면 거기에 더하여 추가되는 모욕감이 있다. 생면부지의 남성이 마치 예견이라도 했다는 듯 나를 보고 눈을 흘기며 하는 말.

"그러게, 봐. 운전자가 여자일 줄 알았어!"

"아! 아줌마!"

같은 초보 운전자라고 해도 남성이라면 겪지 않아도 될 은은한 텃세를 마주치는 공간. 도로에서 여성은 언제든 '김 여사'라 낙인찍힐 수 있다. 그러나 남성에 대해서는 '김 여사'처럼 모욕적인 명칭이 존재하지 않는다. 이유가 무엇일까? 남성은 '원래 운전을 잘하기' 때문에? 경찰청 통계를 보면, 도로교통법을 위반한 사람 중 약 90%가 남성이다. (검찰청, 2023 범죄통계. 이와 관련하여 다음 장 '운전하는 삶, 이야기'에서 더 다루겠다.) 무면허 운전자의 92%, 난폭운전의 92.6%가 남성이다. 만일 도로에서 난폭운전을 하고 도로교통법을 무시하는 '미친놈'을 만났다면 남성일 가능성이 통계상 90% 이상인데도 '운전을 상식 밖으로 하는 남성'을 가리키는 단어는 없다. 여성 한 명이 서툰 운전을 하면 마치 '그리핀도르에 10점 감점'하듯 여성 운전자 전체의 평판이 떨어진다. 남성 한 명이 잘못 운전할 때 "역시 남자라 안 되겠네."라며 남성 전체에 대한 실력 평판을 떨어뜨리는 마음은 없을 것이다. 여성에게만 한 명의 실수로도 그 집단을 흠잡고 폄하하는 상습적 태도, 바로 여성 혐오이다.

한 여성의 실수는 여성 전체, 여성 자체의 실패이자 무능함의 증거, '김 여사'의 물증으로 여기지만 남성 한 명의 실수는 '그저 개인의 실수'로서 남성 전체에 대한 평판과는 연결되지 않는다. 이런 식으로 슬그머니 넘어가고 마는 일이 수없이 일어난다. 여성의 실수에 더 까다롭게 구는 모습을 보면 여성은 '원래 못한다'라는 생각을 굳히고 싶어 벼르고 있기라도 한 것 같다. '김 여사'는 그런 생각 때문에 만들어진 단어다. 여성의 1종 면허 취득을 만류하는 많은 운전면허학원처럼, '여성은 원래 운전을 못하는 존재이며 사고도 자주 냄'이라는 편견을 우리의 단어사전 속에 기록해두고 싶은 심보가 있는 듯하다. 일상의 평범한 대화 속에, 여성의 능력을 폄하하고 그것을 기정사실화하려는 말들이 촘촘하게 끼어든다. 그렇게 여성 스스로 자신의 능력을 의심하게 하고 자신감을 잃어 주저앉게 만든다. 그리고 점차 도로는 여성에게 '무서운 곳'이 된다.

도로에서 일어나는 일들을 찬찬히, 오래 지켜보았다. 이제는 이같은 모욕의 연쇄를 끊어야 한다. '김 여사'라는 폄하가 대물림되지 않기를 바라며 오늘도 나는 워크숍을 준비하고, 또 '김 여사'라는 워딩을 쓴 기사들을 모니터링한다. 여성이 운전을 배우고 자신의 길을 달리는 데 필요한 기술을 얻는 일에서 불필요한 고통을 겪지 않을 수 있도록. 새로운 시대의 사람들이 늘어난다면 이러한 단어들도 어느 순간 '유행 지난' 단어가 되어 잊힐 것이다. 그날을 고대하며 '언니차'는 오늘도 달린다.

6

보험이 다 해주는 것 맞나요?

사고 현장에서 대처하는 방법을 살펴보았습니다. 이번에는 앞에 등장했던 보험 관련 용어와 내용을 자세히 살펴보겠습니다. 사고를 처리할 때 자주 쓰는 말인 '대인' '대물' '자차' 등 자동차보험 용어 및 보험의 기본 원리를 살펴봅시다. 자동차보험료가 올라갈 때와 내려갈 때 어떤 기준으로 움직이는지, 보험료를 아끼는 법 등을 알아볼게요. 보험은 특약이나 가입 상품 등에 따라 다양할 수 있지만, 전체적인 틀을 살펴보겠습니다.

자동차보험이란 무엇일까?

자동차보험은 차를 운전하려면 차량 소유주가 반드시 가입해야 하는 의무 사항입니다. 가입하지 않고 운행하면 벌금이나 징역에 처해집니다.[9] 의무적으로 가입해야 하는 보험이지만 자동차보험이 어떻게 작동하는지 잘 모르는 경우가 많습니다. 보험을 잘 알아두어 필요할 때 여유 있게 처리해봅시다.

책임보험

자동차보험은 크게 책임보험과 임의(종합)보험 두 가지로 이루어집니다. 책임보험은 차량을 운행하기 위해 차량 소유자가 의무적으로 가입해야 하는 보험으로, 가입하지 않고 운행하면 최대 1,000만 원의 벌금 또는 1년 이하의 징역에 처해집니다. '책임' 보험이라는 말은 사고를 냈을 때 자신이 일으킨 피해에 대해 책임지는 보험이라는 의미로, 상대 차량 수리비와 운전자, 동승자, 보행자 등의 치료비를 책임지며 자신의 차량 수리비와 치료비는 보장하지 않습니다. 이때 나의 치료비와 차량 수리비는 상대 차량의 책임보험 또는 종합보험에서 책임집니다. 서로 상대를 책임지는 구조입니다.

단, 이 책임보험은 의무 가입인 만큼 최소한의 보장만을 제공합니다. 대물(차량 등 물적 피해) 2천만 원, 대인(인적 피해) 1억 5천만 원이 책임보험의 보장 한도입니다. 모든 운전자를 위한 최소한의 의무 보장이 책임보험인 셈입니다.

임의(종합)보험

임의보험(이하 종합보험)은 책임보험과는 달리 의무 가입이 아닙니다. 보험비도 책임보험에 비해 비쌉니다. 대신 종합보험은 책임보험의 보장 한도에 비해 더 많은 부분을 보장해줄 수 있습니다. 아래 종합보험의 특징을 외울 필요는 없지만 개념을 알아두면 보험에 가입할 때 이해하기 좋습니다.

첫 번째로, 종합보험은 보장 한도가 큽니다. 예를 들어 책임보험의 대인 보상이 1억 5천만 원인 것에 비해 종합보험의 대인 보상은 무제한입니다. 또한 책임보험은 대물 보상 한도가 2천만 원이기 때문에 만일 책임보험만 가입한 상태로 2천만 원을 초과하는 사고 수리비가 발생한다면 내가 그 차액을 변상해야 합니다. 하지만 종합보험에 가입하면 대물 보상 최대 한도가 10억 원(외제 차 20억 원)이 되기 때문에 비교적 지출에 대한 부담 위험이 적습니다.

두 번째, 종합보험에 가입한 상태에서는 구속될 위험이 적습니다. 상대방이 중한 상해를 입었을 때 등 형사 기소될 가능성이 있는 경우에도 종합보험에 가입한 상태라면 교통사고처리특례법 제 4조 1항에 의하여 구속을 피할 수 있습니다. 이 법에 따르면 교통사고를 일으킨 차가 피해자의 피해를 전액 배상할 수 있는 보험 또는 공제(이 경우 종합보험에 해당)에 가입된 경우에는 교통사고를 일으킨 운전자에 대하여 공소를 제기할 수 없다고 되어 있기 때문입니다. 그러나 종합보험에 가입된 상태라고 해도 12대 중과실이나 음주운전, 중상해, 뺑소니 등을 범하였을 때는 구속을 피하지 못한다는 점을 반드시 알아둡시다. 최근에는 이러한 형사 처벌 발생 시에 법률 지원금을 지급하는 '운전자 보험' 상품도 있습니다. 이 역시 의무 가입이 아니며, 선택 사항입니다.

TIP

12대 중과실

① 신호위반 및 지시위반, ② 중앙선 침범, ③ 규정속도 20km/h 초과 과속, ④ 끼어들기 및 앞지르기 규정 위반, ⑤ 철길건널목 통과 방법 위반, ⑥ 보행자 보호의무 위반, ⑦ 무면허운전, ⑧ 음주운전, ⑨ 보도 침범, ⑩ 승객추락방지의무 위반, ⑪ 어린이보호구역 안전운전의무 위반, ⑫ 화물고정조치 위반

자동차보험 관련 용어 알아보기

자동차보험과 관련된 용어들은 배상 대상, 즉 '무엇을 배상하는가?'에 따라 명칭이 다릅니다. 자세한 명칭들은 아래에서 보도록 하겠습니다. 우선 자동차보험은 책임보험과 임의보험(이하 종합보험)으로 이루어져 있으며, 책임보험은 의무 가입, 종합보험은 의무 가입이 아닙니다. 책임보험만 가입하는 것은 가능하지만 종합보험만 가입하는 것은 불가능하며, 둘다 가입하는 것은 가능합니다.

자동차 보험의 구조

책임보험		종합보험				
대인 배상I	대물 배상	대인I 대인II	대물 배상	자기신체손해 (통칭 자손) 자동차상해 (통칭 자상)	자기차량손해 (통칭 자차)	무보험 자동차상해

대인

'대인 배상'의 줄임말입니다. 자동차 사고로 다친 상대방의 손해(위자료, 휴업 손해, 간병비, 치료관계비, 사망시 장례비 및 상실수익액 등)를 배상합니다. 이는 나의 치료비를 위한 보험이 아닙니다. 자신을 위한 치료비 등은 상대방의 대인 배상에서 나옵니다. 여기서 대인은 책임보험의 대인I 과 종합보험의 대인II 두 가지가 있으며, 대인II는 종합보험에만 있습니다. 책임보험의 대인I 최대 한도가 1억 5천만 원인데 비하여 종합보험의 대인II의 보장 한도는 무제한이라는 차이가 있습니다.

대물

'대물 배상'의 줄임말입니다. 자동차 사고로 인한 타인의 물적 피해를 배상합니다. 책임보험의 대물 배상 한도는 2천만 원이지만 종합보험의 대물 배상 한도는 최대 10억(외제 차 20억) 원입니다.

자손, 자상

각각 '자기신체손해' '자동차상해'의 줄임말입니다. 여기서 '나의 치료비' 등이 나옵니다. 책임보험에서는 타인의 치료비만 배상하기 때문에 만일 상대가 없이 난 단독사고, 가령 벽에 받는 등의 사고에서 자신의 치료비를 받고 싶다면 종합보험의 '자손' 또는 '자상'에 가입해야 합니다. '자기신체손해'는 치료비만 지급되며 '자동차상해'는 치료비와 휴업 손해비 등 부수적 비용도 지급됩니다. 물론 그만큼 보험료가 비쌉니다. 단, 이러한 보장은 일반 사설 의료 실비 보험에서도 지급되므로 자신이 가입한 의료 실비 보험 등이 교통사고를 지원한다면 굳이 가입하지 않아도 됩니다. 잘 따져보고 선택합니다.

자차

'자기차량손해'의 줄임말입니다. 위의 '자상' 등과 헷갈리기 쉬운데요. '차'가 들어가는 말만 차량이라고 생각하면 외우기 쉽습니다. 다른 차와 사고가 나면 상대방의 보험이 내 차량 수리비를 배상해주지만 나 혼자 벽 등에 부딪친 사고, 즉 단독사고 수리비의 경우는 상대가 없으므로 상대의 보험 배상이 나오지 않습니다. '자차' 보험에서 이러한 단독사고 등의 수리비가 나옵니다. 단, 전체 보험료에서 '자차' 보험료가 차지하는 비중이 높으므로, 단독사고를 내지 않을 자신이 있는 운전자라면 보험료 절약을 위해 '자차' 보험에 가입하지 않기도 합니다. 다만 '자차' 보험은 단독사고만을 위한 것이 아니라 차 대 차 사고에서 내 차 수리비의 자기 과실분을 위한 것이기도 하니 잘 생각하여 가입합니다. 예를 들어 과실 20:80 사고에서 내가 20% 과실이라면 내 차 수리비의 80%는 상대방의 대물 보험으로 처리 가능합니다. 그러나 내 과실에 해당하는 20%는 내 돈 또는 내 '자차'가 이를 보상하게 되므로, 현금으로 지불하기 싫을 때에는 '자차' 보험에 가입하면 이 부분을 '자차'가 부담합니다.

무보험 자동차상해

상대 차량이 무보험 차량일 때 생긴 나의 손해를 보장해주는 보험입니다. 원래는 상대 차량의 책임보험이나 종합보험이 나의 손해를 배상해야 하지만, 만일 상대 차량이 보험이 없는 경우 나의 보험이 먼저 나에게 보상한 다음 상대에게 구상권을 행사합니다. 무보험 자동차상해에 가입하지 않더라도, 뺑소니나 무보험 차량으로 인해 사고가 났다면 '자동차손해배상 보장제도'에 의해 책임보험의 보장 범위(대인 1억 5천, 대물 2천 만원 한도) 내에서 국가가 배상해줍니다. 뺑소니나 무보험 차량과 사고가 났는데 치료비를 스스로 부담한 경우, 3년 이내에 치료비 납입영수증(명세서)과 교통사고사실확인원(경찰서), 진단서(치료병원), 기타 필요 서류 등을 제출하면 책임보험 한도 내에서 보상받을 수 있습니다. 10개 보험사[10]에서 이를 처리하고 있습니다.

자동차보험료가 올라갈 때와 내려갈 때

자동차보험에 가입할 때나 갱신할 때 무엇이 좋은지, 무슨 말인지 잘 알지 못해서 주변 이야기만 듣고 가입하는 경우가 많습니다. 혹은 다이렉트보험에 가입하더라도 보험사 앱에서 추천하는 대로만 하는 경우가 많습니다. 그러다 보니 보험료가 왜 오르고 내리는지 막연할 것입니다. 보험료가 어떤 원리로 인상되고 인하되는지, 또 사고 규모에 따라 보험료가 어느 정도 오르는지 알지 못하면 보험료 조정에 불리하게 작용할 수 있습니다. 보험료의 원리를 알면 안전 운전에도 도움이 되니 차근차근 살펴봅시다.

자동차보험료 갱신: 할인과 할증, 할인 유예

자동차보험료는 1년 단위로 갱신되며, 보험료가 갱신되면서 할인, 할증, 할인 유예가 이루어집니다. 나의 할인, 할증 요인을 조회할 수 있는 사이트가 있으니 살펴봅시다(자동차보험료 할인 · 할증 요인 조회 시스템: prem.kidi. or.kr:1443). 할인과 할증은 내가 든 보험의 약관에 따라 조금씩 다를 수 있지만 조건을 거칠게 단순화하면 무사고 시 할인, 사고 1회 시 할인 유예, 사고 2회부터 할증이라고 할 수 있습니다.

아래 보험료 요율 표를 봅시다. 일부를 간추린 것인데요. 모든 운전자는 처음 자동차보험에 가입할 때 등급표 중 11Z 등급에서 시작합니다. 첫해 무사고 시 11Z에서 12Z로 등급이 상승하면서 보험료 요율의 %가 떨어집니다. 표의 %가 작을수록 보험료가 저렴해집니다. 정확한 보험료 요율을 알고 싶다면 각 보험사에서 홈페이지를 통해 공시하니 참고하면 됩니다. 아래 표를 예로 들면, 최초 가입한 해에 사고가 나지 않으면 최초 등급인 11Z에서 12Z로 상승합니다. 보험료는 82%에서 77%로 5%P 할인되는 셈입니다. 작은 사고가 한 건 있었다면 등급은 11Z를 유지하므로, 무사고 시 할인될 수 있던 5%P만큼 손해를 보는 셈입니다. 만일 사고가 두 건 이상 발생했다면 할증되며, 10Z등급으로 떨어질 경우 82%에서 88%로 6%P 상승하고, 그 이상 떨어져 9Z로 할증된다면 97%로 15%P 상승합니다. 할인으로 5%P가 감소되었을 것까지 고려한다면, 9Z에서 무사고 대비 보험료 상승 폭은 최대 20%P가 되는 셈입니다. 그래서 무사고가 중요합니다.

구분	⋯	8Z	9Z	10Z	11Z	12Z	13Z	14Z	⋯
개인용 요율	⋯	102%	97%	88%	82%	77%	72%	69%	⋯

(손해보험협회 공시, 보험회사별 할인할증 적용율 현황 중 발췌, 공시기준 2024년 8월 1일)

자동차보험 요율 등급 상승 및 하락

이번에는 자동차보험 등급이 어떤 방식으로 상승 혹은 하락하는지 살펴보겠습니다. 자동차보험 요율 등급은 사고 점수에 의해 조정됩니다. 사고 점수 체계는 보험사에 따라 조금씩 다르지만 대략적으로 다음과 같은 구조로 이루어집니다. 아래 체크리스트로 점수를 합산해봅시다(보험사가 이와 같은 표를 사용하는 것은 아니며 이해를 돕기 위한 자가 체크 목록임을 참고).

항목	내용	점수	비고
사고 건수	무사고다.	0점	사고가 난 적이 없으므로 다음 해 보험료가 할인된다.
	3년간 사고 건수 2~3건 이상이다.	특별 할증	점수 계산이 크게 의미 없을 수 있다. 약 20~30% 할증되거나 다음 해 지금의 보험사가 인수를 거절하여 다른 보험사로 가입해야 할 수 있다. 대물 한도액이 최고 액수인 10억 원에서 5억 원 등으로 차감된다.
물적 보상액	사고 건수 1건, 물적 보상액(상대방 차 수리비(대물)+ 내 차 수리비(자차))가 200만 원 미만이다.	0.5점	11Z 등급에서 10Z 등급으로 바로 떨어지지 않고 11N 등급 등이 된다. 11Z와 보험료가 같거나 상승 폭이 작다.
	사고 건수 1건, 물적 보상액(상대방 차 수리비(대물)+ 내 차 수리비(자차)가 200만 원 이상이다.	대물 200만 원 이상인 사고 건당 1점	대물 견적 200만 원 이상 시 사고 점수 1점으로 계산되며, 상대방의 대인 접수 시 사고 점수가 추가되는 것과 별도로 계산된다.

보험이 다 해주는 것 맞나요?

대인 접수 건수	사고가 나서 상대방이 대인 보상을 접수했다.	1건(인)당 1점, 중상 시 인당 4점까지 증가	만일 상대방 상해가 중상 혹은 사망일 경우 1건당 점수가 4점까지 올라간다. 내 과실이 있는 사고에서 내가 대인을 접수했을 시에는 내 과실분 만큼의 내 치료비를 청구하기 위해 자상이나 자손이 내 보험으로 접수된다. 이때도 건당 1점이 오른다. 상승을 막고 싶다면 보험에 접수하여 치료받을 때 선결제 해두면 자손/자상 접수를 막을 수 있다.
교통 법규 위반	뺑소니 사고, 무면허 운전, 음주운전, 속도위반, 중앙선 침범, 신호위반에 적발되었다. 속도위반 및 신호 위반을 2건 이상 하였다.	1건당 10%	최대 20% 할증된다.
	어린이보호구역 및 노인보호구역에서 규정 속도를 2회 이상 위반하였다.	2회 시 5% 3회 이상 10%	최대 10%까지 할증된다.
		합계: 점	
		1점 당 한 등급 하락하며, %는 별도로 계산된다.	

위의 점수 계산은 보험 만기 전 3개월 전까지 발생한 사고만 계산합니다. 즉 보험만료일이 2024년 7월 29일일 때, 2024년 6월 1일에 일어난 사고는 다음 해 보험에 반영되지 않습니다. 2023년 4월 29일에서 2023년 4월 29일까지의 사고가 다음 해 보험료에 반영됩니다.

지금까지 자동차보험 요율 등급 조정이 어떻게 이루어지는지 살펴보았습니다. 다만, 대인 접수 건수에서 상대방의 보험사에 내 치료비 청구를 위해 대인 접수한 것은 상대방의 사고 점수가 올라가는 일이므로, 점수 계산에 넣지 않습니다. 나의 점수 계산에 넣어야 하는 부분은 '내 과실만큼 내가 감당해야 하는 내 치료비'를 위해 '내 보험'에 '내가' 자상/자손이 접수된 경우에 내 점수로 계산됩니다.

보험료를 관리하기 위해서는 안전 운전과 준법 운전, 무사고가 중요합니다. 또한 사고 처리 과정에서 과실 비율만큼 수리비를 내게 되고 자손, 자상 등이 접수되니 과실을 내지 않는 것도 중요합니다. 늘 안전하게 운전합시다.

Q 나는 지난 1년 동안 사고 건수 1건, 대물 견적 150만 원, 자차 견적 70만 원에 상대방이 경미한 부상으로 대인 접수를 1건 하고 나도 상대에게 대인 접수했습니다. 과실이 40:60이라 나의 과실인 40%만큼의 병원비는 내 자상으로 처리하였습니다. 다음 조건에 따라 계산하면 총 사고 점수는 몇 점일까요?

① 사고 점수가 0점(무사고)이면 다음 해에 보험료가 할인된다.

② 사고 점수 1점 미만이라면 0.5등급 상승으로 현 등급을 유지할 수 있고 보험료 할인은 없다.

③ 사고 점수 1점 이상부터 1점당 한 등급이 상승한다.

④ 교통법규 위반 등은 사고 점수와 별개로 할증된다.

⑤ 물적 배상 200만 원 이상부터 사고 점수 1점이 오른다.

⑥ 대인 접수 1건 접수 시 사고 점수 경상 1점~ 중상 4점이 오른다.

⑦ 자상/자손 접수 시 1건당 사고 점수 1점이 오른다.

정답은 3점, 보험 등급 3등급 상승입니다.

물적 배상 총 220만 원 1점, 대인 접수 경상 1건 1점, 자상 접수 1건 1점이 합산되었기 때문입니다. 하나의 사고만으로도 보험 등급에서는 여러 등급 떨어질 수 있기 때문에, 사고가 나지 않는 것이 중요합니다. 보험 등급 때문이 아니더라도 안전이 제일이지요. 여러분의 무사고를 기원하겠습니다.

첫 사고

나의 첫 번째 사고는 무려 '벤츠'와의 사고였다. 2014년 초여름, 경기도 용인 인근에서만 차를 몰다가 처음으로 판교를 지나 서울로 진출한 날이었다. 당시만 해도 '내 차'가 없던 나는 공유자동차를 타고 서울에 진입했다. 강남대로와 양재대로는 정말이지 넓었다. 게다가 눈이 휭 돌 정도로 차가 많았다. 용인에도 인구가 많지만 특별한 일이 있지 않고서야 차가 그렇게 많이 밀리지는 않는다. 퇴근 시간대의 강남대로. 다닥다닥 붙은 건물만큼 차들이 앞, 뒤, 옆으로 바짝 붙어 왔다. 옴짝달싹할 여유도 없어서 차로를 바꿀 생각만 해도 진땀이 났다. '이왕 서울에 온 김에 한강 공원은 가야지!' 하고 내비게이션 목적지를 반포 한강 공원으로 잡고 교보타워를 지나서 가다 서다를 반복하고 있을 때였다.

'퉁.'

차체에 약한 충격과 함께 부딪치는 소리가 났다. 바로 느꼈다. '엿 됐다.' 소리가 난 쪽을 보니 번지르르 광 나는 검정 세단이 있었다. 식은땀이 솟았다. 그제야 깨달았다. 사고를 처리하는 방법을 배운 적이 없다는 것을. '지금 차에서 내려야 하나?' '뭘 해야 하지?' '상대가 화를 내면 어떡하나?' 온갖 생각이 스쳤다. 게다가 '20대 초보 운전자'인 나는 혼자였다. 아득했다. 누구에게 전화해야 할까? 이럴 때일수록 침착해야지, 약해 보이면 안 된다고 생각하며 머리를 쥐어짰다. 차로 변경에 기가 눌려 있었을 뿐 나는 앞만 보며 가고 있었다는 점이 떠올랐다. 적어도 내 쪽에서 결정적인 실수를 한 것 같지는 않았다.

용기가 생긴 나는 비상등을 누르고 기어를 P로 바꾼 후, 사이드 브레이크를 당기고 차에서 내렸다. 비장하게 검은 세단에 다가가(!) 앞 창문을 두드리며 말했다. "저기요, 사고 났는데 내려보세요." 대범하게 보였겠지만 사실 제법 떨렸다. 원래도 밀리던 도로 위에 내 차와 상대 차가 차로 두 개를 막는 바람에 교통체증이 가중되니 점점 눈치가 보이기 시작했다. 뒤차가 빵빵대며 비켜 갔다. 그래도 상대는 한동안 차에서 내리지 않았다.

얼마 뒤 중년 남성 둘이 운전석과 조수석에서 내렸다. 그들은 내리고 나서도 내 쪽은 쳐다보지 않고 서로 자리를 바꾸려는 듯 우왕좌왕했다. 나는 일단 이용하는 공유자동차 앱을 켜서 서비스센터 전화번호를 겨우 찾아(자꾸 다른 메뉴로 연결되며 전화번호를 찾기 힘들게 되어 있었다.) 사고를 알렸다. 나는 상대에게 다가가 어떻게 할 거냐고 물었다. 그는 대꾸하지 않고 나와 눈을 마주치지도 않았다. 그러다 사고 조사원(그 역시 남성이었다.)이 오자 그와만 대화했다. 지금 생각해보면, 그가 음주 상태였기에 알코

올 냄새를 풍기지 않으려고 나와 가까이서 대화하지 않으려 했던 것일 수도 있겠다 싶다. 혹은 '새파랗게 어린 여자애'와는 대화도 할 필요가 없다고 생각했거나.

그때는 몰랐지만, 돌이켜 생각해보니 상대 운전자와 동승자가 수상하게 오간 것부터 시작해 음주운전 사실 등을 은폐하기 위해 운전자를 바꾸려던 게 아니었을까 의심된다. 당시 나는 경찰을 불러 음주 측정을 요구하는 등 제대로 대처할 줄 몰랐다. 상대 운전자의 음주운전이 의심되는 정황이 있다면 경찰을 불러 음주운전 검사를 요청할 수 있다. 상대방이 음주운전을 한 것으로 판명되면 나의 과실이 줄어들 수 있고, 상대는 벌점과 벌금 등 처벌을 받게 된다. 이런 점을 이용하여, 경찰을 부르지 않는 조건으로 합의금을 '뜯는' 경우도 있다. 그러나 이는 음주운전을 방조한 행위와 같으므로 이렇게 해서는 안 된다.

나는 공유자동차를 타고 있었기 때문에 렌터카 공제조합에서 조사원이 나왔다. 문제는 여기서부터 시작된다. 흔히들 내 차의 보험사 혹은 조사원은 '내 편'일 것이라고 생각한다. 이는 큰 착각이다. 당시 보험 조사원은 차의 접촉 부위와 블랙박스를 살피고, 상대 운전자와 이러쿵저러쿵하다가 내게 와 여러가지를 질문했다. 문제는 내가 뭐라고 대답해야 할지, 접촉 부위가 여기서 여기라고 말하는데 그 의미가 무엇인지, 나에게 불리한 정황은 무엇이고 유리한 정황은 무엇인지를 하나도 알 수 없었다는 점이었다. 사고가 나면 어떻게 말해야 하는지 지금껏 누가 내게 설명해준 적이 없었다. 교통사고 처리 과정이라든지 사고가 났을 때 과실이 어떻게 잡히는지에 대해 운전면허를 취득하는 과정은 물론 취득 이후에도 배운 적이 없었다.

"지금 여기 받으신 거죠?"

"여기가 뭔데요? 제가 직진 중인데 와서 받았으면 상대 잘못 아닌가요?"

"아니, 지금 앞부분이 여기를 받으면 그쪽이 먼저 받은 거고~"

보험 조사원은 마치 내가 가해자인 듯 추궁했다. 차로를 변경하다가 사고가 나면 직진 차량 대 차로 변경 차량의 기본 과실이 30:70이다. 그런데도 나의 과실인 양 상황을 재구성하여 말하는 것이 아닌가? 내가 확실히 '호구'로 보였던 모양이었다. 대인 접수와 대물 접수의 의미도 모르는 내가 얼마나 만만하게 보였을까? 사고 접수의 아무런 절차도 알지 못했기 때문에 나는 그때 대인 접수조차 하지 못했다. 생각해보면 굉장히 억울하다.

마땅히 사실대로 이야기해야 하지만, 이후로 몇 번의 사고를 접해보니 '말하기 나름'인 지점이 있다는 것을 알게 되었다. 블랙박스는 사각지대가 많고 사고 조사원은 사고를 실제로 보지 못했기 때문에 운전자가 사고를 묘사하는 방법에 따라 그 사고를 재구성함에 있어 빈 곳이 꽤 많이 생길 수도 있다. 모든 사고가 그렇지는 않지만 사고 규모가 작거나, 사고 당사자가 사고 상황을 정확히 이해하지 못했을 때는 보고자가 자기 나름대로 상황을 '만질' 수 있다. 현장에서 사고를 설명하는 문장들만 보아도 그 사람이 '초짜'인지 아닌지 극명하게 알 수 있기 때문이다. 반드시 티가 날 수 밖에 없다. 교통사고와 그 이후의 처리에 대해 알고 난 다음에 나는 이전의 내가 얼마나 쉬운 '밥'으로 보였을지를 뼈저리게 깨달았다.

상황을 거짓으로 꾸며 말하라는 것이 아니다. 사고 현장에서 무엇을 중점으로 말해야 상대 과실임을 주장할 수 있는지 알아야 한다. 그래야 보험 조사원이나 상대 운전자가 내 과실로 돌리려 해도 현장의 증거, 즉 차선과 차의 위치 정황이나 접촉 부위, 상대 차의 위치 등을 들어 자신을 방어할 수 있다.

사고가 나면 보험사도, 보험 조사원도 무엇 하나 잘 알려주지 않는다. 위에서 말한 대인·대물 접수는 물론, 렌터카 차량을 수리할 때 발생하는 휴차 보상료까지 내가 보상해야 할 대물 보상액에 추가되었다. 휴차 보상료는 차량을 수리하는 동안 영업하지 못한 수익에 대한 보상료로, 렌터카 업체가 받는 금액이다. 나는 휴차 보상료가 얼마나 발생하는지, 시속 20km조차 되지 않아서 찌그러지지도 않고 타이어 스친 자국만 남은 상대 차의 수리비가 얼마가 나왔으며 공임은 얼마이고 부품값은 얼마인지 알지도 못한 채, 그저 나와 스친 차량의 모델이 '벤츠'사의 S550이며 차량 가격이 1억 6,900여만 원이라는 것을 검색해본 후 약간 암담해졌을 뿐이었다. 그러나 여전히 무엇을 해야 할지 몰랐다. 그렇게 찝찝한 마음으로 며칠이 지나자, 사고의 대물 처리 비용에 대한 '자가부담비' 30만 원을 내라는 연락이 왔다. 상대가 대인 접수를 해서 보상받았는지 어쨌는지 모르겠다. 다만 무언가 엉망이고 나에게 불리하게 돌아가는 것 같았다. 훗날 다시 살펴보니 실제로 그랬다. 당시 과실은 80:20으로 책정되었다. 내 과실을 80으로 둔 것이었다. 다시 말하지만 차로 변경 사고의 기본 과실은 직진 차량 30, 차로 변경 차량이 70이다. 그런데 직진하던 내 차량에 80의 과실을 물리는 어처구니없는 결과였다. 나는 대항할 줄 몰랐고, 그대로 처리되었다.

다시 같은 사고를 맞이한다면 어떻게 할까? 우선 공유 차량이라는 특수한 조건을 제외하고 상황을 가정해보자. 큰 규모의 사고가 아니기 때문에 고가의 차량이 아니라면 각자 수리를 제안할 수도 있고, 혹은 내가 약간의 수리비를 받고 헤어졌을 수도 있다. 또는 "괜히 대인 접수 해봤자 보험비만 오르니 대물만 접수하기로 하자."라고 말을 맞춰볼 수도 있다. 상대 차량이 고가의 차량인 차량인 경우에는 내가 대인 접수를 하지 않겠다는 조건 하에 상대방의 수리비를 '미수선 처리'(당장 수리하지 않고 견적을 받아 전체 수리비의 약 70~80%에 해당하는 비용을 받고 배상을 마무리하는 것)하자고 제안할 수도 있다. 물론 이는 렌터카가 아닐 때, 대인 접수가 서로의 보험비를 올릴 수 있어서 합의의 열쇠가 될 때의 이야기다.

내가 자동차를 렌트했다는 점에 주목하자. 렌터카의 경우 업체가 가입한 보험이 적용되기 때문에 사고가 나더라도 내 보험료가 증가하지 않는다. 따라서 상대가 대인 접수를 하든 말든 내 마음대로 대인 접수를 할 수 있다. 만약 내 명의의 보험이 적용된 차였다면 상대가 나에게 대인 접수를 하는 순간 나의 보험료가 상승한다. 그러나 렌터카 회사가 내야 할 보험료와 나는 아무 상관이 없기 때문에 상대가 대인 접수나 대물 보상을 빌미로 나에게 협상을 걸 수 있는 것이 아무것도 없어서 유리할 수 있다. 또한 내가 병원에 '드러눕기(입원)'라도 했다면 사고에 대한 치료비와 보상을 받을 수 있게 되니 나에게 유리한 상황이었다. 꼭 드러눕지 않더라도 이를 협상 카드로 사용할 수 있었다. 또한 내가 치료받거나 입원하는 바람에 생긴 나의 영업손실액에 대한 보상도 받을 수 있었다. 그럼에도 나는 '몰라서' 하지 못했다. 또한 내가 내 돈으로 빌린 렌터카 보험 공제조합은 내게 대인 접수와 관련해서 관련해서 한마디도 해주지 않았다. '나의 보험이 내 편'이라는 안일한 생각은 버려야 한다. 내 권리와 이익을 적극적으로 챙겨야 한다. 음주운전이 의심되는 정황이 있으면 경찰을 불러 음주운전 검사를 요청할 수 있다는 점을 기억하자.

대물 및 대인을 접수하기로 상대 보험조사원에게 알리면, 내 이름과 연락처 및 차 번호를 제공하게 된다. 개인정보제공 동의서에 사인하면 상대의 보험사로부터 문자나 카톡 메시지 등으로 보험 접수번호를 받을 수 있다. 접수번호를 가지고 내가 아는 정비소 혹은 수리받고 싶은 정비소에 가서 사고 접수 수리를 알려 정비하고, 병원에 갈 때도 이 번호로 사고 접수임을 알리고 진료받으면 된다. 이때는 내가 직접 돈을 내지 않는다. 참고로 알아둘 부분은, 내 과실이 10%라도 있으면 이 10%에 해당하는 부분의 진료비는 나 혹은 나의 보험이 부담하게 된다는 점이다. 이를 내가 현금 또는 카드로 미리 정산하지 않으면 내 보험의 '자동차상해' 등에서 이를 자동으로 지출해버리는 일이 생길 수 있다. 따라서 상대가 대인 접수를 하지 않아도 남은 진료비 10%를 결제하기 위해 '내가' 대인을 접수한 것과 같은 효과가 난다. 그러니 잘 알아보고 병원비를 선결제한 후 상대방 과실만큼의 진료비를 입금받는 식으로 처리할 수 있음을 알아두자. 이 부분을 이해하기에 어려울 수 있다. 본문의 보험료 할증 부분을 자세히 읽어 보면 이해하는 데 도움이 될 것이다.

　내가 내야 했던 자기부담금 30만 원의 정체는, 자동차보험으로 자차 수리비가 발생하였을 때 수리비 일부를 보험 당사자(사고 당사자)가 지불하게 하는 제도로 발생한 금액이다. 자기부담금 최고액은 보험에 가입할 때 선택한 조건에 따라 조금씩 다르다. 무조건 대물 수리비가 발생하였을 때 나오는 것이 아니라 자차(자기차량손해) 수리를 했을 때 나오는 부담금으로, 상대방 과실 100% 사고일 때에는 내 보험에서 지출하지 않기 때문에 내가 부담금을 내지 않는다. 그러면 이 30만 원은 어디서 발생했을까? 이것은 조금 어렵지만, 이번처럼 80:20으로 사고가 설정되었을 때, 상대방 차 수리비는 상대방이 20%를 부담하고 80%는 내 과실분이기 때문에 내 차의 대물 보험이 보상하며, 내 차의 수리비에서 20%는 상대방의 대물보험이 보상하고 나머지 80%는 내 보험의 자차 보험 혹은 내 현금(카드)이 이를 채우게 된다. 이러한 보상식을 따라 계산하면, 내가 내 차량 수리비의 80%를 부담하였는데 그 수리비의 80%가 30만 원이었거나 그 이상이었다는 뜻이다. 그렇다면 내 차의 전체 수리비가 최소 37.5만 원에 준하는 사고나 마찬가지였다는 소리다. 지금 살펴보면, 해당 견적은 불가능한 금액이었다. 사고 당시 사진은 없지만 결코 그만한 견적이

⬆ 자동차 정비 자격증을 딸 때의 모습이다.

보험이 다 해주는 것 맞나요?

나올 사고가 아니었다. 아주 당당하게 '호구'를 당한 셈이다. 게다가 애초에 80:20이라는 과실 비율 자체가 잘못되었기 때문에, 실제 추정 과실인 30:70으로 계산한다 해도 30만 원은커녕 약 11만 원으로 끝난다. 그때만 해도 1억 6,900만 원짜리 차를 상대로 낸 사고를 30만 원으로 끝낸 것에 감사해야 하는지, 나에게 불리하게 처리된 것인지 알 길이 없었다. 이후에야 부당하다는 생각에 휩싸였지만, 이 부당함을 해결하거나 제대로 알아볼 수 있는 곳이 없다는 점에 더 분했다. 다 주먹구구식인가 싶어 당황스러웠다.

'어른'이 되면 다 잘 알게 되는 줄로만 생각했다. 사고가 나도 능수능란하게 대처할 수 있을 줄 알았다. 하지만 아니었다. 비슷한 경험을 한 지인들에게 수소문하고, 인터넷을 검색하면서 파편적으로 일부 지식을 알 수 있었지만, '카더라'뿐이지 공식적이고 명확한 정보를 알 수 없었다. 나는 당시의 감정과 불합리한 지점을 기억하기로 했다. 이러한 경험이 지금의 '언니차'를 만들었다. 그래서 가끔은 감사하다. 내게 덮어씌우듯 엉망으로 일을 처리한 젊은 남자 보험조사원에게, 공제조합(렌터카 보험은 공제조합에서 관리한다.)에 제대로 돈이 들어간 것이 맞는지조차 의심스러운 그 정체 불명의 '자기부담금'에도.

처음 운전을 시작하는 사람들이 내가 겪었던 것 같은 당황스럽고 황당한 상황을 겪지 않게 하겠다고 결심했다. '언니차'의 메시지를 전해 들은 모든 분들이 자신감을 가지고 운전하며 침착하게 대처하고, 여유 있게 도로를 달릴 수 있도록 힘을 주고 싶다.

7

자주 일어나는
사고 유형별 과실

최대한 많은 상황에 응용할 수 있도록 자주 일어나는 사고 유형을 도로 형태와 상황별로 추려 10가지로 정리했습니다. 흔한 유형의 사고에서 과실 비율을 알아두면 상황에 따라 응용하여 판단하는 근거로 삼을 수 있습니다. 또한 과실 비율에 따라 현장 대응 요령이 달라지므로 알아두면 좋습니다.

예를 들어, 과실 비율이 100:0으로 내 과실이 없는 상황에서 상대가 옥박지를 경우 위축되거나 속지 않을 수 있습니다. 또한 과실 비율은 자동차보험 보험료 및 합의에 가장 중요하게 관여하므로, 알아두면 사고 상황 대처에서 나의 입장과 현금 합의를 할 상황인지 아닌지 등을 판단할 때 크게 도움이 됩니다. 그리고 과실이 정해지는 기준을 보고 안전 운전의 팁을 얻을 수 있습니다.

유형 1
차로 변경 중 사고

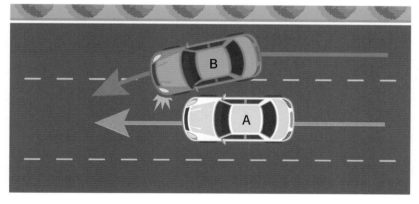

🔸 과실비율 A:B = 30:70

뒤에서 직진하던 차량 A와 앞서 진행하다 차로를 변경하려던 B 차량의 사고입니다. 교통사고에서는 대체로 직진 차량의 과실이 적습니다. 물론 30:70[11]에서 자신이 더 적은 30의 과실을 얻었다며 기뻐할 문제는 아닙니다. 왜냐하면 사고가 한 건이라도 보험 처리되면 다음 해 보험료 할인이 되지 않기 때문에 내 과실이 얼마나 나왔든 사고를 내지 않는 것이 중요하기 때문입니다. 1년 무사고 시 다음 해 보험료가 할인되는데요, 30의 과실로 인정되었다면 무사고 조건에서 벗어나 할인되지 않고 올해와 같은 액수를 내게 됩니다. 실질적으로는 오른 것처럼 체감되지요. 다만 차선이 실선인 경우 또는 실선과 점선이 겹쳐 있는 구간 중 변경해서는 안 되는 구간에서 변경한 경우에는 차로를 변경한 쪽의 과실이 100:0이 될 수 있습니다. 기존에 실선 차로변경 사고는 12대 중과실로 처벌되었으나, 2024년 6월 20일 대법원 판결[12]로 12대 중과실에서 제외되었습니다. 하지만 터널 안, 교량 위 실선 추월 금지 등은 여전히 과태료 처분 대상이므로 실선의 통행 제한을 위반하지 말아야 합니다.

그 외에 충돌 시 차의 앞범퍼 위치나 음주 여부, 핸드폰 사용 등 정황에 따라 조금씩 가감될 수 있습니다. 그래도 대체로 직진 차량의 과실이 적게 나옵니다. 통행의 우선권(먼저 지나갈 권리) 개념 때문인데요, 아래에서 정리해보겠습니다.

| TIP |

통행의 우선권: 신호가 없는 곳 등에서 어떤 차가 먼저 통행하고 어떤 차가 양보할지를 정한 개념

* 선 진입 우선: 선 진입한 차량이 후 진입한 차량보다 우선
* 직진 우선: 직진하는 차량이 우회전이나 좌회전, 유턴하려는 차량보다 우선

* 큰길 주행 차량 우선: 큰길에서 주행하는 차량이 좁은 길의 차량보다 우선
* 오른쪽 차량 우선: 오른쪽에서 오는 차량이 왼쪽에서 오는 차량보다 우선
* 짐과 사람이 많은 차 우선: 짐을 실은 차나 사람이 많이 탄 차가 그렇지 않은 차보다 우선
* 내려가는 차 우선: 오르막길에서는 내려가는 차가 우선
* 기존 차선 차량 우선: 기존 차선에 있는 차가 그렇지 않은 차보다 우선

유형 1-1: 동시 차로 변경 사고

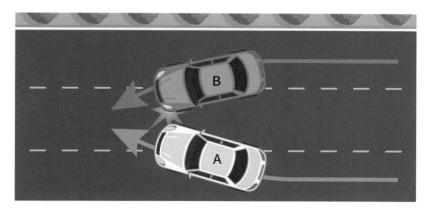

ⓘ 과실비율 A:B = 50:50

양쪽에서 동시에 차로를 변경하다 난 사고입니다. 이런 경우에는 과실 비율이 50:50[13]입니다. 다만, 한쪽 차가 조금 더 앞에 있었다면 후방 차량 과실이 조금 커질 수 있습니다. 후방 차량이 더 주의했어야 하고, 선 진행 차량이 통행의 우선순위를 가졌기 때문입니다.

유형 2
갓길에 주정차 중인 차를 후방에서 추돌한 사고

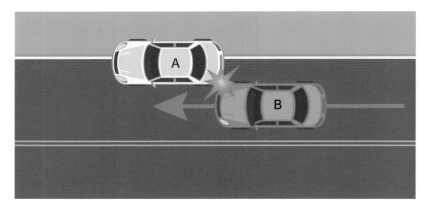

🔔 **과실비율 A:B = 0:100**

갓길 등에 주정차된 차량을 후방에서 추돌한 사고로, 받은 차의 과실이
100[14]입니다.(추돌은 충돌과 다르다. 충돌은 서로 맞부딪치는 개념이며, 추돌은 뒤
에서 들이받는 것을 의미한다. 마주 본 차량과 부딪치면 충돌, 후방에서 같은 방향으

자주 일어나는 사고 유형별 과실

로 있는 차를 받으면 추돌이라고 한다.) 차의 파손 정도를 정확히 사진으로 찍어둔 후 피해 차량 번호로 연락하거나 메모를 남겨 보험 대물 접수하면 됩니다. 만일 파손되지 않은 부위까지 수리를 요청하는 경우에 대비하여 접촉 부위를 정확히 찍어둡시다. 그럼에도 내가 접촉한 부위가 사고 이전에 이미 파손되어 있었다면 내가 전체를 수리해주어야 할 수 있으므로 주의해야 합니다. 만일 A 차량이 불법 주정차 중이었다면 A 차량에 과실이 10 들어갑니다. 만일 A 차량이 사고로 인해 차로에 주정차한 경우, A 차량의 과실은 20이 됩니다. (대법원 2014. 3. 27. 선고 2013다215904 판결, 2019. 6. 27. 선고 2018다226015판결 등 참조)

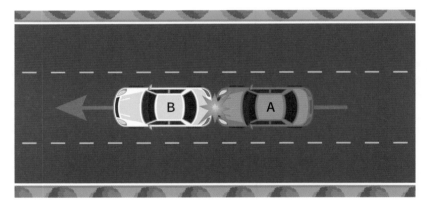

◑ 과실비율 A:B = 100:0

직진 중인 앞차 B를 뒤차 A가 추돌한 경우, 뒤차 A의 과실이 100[15]입니다.
보통 정체 중인 도로에서 가다 서다 할 때 실수로 앞차를 추돌하거나, 고
속도로 등에서 갑자기 한 구간이 막혀 앞차의 속도가 크게 줄어들 때 안전

거리를 유지하지 못하면 이런 사고가 나기 쉽습니다.

이러한 유형의 사고는 반드시 피해야 합니다. 100:0의 과실인 데다가, 운전자가 타고 있기 때문에 운전자가 대인 접수를 하는 경우가 많기 때문입니다. 대인이 접수되는 순간 보험 점수가 최소 1점 올라가면서 보험료가 상승하는 원인이 됩니다. 또한 100:0의 사고에서는 대인 합의를 하지 않고 보험 처리 종결 기간을 계속 끌며 치료받아도 B의 과실이 0이어서 B의 보험료가 상승하지 않습니다. 따라서 차량 B 운전자가 나쁜 마음을 먹는다면 사고 처리가 오래 지연될 수 있습니다. 이때 상대가 오랫동안 병원에 다닌다고 해서 내 보험료가 계속 올라가지는 않지만 마무리되지 않으니 신경이 쓰이고 찝찝할 수 있습니다.

만일 주행 중인 앞 차량이 이유 없이 보복성 혹은 조작 실수 등으로 급정거하여 내 차가 해당 차량을 추돌하였을 경우, 앞 차량의 과실이 최대 100에서 80까지 될 수 있습니다. 고의 사고 시 보험 처리가 되지 않으므로 보복운전을 하지 말아야 합니다. 무엇보다 사고가 나는 일 자체를 최대한 예방하는 것이 가장 좋으므로, 늘 면밀히 전방을 주시하고 앞차와의 안전거리를 유지해야 합니다.

유형 4
주차장 안에서 일어난 사고

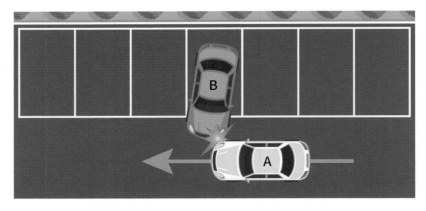

🔔 **과실비율 A:B = 30:70**

주차장 통로에서 이동하며 진입 중이던 자동차 A와 주차 구역에서 출차하던 차량 B의 충돌 사고입니다. 출차 차량이 후진 중이어도 과실은 30%[16]로 같습니다. 만일 주차되어 있는 차와 사고가 난 경우, 추돌 사고의 유형 2

와 같습니다(갓길에 주정차 중인 차량을 후방에서 추돌한 것과 마찬가지로 100:0 임). 주차장에서 주차된 차와 사고가 났을 때 연락처를 주지 않고 떠났을 경우 물피도주로 20만 원의 벌금이나 구류 또는 과료에 처해집니다. 처벌이 너무 약해 연락처를 남기지 않고 도망가는 경우가 있는데, 제도적 보완이 필요한 부분이라는 생각이 듭니다.

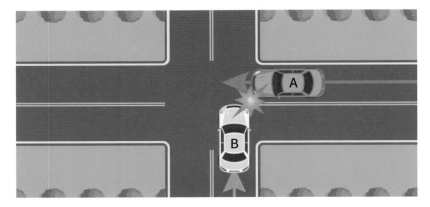

🔔 **과실비율 A:B = 40:60**

신호등이 없고 폭이 동일한 사거리에서 일어난 사고입니다. 오른쪽에서 진입한 A 차량과 왼쪽에서 진입한 B 차량이 충돌했습니다. 사거리에서 일어난 사고는 세 가지를 보아야 합니다. 첫째는 신호등 유무, 둘째는 진행 방향과 선 진입 여부, 셋째는 도로의 폭입니다. 여기서는 신호등이 없는 도로이니 신호등 유무는 해당하지 않고, 도로의 폭을 보았을 때, 폭이 동일한 도로이기 때문에 50:50이라고 생각하기 쉽지만 의외로 40:60[17]입니다. 왜냐하면 A 차량은 B 차량 기준으로 오른쪽에서 오는 차량인데, 이때 A 차량은 B 차량과 사고가 나면 운전석 쪽을 부딪치게 되어 위험합니다. 그래서 오른쪽에서 오는 차량에 통행의 우선권이 있어 오른쪽에서 오는 차량에 양보해야 합니다. 따라서 A 차량이 통행의 우선권을 가지므로 과실이 조금 더 적게 부과되어 40:60이 됩니다. 다만, 선 진입 여부에 따라 그림처럼 동일 타이밍에 진입했을 때는 40:60이 되지만 만일 더 먼저 진입한 쪽이 있다면 그쪽의 과실이 30, 후에 진입한 쪽은 먼저 진입한 차를 보고도 사고가 난 것이기 때문에 70의 과실이 됩니다. 즉 선 진입한 차량이 있다면 우측 혹은 좌측에 있건 상관없이 선 진입:후 진입=30:70이 됩니다.

'신호가 있는 도로 폭이 같은 사거리 직진 사고' 유형을 다루지 않은 이유는, 신호가 있는 사거리에서는 두 방향에서 동시에 차가 오지 않기 때문입니다. 두 직진 방향 중 한쪽은 반드시 빨간불이기 때문에 차가 올 수 없습니다. 따라서 신호 위반을 하지 않고서는 위 그림과 같은 충돌이 일어날 수 없지요. 만일 위와 같이 부딪치려면 한쪽이 신호를 위반한 것이라 과실이 100:0이 됩니다.

유형 5-1: 도로 폭이 다른 사거리 진입 충돌 사고

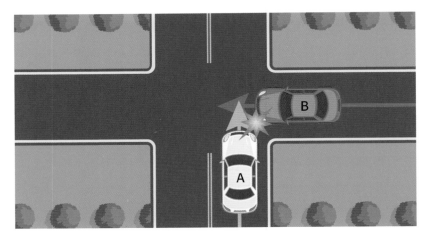

ⓘ 과실비율 A:B = 30:70

신호등 없는 도로 폭이 다른 사거리에서 큰길에 직진하는 A 차량과 작은 길에서 직진하는 B 차량의 사고입니다. 도로 폭이 다른 사거리에서는 도로 폭이 큰 쪽을 주행하는 차량에 통행의 우선권이 있습니다. 좁은 길을 달리는 차량은 통행의 우선권이 떨어지기 때문에 큰길을 지나는 차량에 양보해야 합니다. 이때, 위와 같이 사고가 나면 작은 폭의 도로를 주행하던 B 차량의 과실이 커져서 기본 과실이 B 차량에 70[18]이 됩니다. 그러나 앞서 말했던 것처럼 선 진입 여부를 따진다면 이야기는 달라집니다. 만일 큰길을 주행하는 A 차량이 사거리에 B 차량(선진입)이 들어온 것을 보고도 직진하여 사고가 난다면, 이때는 통행의 우선권보다는 B 차량이 선 진입한 것이 우선시되어 과실은 A:B=60:40이 됩니다.

그러면 도로의 폭이 무슨 소용인가 생각할 수 있는데요, 반대로 A 차량이 선 진입한 사고가 나면 40:60이 되는 것이 아니라 동시 진입의 과실 30:70과 달리 작은 도로 쪽에 있던 B의 과실이 10% 증가하여 둘의 과실은 20:80이 됩니다. 선진입 여부와 도로 크기를 표로 정리해보았습니다.

	A(큰 도로)	B(작은 도로)
동시 진입	30	70
A 선 진입	20	80
B 선 진입	60	40

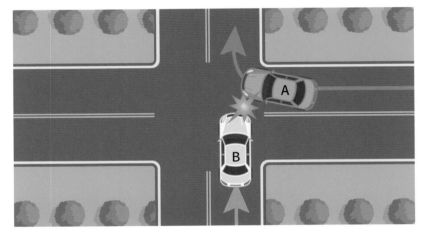

🔸 과실비율 A:B = 60:40

우선, 신호등이 없는 사거리에서 직진 차량과 우회전 차량이 충돌한 사고입니다. 신호등이 없고, 도로의 폭이 같아 선 진입 기준으로 과실을 살펴봤을 때 60:40[19]입니다. 이때 만일 선 진입과 후 진입이 달라지면 아래와 같이 바뀝니다. 신호등이 있는 거리와 없는 거리의 과실이 다르므로 다음에 나올 유형 6-1과 비교하며 살펴봅시다. 사거리에서는 세 가지를 살펴보면 좋습니다. 첫 번째는 신호등 유무, 두 번째는 진행 방향과 선 진입 여부, 세 번째는 도로의 폭입니다. 차량의 접촉 부위를 보면 먼저 진입한 차가 어느 쪽인지 알 수 있습니다.

	A(우회전 차량)	B(직진 차량)
동시 진입	60	40
A 선 진입	40	60
B 선 진입	70	30

차량 A가 먼저 진입하였을 때는 차량 A가 우회전이지만 신호가 없는 사거리이기 때문에 직진 중인 차량 B보다 선 진입한 A에 통행의 우선권이 있습니다. 이 상황에서 사고가 난다면 후 진입한 B의 과실이 커져서 서로 10%를 가감하는 것이 아니라 과실이 역전되어 40:60이 됩니다. 그러니 무조건 직진이 우선이라는 생각은 하지 맙시다.

또한 사고가 났을 때 상대방이 직진 중이었다는 이유로 '나'의 가해를 주장한다면, 선 진입 여부를 따져보아야 합니다. 내 차가 우회전 선 진입 차량이라면 상대방 과실이 60%임을 알고 행동하도록 합니다. 다음 유형에서 신호가 있는 사거리에서는 직진 차량의 우선권이 어떻게 작용하는지 비교해보겠습니다.

유형 6-1: 신호등이 있는 사거리에서 우회전 대 직진 사고

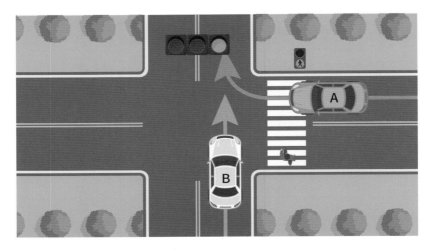

🔵 과실비율 A:B = 100:0

신호등과 보행자 신호가 있는 사거리에서 일어난 우회전 대 직진 사고입니다. 이때 차량 B가 직진 신호를 받는 동안 차량 A 앞에 있는 보행자 신호는 녹색이 됩니다. 이 상황에서 직진 대 우회전 사고가 났다는 의미는 A가 보행자 신호를 무시하고 우회전한 경우이므로, 이때 과실은 100:0[20]입니다. 그러므로 횡단보도와 신호가 있는 사거리에서 우회전을 한다는 것은 이러한 위험을 감수해야 함을 기억합니다.

또한 사거리에서 보행자 신호가 녹색일 때 일시 정지하지 않고 우회전으로 통과하면 적발 시 과태료 10만 원과 벌점 15점이 부과되므로 안전하게 일시 정지하여 보행자를 보호하고 나의 안전도 지키도록 합니다.

유형 6-2: 신호 직진 대 우회전

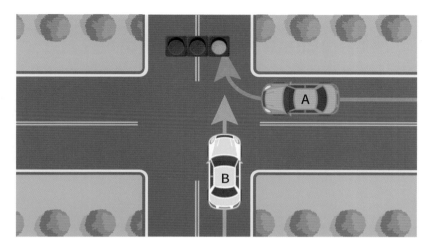

○ 과실비율 A:B = 80:20 (기본)

신호가 있는 직진 차량 B와 신호가 있거나 없는 A 차량의 우회전 사고입니다. 직진 차량의 신호가 녹색 신호일 경우 직진 차량 B는 신호대로 가고 있었으므로 통행 우선권이 있습니다. 이에 A의 과실을 더 크게 보아 기본 과실이 80:20[21]이 됩니다. 신호등이 없는 사거리에서 우회전 대 직진의 경우 과실이 60:40인 것과 차이가 크므로, 신호등이 있는 사거리에서 직진 신호 시 우회전을 주의합니다. 만일 B차량이 황색 신호 직진 중이었다면 B차량도 주의해야 할 소지가 더 커져서 40:60, 적색 신호 시에는 B의 신호 위반 과실로 10:90이 됩니다. 사거리에 신호가 있을 때에는 신호를 지켜야 합니다.

유형 7
신호등이 없는 사거리에서 좌회전 대 직진 사고

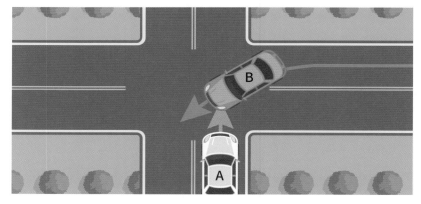

🔘 **과실비율 A:B = 40:60**

신호등이 없고 도로 폭이 같은 도로에서 일어난 오른쪽에서 오는 좌회전 차량 B 대 왼쪽에서 오는 직진 차량 A의 사고입니다. 기본적으로 좌회전 사고는 과실을 크게 가져가는 편이므로, 좌회전할 때는 충분히 안전을 확보하고 진행해야 합니다. 이 유형을 다음 유형과 비교해서 살펴보아야 할 점은, 차량 진행 방향에 따라 과실이 조금 다르다는 점입니다.[22] 앞에서 살펴본 유형 5-1에서처럼 오른쪽에서 진입하는 차량 B는 왼쪽에서 오는 차량 A와 충돌 시 운전석 쪽을 부딪치게 됩니다. 그래서 A 차량은 자신의 진행 방향에서 오른쪽 차량인 B 차량에 양보해야 할 의무가 있어서 B 차량의 과실이 조금 적게 부과됩니다. 즉 좌회전 차량을 기준으로 직진 차량이 왼쪽에서 오는지 오른쪽에서 오는지의 차이라고 생각하면 쉽습니다.

유형 7-1: 신호등이 없는 교차로에서 좌회전 대 직진

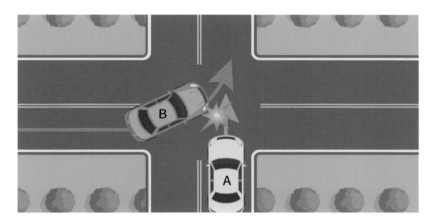

ⓘ 과실비율 A:B = 30:70

오른쪽에서 직진하는 차량 A와 왼쪽에서 좌회전하는 차량 B가 충돌한 사고입니다. 좌회전 차량인 B를 기준으로 직진 차량인 A가 우측에서 진입하는가 좌측에서 진입하는가가 유형 7과 다릅니다. B를 기준으로 직진 차량이 왼쪽에서 오는 유형 7이 40:60이었다면 여기에서는 직진 차량이 오른쪽에서 오기 때문에 오른쪽에서 오는 직진 차량이 통행의 우선권이 있습니다. 이 우선권으로 인해 직진 차량의 과실이 줄어 30:70[23]이 됩니다.

유형 7-2: 대로 직진 소로 좌회전

도로 폭이 다른 교차로에서 일어난 대로 직진 A 차량과 소로 좌회전 차량 B의 사고입니다. 앞서 좌회전과 직진 사고에서는 직진 차량이 오른쪽에서 오는지 왼쪽에서 오는지에 따라 과실이 달라졌습니다. 폭이 좁은 도로에서 큰길로 진입하는 좌회전 차량의 과실은, 직진 차량이 오른쪽에서 오든 왼쪽에서 오든 80%[24]이므로 작은 길에서 큰길로 진입할 때는 충분히 안전이 확보된 후에 좌회전하도록 합니다.

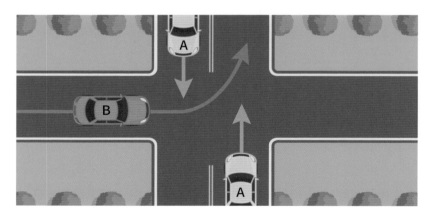

ℹ️ 과실비율 A:B = 20:80

유형 8
신호등이 있는 사거리의 비보호 좌회전 대 직진 사고

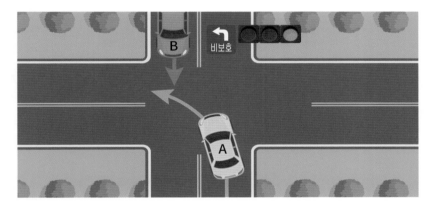

🔸 과실비율 A:B = 90:10

녹색 신호 직진 차량 B와 맞은편 비보호 좌회전 차량 A의 사고입니다. 기본 과실은 90:10[25]입니다. 비보호 좌회전 표지판은 좌회전 화살표 신호가 없는 곳이라도 직진 신호가 녹색일 때 반대편 차선의 차가 오지 않으면 좌회전할 수 있다는 의미입니다. 간혹 직진 신호가 적색일 때 좌회전하는 경우가 있습니다. 그러나 이것은 신호 위반이며 이때 사고가 났을 시 12대 중과실 사고에 해당합니다. 비보호 좌회전은 반드시 직진 신호 녹색일 때만 합시다. '비보호'라는 의미는, 좌회전 신호(녹색 화살표)를 받고 한 좌회전이 아니기 때문에 신호로 보호되지 않아 통행의 우선권이 없다는 의미입니다. 그렇다면 비보호 좌회전 표지판이 있는데 좌회전 화살표도 있는 신호등은 어떻게 할까요?

이런 신호등은 직진 신호 녹색일 때와 좌회전 화살표 녹색인 두 경우 모두 좌회전 가능합니다. 다만 둘의 차이는 직진 신호 녹색일 때에 좌회전하면 비보호 좌회전이 되어 통행의 우선권이 없고, 좌회전 화살표가 녹색일 때 좌회전하면 신호를 받은 좌회전이 되어 이때에는 통행의 우선권을 가진다는 점입니다.

정체 차로에서 대기 중 진로 변경 사고

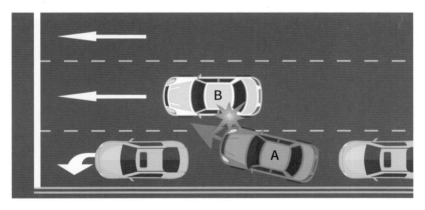

⊙ 기본과실 A:B=100:0

정체된 차로에서 대기하다가 차로 변경하는 차량 A와 직진하는 차량 B의 측면 충돌 사고입니다. 이렇게 정체 차로에서 대기하다가 차로를 변경하는 차량이 직진하던 차량과 측면 충돌하는 경우 기본 과실은 100:0[26]입니다. 다만, 차로를 변경한 차량과 직진하던 차량의 충돌 지점이 앞 범퍼끼리 닿는 등 동시 충돌이거나 직진하던 차량이 A 차량의 측면과 충돌한 경우에는 분쟁의 소지가 생길 수 있습니다. '통상적으로 예측할 수 있도록' 주행하는 것이 중요하며, 만약 일반적이지 않은 주행이 불가피할 경우 충분히 안전이 확보되었을 때 위험을 감수해야 합니다. 초보 운전자가 좌회전 차로나 램프 구간 정체 차로에 잘못 들어갔다가 무리해서 빠져나오려다가 이와 같은 사고가 날 수 있는데, 과실이 크므로 주의해야 합니다. 차라리 여기서 좌회전을 한 후 다시 내비게이션이 추천하는 경로를 이용하는 편이 나을 수 있습니다. 다만, 간선도로 등에서는 한번 잘못 빠져나오면 유턴하기까지 오래 걸리는 경우가 있으므로 신중하게 판단합니다.

유형 10
신호등이 있는 교차로에서 진행방향 오류 사고

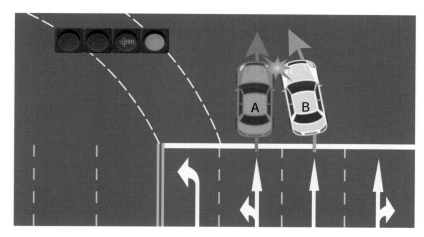

🔵 기본과실 A:B=0:100

신호등이 있는 교차로에서 진행 방향 구분을 지키지 않았을 때 사고가 일
어날 수 있습니다. 직진 노면표시가 있는 차로에서 노면표시를 위반하고

좌회전하는 차량 B와 직진 좌회전차로에서 정상 직진하는 차량 A의 사고입니다. 운전자는 신호 및 지시에 따라 운전할 의무가 있는데, 노면표시는 여기서 지시에 해당합니다. 직진하는 차량 A는 차량 B가 좌회전할 것까지 주의할 의무가 없습니다. 따라서 도로교통법 제25조 제2항[27]의 교차로 통행 방법을 위반한 차량 B의 과실이 100%[28]입니다. 좌회전 차로에 들어가지 못했다고 좌회전 차로가 아닌 곳에서 좌회전하다가 사고가 나면 위와 같이 100%의 과실을 물게 될 수 있으므로, 직진한 다음 다음 신호에서 좌회전하는 것이 안전합니다.

정리해보면, 직진 차량이 과실이 적은 편이며, 큰길의 차량이 과실이 적으며, 선 진입한 차량이 과실이 적고, 오른쪽에서 오는 차량이 과실이 적게 잡히며, 신호를 받은 차량이 통행의 우선권이 있습니다. 무엇보다 중요한 것은 신호를 지키고 안전운전하는 것입니다.

동물과의 사고, 로드킬

몇 년 전 여름밤, 일을 마치고 귀가하던 길이었다. 새벽 1시 반쯤이었을
까, 자동차전용도로를 달리다 집 근처에 도착해 빠져나오기 위해 둥글게
굽은 램프 구간의 내리막길로 접어들 때였다. 나는 평소 상황을 보며 연
비운전을 하는 편인데, 밤이 깊어 차량 통행이 거의 없었기 때문에 액셀
을 밟지 않고 차가 굴러가는 대로 구부러진 내리막길을 천천히 가고 있었
다. 굽은 터널형 구간을 통과해 나오자마자, 길 중간쯤에 무언가 움직이
는 것이 보였다. 놀라서 몸이 짜릿했다. 말로만 듣던 고라니였다. 경기도
대단위 아파트단지 근처에 고라니라니. 당혹스러움은 둘째로 하고 나는
서행 중이었기 때문에 급히 감속하여 충돌을 피할 수 있었다. 바로 비상
등을 켰다. 이렇게 굽은 도로 중간에서 정차하면 뒤에서 오는 차가 나를
볼 수 없기 때문에 굉장히 위험하다. 재빨리 머리를 굴렸다. 고라니는 근
처의 산비탈에서 뛰어내려온 듯한데, 안타깝게도 좌우에 있는 펜스 때문

에 도로에 갇혀 나가지 못하는 것 같았다. 나는 비상등을 켠 채 천천히 고라니를 앞으로 몰았다. 뒤에 올 차에 치이지 않게 해주고 싶었다. 자주 다녔던 이 길의 끝에 하천이 연결되어 있는 것을 알고 있었다. 내가 비상등을 켜고 가는 것을 보고 뒤에 오던 차들도 곧 상황을 알아차리고 서행하며 고라니를 배웅(?)했다. 고라니는 무사히 길 옆의 하천으로 탈출했다.

이것은 운이 좋은 경우지만, 내가 평소처럼 빠르게 길을 내려왔다면 고라니와 충돌했을지도 모른다. 최근 5년 사이 발생한 로드킬은 총 15만 4,566건이다. 한 해 약 1만 마리의 고라니가 로드킬을 당한다. 고라니는 우리나라에서 흔한 동물이지만 전 세계적으로는 멸종위기 동물이라고 한다. 고라니뿐만 아니라 고양이, 너구리, 개, 조류, 뱀, 개구리 등 많은 동물이 도로에서 죽는다. 아마 운전을 좀 해본 사람이라면, 도로에서 죽은 동물을 심심치 않게 보았을 것이다. 국립생태원 통계에 따르면 2022년에만 63,989건의 동물 찻길 사고가 접수되었는데 접수되지 않은 사고는 더 많을 듯하다.

동물 종별 로드킬 발생 현황(환경부, 2019~2022 4개년 합산)[29]

구분	고양이	고라니	너구리	개	노루	오소리	멧돼지	기타*	합계
마리수	57,076	45,424	8,790	5,532	3,006	898	709	16,319	137,754

* 기타: 조류, 뱀, 다람쥐 등

내가 줄곧 이야기한 '안전운전'이란 우선적으로 운전자와 보행자에게 안전한 운전을 말한다. 그런데 로드킬에 대해 이야기하려고 보니, 조금 곤란해졌다. 왜냐하면 운전 관련 팁 등을 보면 '고속 주행 시 동물이나 작은 장애물 등이 도로에 있고 피하지 못한다면 치고 지나갈 것'을 권하기 때문이다. 운전자의 안전을 위한 원칙이라지만 꼭 그렇게 동물들을 해쳐야만 하는지 안타까웠다.

　도로에서 동물과 자동차가 마주했을 때, 동물도 자동차를 피하고 싶을 것이다. 그러나 동물은 자동차의 힘에 대해 알지 못해 사고를 당하고 만다. 자동차는 빠르고, 도로를 따라 무조건 앞으로 달려야만 한다는 것을 동물들은 알 턱이 없다. 자동차에는 외부 충격으로부터 운전자를 지키기 위해 여러 보호장치가 있지만 동물은 그 충격을 온몸으로 고스란히 받게 된다. 그렇다고 해서 동물을 보호하기 위해 위험하게 회피하거나 급정거를 시도해야 한다고 말하려는 것은 아니다. 성공한다면 다행이지만 그러지 못할 경우 다른 사람 혹은 본인이 죽거나 다칠 수 있기 때문이다.

　자동차 성능 테스트 중에 'Moose test', 정식 명칭으로 회피 기동 테스트라는 항목이 있다. 고속 주행 중 빠르게 핸들을 틀어 장애물을 피할 때 차체가 전복되거나 방향을 잃지 않는지를 보는 것이다. 이름처럼 도로에 갑자기 나타난 장애물, 순록 등을 피하기 위한 안정성 테스트다. 동물과 충돌하면 동물도 위험하지만 운전자 역시 위험하기 때문에 빠르게 회피 기동을 할 때에도 안정적으로 주행할 수 있어야 한다. 이 테스트는 1970년대 스웨덴의 볼보 사에서 처음으로 시작되었는데, 처음에는 가혹한 특수 조건의 테스트 정도로 취급되었다. 그러다 1990년 스웨덴 매체 'Teknikens värld'가 새로 출시된 메르세데스 벤츠 A클래스를 대상으로

이 테스트를 했는데, 겨우 시속 60km에서 차가 전복된다는 결과가 나왔다. 자존심을 크게 구긴 벤츠 사는 결국 리콜하여 차체자세제어장치를 장착한다. 이 일로 회피 기동 테스트가 유명해졌고, 여러 자동차의 성능을 평가하는 테스트로 자리 잡아 차량 제조사들이 자동차 성능을 개선할 수 있게 되었다.

이렇게 자동차의 성능을 향상해 동물과의 충돌을 피하고 운전자의 안전을 더욱 보장할 수 있게 되었지만, 근본적인 문제는 여전하다. 동물의 터전을 훼손하고 동물이 다니던 길을 끊어 길을 만든 것은 인간이다. 길이 끊기더라도 동물이 이동하는 습성은 바뀌지 않고 먹이 활동은 계속된다. 국도변에 전기 펜스를 설치해서 뛰어들지 못하게 한다면 어떨까? 그러면 야생동물들이 도로 사이에 갇힌다.

2023년 돼지열병이 유행해 야생 멧돼지가 병을 옮긴다는 이유로 산간 지역에 많은 울타리가 설치된 적이 있다. 그 결과는 어땠을까? 멸종 위기 동물인 산양이 울타리 사이에 갇혀 무려 1,000여 마리나 굶어죽고 말았다.[30] 동물들은 본능에 따라 자연스럽게 행동했을 뿐인데 영문도 모른 채 죽었다. 인간을 위한 일로 동물들이 대가를 치러야 한다니 마음이 좋지 않았다.

도시 안의 골목길에서도 마찬가지다. 운전자들에게 동물을 피하기 위해 무리하라고 강요하고 싶지는 않다. 그러나 지금처럼 동물이 희생되는 것은 안타깝다. 2022년 제주도에 갔을 때 숲길 도로변을 걷다가 큰 나비가 떨어져 있는 것을 보았다. 약 500미터를 걷는 동안 그렇게 떨어져 있는 나비를 6마리나 더 보았다. 곧 이유를 알 수 있었다. 나비가 가로수 사이를 날다가 차에 치여 길에 떨어지는 모습을 보았기 때문이다. 비슷한 이유 때문인지 제비 사체도 보였다.

감상적인 마음만으로 동물을 지키자고 말하고 싶은 것이 아니다. 환경이나 법을 바꾸는 실천적인 방식으로 사고를 줄일 수 있기를 바란다. 사고가 나면 동물이 죽을 뿐만 아니라 차도 파손된다. 큰 사고가 일어나면 사람도 위험할 수 있다. 사람과 동물이 모두 안전할 수 있는 방법을 찾아야 한다. 현재 우리나라는 침입방지펜스와 이동통로(생태통로, 상부식과 하부식이 있다.)를 설치하는 방식을 채택하고 있다. 생태통로는 전국에 540개 정도 설치되어 있는데, 생태통로가 있는 곳에서는 로드킬이 줄어든다는 연구[31, 32, 33]가 있다. 하지만 생태통로가 없는 곳에는 여전히 로드

🔼 멕시코 툴룸 국제공항 도로에 설치된 야생 동물 교차로

킬이 많이 일어나고 있어 추가적인 설치와 연구가 필요하다. 또한 유명무실하게 방치되거나 등산로 등으로 변질된 생태통로를 복원하는 것이 선행과제이며 동물의 습성에 알맞도록 로드킬이 많이 일어나는 위치에 통로를 설치해야 한다. 외국의 경우 동물의 생태와 행동 패턴에 맞춘 다양한 생태통로가 있다. 물론 생태통로가 완벽한 해답은 아니다. 도시 안에서 많은 동물(유기된 고양이, 강아지 등)이 사고로 죽고 있으며 모든 곳에 생태통로를 만들기도 어렵다.

현재 로드킬이 가장 많이 일어나는 구간들을 찾아보았다.[34] 로드킬이 일어나는 이유는 동물의 서식지와 이동 통로가 도로로 끊겨 기존 이동 루트에 도로가 걸치게 되기 때문이다. 번식기인 4월과 먹이활동이 활발한 10월경 로드킬이 자주 일어난다. 하루 중에는 자정 이후부터 아침 8시 사이에 가장 많이 일어났다. 특히 오전 7~8시 사이가 가장 위험했다. 로드킬로 인한 2차 사고 및 인명피해도 일어나고 있다.[35]

로드킬에 대처하기 위해서는 어떻게 해야 할까? 밤에 운전하다가 동물을 발견하면 상향등을 끄고 서행, 경적을 울리는 등 동물이 피하도록 해야 한다. 상향등을 끄는 이유는, 동물의 눈이 순간 멀어 움직이지 못할 수 있기 때문이다. 자정부터 아침 사이에 주의 구간을 운전하게 된다면 방어 운전, 감속 운전해야 한다. 만약 사고가 났는데 동물이 살아 있다면 지역번호+120 또는 지역 야생동물구조센터 번호를 검색하여 신고한다. 동물이 사망했다면 동물과 접촉하지 말고, 큰 동물일 경우 고속도로는 한국도로공사(1588-2504)에 전화하여 처리하도록 하고, 국도 및 지방도 등이라면 110으로 신고한다. 참고로 티맵의 경우, 음성 인식으로 "로드킬"이라고 말하면 자체적으로 신고해주는 기능이 생겼다(2018년 기준으로 충청북도에 적용되었다). 로드킬로 사고가 일어나 '자차' 보험으로 수리하게 되면, 보험료는 할증되지 않지만 할인이 유예된다고 하니 이 부분도 참고하자.

결국 중요한 것은 과속하지 않는 것과 방어 운전, 대처이다. 특히 자정부터 아침 사이에 운전할 때 졸음 운전은 금물이다. 로드킬이 일어나면 동물의 목숨뿐만 아니라 우리의 안전도 위험해진다. 전국의 도로는 총 11만 km가 넘지만 생태통로는 겨우 540여 곳[36]이다. 인간이 숲을 가르고 만든 길, 동물들의 삶이 이어지도록 할 수 있다면 좋겠다.

'김 여사'와 '문짝남' 그리고 통계

지난 2023년 5월, 제주발 대구행 아시아나항공에서 비행기가 착륙하기 전 30대 남성이 비상구 문을 여는 사건이 있었다. 이로 인해 비행기 일부가 파손되고 대회에 참가하러 비행기에 탑승한 청소년 선수 및 승객들이 기절하는 등 큰 피해를 보았다. 이 사건 직후 속보가 우수수 쏟아졌다. 여기서 주목할 만한 것은 '생존자'라며 신상도 확실하지 않은 사람의 인터뷰가 속수무책으로 퍼졌다는 점이다. "여승무원은 아무것도 안 하고 남자 승객들이 그 남성을 잡았다." "차라리 내가 나서서 문을 닫으려 했다." 는 등의 발언이었고, 이는 남초 커뮤니티를 비롯 각지에서 '여성 승무원'에 대한 비난을 심화시켰다.

그런데 후속 기사의 내용은 달랐다. 강한 바람으로 닫히지 않는 비행기 문을 몸으로 버텨 막고 있는 여성 승무원의 사진이 공개되었다. 사건 당시는 비행기가 착륙하던 중이어서 승무원을 비롯하여 전 승객이 안전 벨트를 매고 있었고, 해당 비상구 자리는 승무원이 배치되지 않는 위치였기 때문에 남성의 돌발행동을 바로 저지할 수 없는 상황이었음도 밝혀졌다. 승무원은 비상구를 연 후 뛰어내리려는 남성 승객을 제압하였으며 강한 바람과 기체 파손 등에도 불구하고 끝까지 승객을 보호하려 힘썼다. 후속 뉴스가 보도되었지만 이미 하루 사이에 '여성 승무원'에 대한 성토가 신랄하게 이어진 후였다. 왜 인터뷰이는 상황을 뻔히 알면서, 아니 어쩌면 제대로 알지도 못하면서 '여성 승무원이 태만'했으며 일을 제대로 하지 않아 '자신이 대신 나서서 문을 닫으려 했다.'라고 호기로운 허세를 부렸을까? 여성 경찰을 포함한 여성 직업인을 비하하는 혐오 용어 '오또케(여성이 비상 상황에 대응하지 못하고 "어떻게 해."라고 발만 동동 구른다는 비아냥을 담은 말)'가 지금처럼 광범위하게 퍼져 있지 않았다면, '아무튼 여성 직업인은 일을 제대로 못한다.'라는 편견이 든든한 뒷배로 작용해 그의 허세를 뒷받침하지 않았더라면, 잘 알지도 못하는 상황을 두고 여성 승무원에 대해 비난할 수 있었을까?

앞서 '김 여사'라는 혐오 표현에 대해 언급했다. 소위 운전을 잘 못하는 여성 운전자를 비난하는 말이다. 모든 초보 운전자나 운전 미숙자 중에서도 '여성' 운전자만을 타깃으로 삼았다는 점에서 이 말은 참 묘하다. 생각해보면 남성을 비롯하여 모든 인간이 태어나면서부터 운전대를 잡고 나오는 것이 아니기 때문에 초보라면 미숙할 수밖에 없다. 그런데 그 많은 미숙 운전자나 민폐 운전자 중에서 '굳이' 여성만을 집어 욕하는 말을 만드는 마음은, '오또케'라는 말을 쓰고 퍼트리는 마음과 닮아 있을지 모른다. 이렇게 말하면 '김 여사'는 '일부 (운전을 잘하지 못하는) 여성'만을 비난하는 말이라고 바락바락 우기는데, 그러면 '일부 (운전을 잘하지 못하는) 남성'만을 비난하는 말은 왜 없을까? '김 여사'가 차별 없이 사실만을 말한다고 우기고 싶다면, 똑같이 운전을 못하는 남성을 욕하는 말은 없다는 점에 유념해보자. 아, 남성은 다들 운전을 잘한다고요? 상당히 당황스러운 편견이 숨어 있는 듯한데, 잠깐 통계를 가져와보고 싶다.

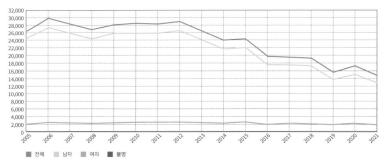

* 보건복지부, 한국건강증진개발원 자료.
* 교통사고통계분석(경찰DB), 도로교통공단.

⬆ 성별 음주운전사고 발생 건수 및 구성비

음주운전 교통사고 가해자 중 약 88%가량이 남성 운전자다. 2023년 음주운전으로 인한 교통사고는 총 13,042건, 사망자 159명, 부상자 20,628명이었다. 또한 2016년 난폭운전 개념이 도입된 이후 2017~2022년까지 5년간 난폭운전으로 전국 경찰에 접수된 사건 5,513건 중 가해 운전자가 남성인 경우는 91.6%(5,606건)에 달했다.[37, 38] 검찰청 범죄통계 2023년도를 살펴보면 도로교통법 위반의 89.8%가 남성이다. 무면

성별 교통법규 위반 사항

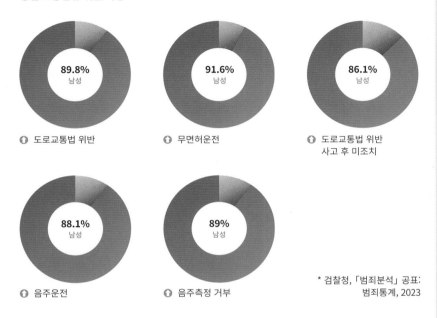

89.8%
남성

🔻 도로교통법 위반

91.6%
남성

🔻 무면허운전

86.1%
남성

🔻 도로교통법 위반
사고 후 미조치

88.1%
남성

🔻 음주운전

89%
남성

🔻 음주측정 거부

* 검찰청, 「범죄분석」 공표:
범죄통계, 2023

허운전의 91.6%가 남성, 뺑소니 가해자의 86.1%가 남성, 음주운전자의 88.1%가 남성, 음주측정거부자의 89%가 남성이다.

'무면허 운전'에는 여러 종류가 있다. 면허가 처음부터 없었던 경우도 있지만, 면허를 취소 혹은 정지당했는데 운전한 경우도 있다. 운전 면허가 정지되려면 1년에 받은 벌점이 121점을 넘어야 한다. 과속 카메라 단속으로 부과되는 벌점이 15점이며 그것도 기한 내에 과태료를 납부하면 벌점을 받지 않는다는 점을 생각해보자. 벌점 121점을 받는 운전은 도

대체 뭘까? 결코 범상한 운전이 아님을 짐작할 수 있다. 난폭운전과 각종 위반 행위로 면허가 취소 혹은 정지되었는데도 계속 운전하다가 적발된 건수 중 남성이 91.6%라는 점은 도로 위의 위험 인자에 무조건 '김 여사'라고 이름 붙여 욕하는 것이 과연 맞는지 생각해보게 한다. 또한 난폭운전 가해자의 91.6%가 남성이라는 사실 역시 도로 위의 가해 운전자가 열 명 중 아홉은 남성이었다는 것을 보여준다. 남성 운전자가 여성보다 많기 때문에 남성 음주운전 교통사고나 도로교통법 위반이 88% 이상이라고 주장하고 싶은 이가 있다면 묻고 싶다. 남성 운전자가 아무리 많다 해도 88%이상이 남성 운전자라고 장담할 수 있는가? 도로에서 만나는 민폐 운전자를 통계에 의해 분석한다면 88% 확률로 '김 여사'가 아니라 '남 기사'라는 것을 보여줄 뿐이다. 여전히 여성 운전자만 도로에서 민폐를 끼친다고 주장하고 싶다면, 잘못된 운전을 하는 운전자가 여성인지 아닌지 보기 위해 전방주시를 소홀히 했던 것은 아닌지 돌이켜봐야 한다. 당신이 도로에서 누군가가 '김 여사인지 아닌지'를 판별할 역사적 사명을 띠고 이 땅에 태어나기라도 했는가? 몇몇 여성의 실수를 두고 '역시 여자는~'이라며 쉽게 구설수에 오르게 하는 심보는 별다른 잘못이 없는 것을 넘어 오히려 훌륭하게 대처한 여성 승무원을 탓하는 인터뷰를 한 모 탑승객의 마음과 비슷한지도 모른다. '아무튼 여성이 무언가를 못한다.'라는 비난은 언제나 음습한 즐거움을 주기 때문이다.

여러분에게 '김 여사'라는 말은 익숙하지만 위 통계는 낯설 것이다. '김 여사'라는 멸칭 때문에 운전을 더 가까이하지 못했을 수도 있고 움츠

러들었을 수도 있다. 혹은 여러분 또한 동조하여 '김 여사'에게 눈을 흘겼을 수도 있다. 그러나 '김 여사'라는 멸칭이 존재해야 한다면 이 통계들도 '김 여사'만큼이나 널리 알려져야 한다고 생각한다. 근거도 없는 오명이 여성들을 짓누르지 않기를, 한두 번의 실수로 스스로를 '김 여사'라고 낮추며 포기하지 않기를 바란다. 도로 위에 겨우 12%밖에 되지 않는 여성 운전자가(이것도 근거 없는 소리지만, 내가 양보할 테니 일단 그렇다 치고 이야기해보자.) 일당백으로 문제를 일으키고 다닌다고 주장하고 싶을 수도 있다. 그렇다면 도로교통법 위반 건수와 난폭운전 가해 역시 남성이 압도적으로 89.8%, 91.6%를 차지하는 통계를 다시 보자. 당신이 잘못된 운전을 하는 차를 보았다면, 그 열 명 중 아홉이 남성 운전자였다는 뜻이다. 그런데도 여전히 '김 여사'만을 욕한다면, 편향된 사고이다. 무면허 운전자의 91.6% 정도가 남성인 검찰청 범죄통계도 다시 살펴보자. 면허가 취소될 때까지, 벌점을 1년 동안 121점 초과, 2년 누적 211점 초과, 3년 누적 311점을 초과할 때까지 단속되어서 면허가 취소되었는데도 또 차를 모는 남성의 운전이 정상적이겠는가? 사실은 이들이 '일당백'은 아닌지 잘 생각해보기를 바란다.

일상의 운전 생활 속에서 농담인 척 '김 여사' 타령을 하는 사람을 만나거나 차별 발언을 듣게 된다면 어떻게 하면 좋을까? 워낙 상황이 다양하기 때문에 정답은 없지만, "그런 말을 쓰는 사람이었군요?"처럼 그대로 돌려주는 말이나 '당황한 듯 웃지 않기' '정색하기'부터 해보자. 조롱하는 자의 입장에서는 상대가 웃으며 아무 일 없었다는 듯 참고 넘어가는 것까지가 모욕의 완성이기 때문이다.

만일 도로 위에서 사고나 시비 등의 문제가 생겼을 때, 상대방이 폭력적이거나 위험하게 나온다면 어떻게 하면 좋을까? 우선 사고가 났을 때 상대가 난폭하게 행동한다면 바로 경찰을 부르고 차 안에 머무르는 것이 안전하다. 만일 이때 계속 밖에서 욕설과 폭언 등으로 압박해 온다면 '특수 감금'이나 '특수 협박' 혐의도 적용할 수 있으니 경찰에 신고하자. 가능하다면 상황을 녹화하거나 녹음해두는 것이 도움이 될 수 있다. 시동을 켜두면 블랙박스가 꺼지지 않는다. 사고가 났을 때는 일단 내가 가해자인지 피해자인지 알면 대처에 참고할 수 있다. 이번 장의 내용들을 숙지하여 나의 상황에 대입해보고 상대가 가해자인데도 큰소리를 칠 때에는 대꾸하지 않거나, 적당히 '사실'을 들어 받아치자. 만약 상대와 말이 통하지 않는다면 입씨름할 필요가 없다. 만일 내 쪽의 탑승자가 더 많다면 나 포함 전원 대인 접수로 대응하자.

보험조사원이 왔을 때 상대방이 가해자임을 설명할 수 있어야 한다. '첫 사고' 에세이를 생각해보라. 내가 잘 모르면 보험사조차도 내 편이 아닐 때가 있으므로 어떤 때에 가해 정황이 되는지 알아두어 상대방의 과실을 입증할 수 있어야 한다. 만일 상대가 공공연히 욕설을 한다면 모욕죄 등의 적용이 가능하다. 역으로, 'X발' 'X같네' 등은 나의 기분을 표현하는 것이기 때문에 모욕죄에 해당하지 않지만, 상대방을 지칭하여 'X발 X끼야' 'X 같은 X끼야'라고 말하면 모욕죄에 해당할 수 있음을 참고로 알아두자. 반말은 모욕죄에 해당하지 않는다.

상대방의 보험사와 내 보험사가 같은 경우 과실비율이 서로 크게 차이 나는 사고더라도 비슷하게 잡아서 둘의 보험료를 모두 올리려 하는 경우가 있다. 이때는 과실비율정보포털 등에서 기본과실비율을 알아내어 항의하고 담당자를 교체할 수 있다.

이 책을 만드는 동안 항공기 비상구를 무단으로 연 남성의 사건이 종결되었다. 그리고 한 유명 남성 가수가 음주운전으로 인한 사고가 의심되는 상황에 음주 측정을 거부하고 도주하였으며, 운전자를 매니저로 바꿔치기하려는 등 조직적으로 사법체계를 농락하는 행태를 보였다. 그런데도 결국 음주 측정을 하지 못했기 때문에 음주운전 혐의에서 이후 이러한 '술타기' 수법을 방지하고자 도로교통법 일부법률개정안이 통과되기 전까지 이 남성의 뻔뻔한 작태 '덕분'인지 이후로 음주 사고 이후 도주하는 사례가 자주 보도되었다. 그런데도 남성을 싸잡아 비난하는 목소리는 들리지 않는다. 여성의 실책에 대해서는 여성을 일반화해서 '여성은 못한다'는 '김 여사' 같은 욕을 만드는 것과 대비된다.

비상구를 연 남성은 어떻게 되었을까? 항공보안법 제46조에 따라 항공기의 보안이나 운항을 저해하는 폭행·협박·위계행위 또는 출입문·탈출구·기기조작을 한 사람은 10년 이하의 징역에 처해질 수 있었다. 놀랍게도 집행유예 5년에 그칠 뻔하였으나, 항공기 수리비 등의 배상 7억 2천여만 원의 판결이 내려졌다. 그럼에도 '김 여사'는 있지만 '문짝남'은 생기지 않는 지금 우리 사회의 모습은 어떠한가. 다시 생각해본다.

8

각종 단속 및
범칙금, 벌금

'주정차 위반 과태료.' 운전을 시작한 이래 처음으로 받은 과태료 통지서였습니다. 다른 차량들도 주차해두었길래 주차해도 되는 줄 알았는데, 주정차 단속 구간이었습니다. 알고 보니 제 앞 차는 번호판을 간판으로 가리고 있었다는 점이 황당했죠. 새 덫을 놓으려면 덫 안에 사냥꾼이 키운 새를 넣어둔다는데, 그 꼴이 되었습니다. 주정차 단속 구간인 것을 알았다면 주차하지 않았을 텐데요.

위반 항목별 범칙금·과태료

운전하다 보면 공영주차장은 늘 만차입니다. 혹은 주차장이 아예 없기도 하고, 있더라도 멀리 있지요. 종종 공영주차장이 아닌 곳에 주정차해야 할 일이 생기지만, 어디에 주차해야 하는지 알 수 없었습니다. 안전하게 주차할 수 있는 곳이 어디인지 배운 적이 없기도 합니다. 가장 쉬운 방법은 유료주차장을 이용하는 것입니다. 그럼에도 약간의 융통성을 발휘하고 싶을 때, 어디에 주차하면 될까요? 생활 속에서 만나기 쉬운 단속들에 대해서 알아보고, 안전하게 주차하는 방법에 대해서도 알아봅시다.

항목		과태료	범칙금+벌점
속도위반 (초과속도)	20km/h 이하	4만 원	3만 원+벌점 0점
	40km/h 이하	7만 원	6만 원+벌점 15점
	60km/h 이하	10만 원	9만 원+벌점 30점
	60km/h 초과	13만 원	12만 원+벌점 60점
	80km/h 초과 ~100km/h 이하	형사처벌: 30만 원 이하의 벌금 또는 구류, 행정처분 벌점 80점	
	100km/h 초과	형사처벌: 100만 원 이하의 벌금 또는 구류, 행정처분 벌점 100점	
	100km/h 초과 3회 이상	형사처벌: 1년 이하의 징역 또는 500만 원 이하의 벌금, 행정처분 운전면허 취소	
신호·지시위반		7만 원 어린이·노인보호구역: 14만 원	6만 원 +벌점 15점 어린이·노인보호구역: 12만 원+벌점 30점
정차 · 주차금지 위반		4만 원 노인·장애인보호구역 8만 원 어린이보호구역 12만, 2시간 이상 시 13만 원 소방시설 주정차 금지 위반 8만 원	-
횡단보도 보행자 보호 의무 위반		-	6만 원+벌점 10점
중앙선 침범		9만 원	6만 원+벌점 30점
자동차검사 유효기간 지날 경우		- 검사 기간 다음 날부터 30일 이내(검사 기간은 검사 유효기 간 만료일 전, 후 31일까지) 4만 원 - 31일째부터 매 3일 초과 시 2만 원씩 가산 - 115일 이상 60만 원*차종별 동일	

* 경찰청, 교통민원24 이파인, 2024년 기준
* 승용차 기준, 승합차 등은 과태료와 범칙금이 더 높을 수 있음

각종 단속 및 범칙금, 벌금

음주운전은 1회 적발 시 10%, 2회 적발 시 20% 보험료가 할증됩니다. 음주운전 교통사고 시에는 종합보험에 가입되어 있어도 대인 사고 사망 시 최고 1억 5천만 원, 부상 3천만 원, 대물 2천만 원의 자기부담금(대인은 인당 배상액으로, 중첩 가능하므로 초과될 수 있음)을 내야 합니다. 보험료는 본인 명의 자동차 보험에 한하여 할증됩니다. 혈중알콜농도가 0.03~0.08%이면 1년 이하 징역 또는 500만 원 이하 벌금, 0.08~0.2%에 해당하면 1년~2년 이하 징역 또는 500만 원~1,000만 원 이하 벌금에 처해지고 0.2% 이상이면 2년~5년 이하 징역 또는 1,000만 원~2,000만 원 이하의 벌금이 부과됩니다. 측정을 거부 또는 방해하면 1년 이상 5년 이하의 징역 또는 500만 원 이상 2,000만 원 이하 벌금에 처해집니다.

위반 사항 적발 시 보험료 상승 비율

적발 시 보험료가 오르는 경우도 있습니다. 횡단보도와 어린이 보호구역에서 안전을 소홀히 하면 더 큰 사고로 이어질 수 있으니 안전 운전에 각별히 유의해야 합니다.

횡단보도 보행자 보호 의무 위반	2~3회 적발 시 5% 상승 4회 이상 시 10% 상승
어린이 보호구역 속도 위반	1회 적발 시 5% 상승 2회 이상 적발 시 10% 상승

과태료와 범칙금, 벌금의 차이와 특징

위반사실 통지 및 과태료부과 사전통지서

대상자: 김ㅁㅁ
주소: 경기도 ㅁㅁ시 ㅁㅁ길 123

귀하의 차량이 오른쪽과 같이 교통법규를 위반한 사실이 확인되어 과태료 부과대상자가 되었기에 통지합니다.

1. 위반 차량의 운전자가 밝혀진 경우에는 운전자에게 범칙금을 부과하고, 밝혀지지 않은 경우에는 위반 차량의 소유자(관리자)에게 과태료를 부과합니다.

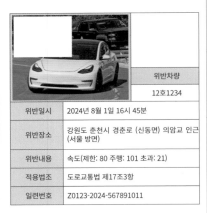

의견제출 및 납부기한	2024.09.21.~2024.10.20.(30일간)
위반 운전자 확인	범칙금: 60,000원 (벌점: 15점)
위반 운전자 미확인 (벌점 없음)	과태료: 56,000원 (사전납부로 20% 감경) ※ 사전납부기한 경과 시: 70,000원

위반차량	12호1234
위반일시	2024년 8월 1일 16시 45분
위반장소	강원도 춘천시 경춘로 (신동면) 의암교 인근 (서울 방면)
위반내용	속도(제한: 80 주행: 101 초과: 21)
적용법조	도로교통법 제17조3항
일련번호	Z0123-2024-567891011

2. 범칙금은 위반한 운전자가 경찰서 지구대(파출소)를 방문하거나 인터넷 경찰청 교통민원 24(www.efine.go.kr)에서 범칙금 고지서를 발부받은 경우에만 납부할 수 있습니다.
3. 위 의견제출 기한이 경과되면 귀하에게 과태료가 부과됩니다. 의견제출 기한 내에 자진 납부할 경우 일부 경미한 위반항목은 20% 감경되고 의견제출과 이의제기는 할 수 없으며 과태료 절차는 종료됩니다.
4. 과태료 감경 및 범칙금 등 보다 자세한 사항은 뒷면을 참고하시기 바랍니다.

2024년 9월 21일 경기ㅁㅁ경찰서장

각종 단속 및 범칙금, 벌금

먼저 위 속도위반 고지서 예시를 봅시다. 범칙금은 60,000원이고 과태료는 70,000원으로 액수가 다릅니다. 범칙금을 내면 액수가 더 낮으니, 범칙금을 내면 되는 걸까요? 그저 더 저렴하다는 이유로 범칙금을 내면 안 됩니다. 자세히 살펴보면 범칙금에는 벌점이 붙어 있습니다. 벌점은 무엇이며 과태료와 무슨 차이일까요?

과태료

벌점 및 형벌의 성격이 없는 벌칙입니다. 무인 카메라, 단속 차량 등에 의해 단속되며, 단순 법규 위반에 대한 '행정처분'입니다. 부모님 차를 내가 운전하다가 카메라에 단속되면 과태료는 차량 명의자인 부모님에게 부과됩니다.

범칙금

도로교통법을 포함한 경범죄를 '경찰이' 단속했을 때 부과되는 벌칙입니다. 범칙금은 위반 행위자에게 부과되기 때문에, 차량 명의자와 관계 없이 운전자에게 부과됩니다. 납부하지 않으면 사건이 법원으로 넘어가 즉결심판에 회부됩니다. 과태료와 범칙금은 전과가 남지 않습니다.

벌금

벌금은 형사법상 전과가 남으며, 처벌적 의미가 있는 '금전 벌', 즉 경제적 제재가 더해지는 벌입니다.

따라서 과태료〈범칙금〈벌금 순으로 처벌과 불이익이 강하다고 할 수 있습니다. 정리하면 아래와 같습니다.

	과태료	범칙금	벌금
단속자	무인카메라	경찰관	전부 가능
벌점	벌점 없음	벌점에 해당되는 행위시 벌점	벌점
발급대상	차량명의자	위반행위자(운전자)	위반행위자(운전자)
전과 여부	X	X	O

벌점

벌점은 면허 정지 등 행정처분의 기준으로 삼기 위해 법규 위반 및 사고 등에 대해 내리는 점수입니다. 누산(누적)점수가 1년에 40점 미만이면 1년이 지나는 시점에 사라집니다. 40점부터는 면허가 정지되며, 3년간 점수가 유지됩니다. 누적 점수가 1년간 121점 이상, 2년간 201점 이상, 3년간 271점 이상이 되면 면허가 취소되므로 주의합니다. 40점 이상부터 1점당 하루씩 면허 정지일이 늘어납니다. 면허가 취소되면 면허가 취소된 사유에 따라 재취득이 즉시 가능한 경우도 있고, 6개월에서 5년 정도의 결격 기간이 있기도 합니다. 누적 점수가 1년간 121점이 넘으려면, 가장 자주 걸리는 속도 위반으로 치면 제한속도 40km/h이하 초과(15점)을 9회 이상 해야 나올 수 있는 점수입니다. 속도 제한을 40km/h 정도나 초과하는 운전을 연 9회 이상 했다는 것은 단속된 횟수만 9회라는 것인데, 평소 얼마나 위험하게 운전했을지 짐작하기 어렵네요.

주차 가능한 곳에 안전하게 주차하기

도로 가장자리 차선과 표지판을 보면 주정차 가능 여부를 알 수 있습니다. 가로등이나 전봇대 등에 아래와 같은 단속 표지와 함께 카메라 및 안내 문구가 흐르고 있는 경우에는 단속되기 쉬우니 주차하지 않도록 합니다. 간혹 보도를 올라타고 주차한 차량이 보입니다. 당연한 말이지만 보도에 주차하면 안 됩니다. 보도는 보행자를 위한 공간입니다. 보도 주차는 주차 위반 과태료 부과 사항입니다. 열려 있는 가게 앞이나 주택 문 앞 등에도 주차하지 않도록 합니다. 보통 주택가나 빌라가 많은 거리에는 암묵적인 '집 주인 주차 자리'가 있습니다. 불가피하게 주차하더라도 꼭 전화번호를 남기는 것이 좋습니다.

도로주정차선

도로 가장자리에 표시해서 주정차 가능 여부를 알리는 선입니다. 도로주정차선의 색과 모양에 따라 주정차 가능 여부가 달라집니다. '정차'는 운전자가 5분을 초과하지 않고 차를 정지시키는 것입니다. 주차 외의 정지 상태를 말하지요. 어린이 보호구역은 빨간색 이중 실선으로 그어진 복선이며, 주정차 절대금지입니다. 단속 시 과태료가 일반 구역의 3배에 달합니다. 우측과 같이 주정차단속 표지판이나 문구가 흐르는 전광판이 있으면 주정차하면 안 됩니다. 견인지역에 해당할 경우 견인될 수 있습니다.

❶ 도로주정차선

특정 구역에서의 주정차 금지 규정(6대 불법 주정차 절대금지구역)

소화전
5m 이내

교차로 모퉁이
5m 이내

버스정류소 10m
이내

횡단보도

초등학교 정문 앞
어린이 보호구역

인도(보도와
차도가 구분된
도로의 보도)

각종 단속 및 범칙금, 벌금

위 주정차 절대금지구역에는 1분만 주정차해도 단속될 수 있습니다. 5m가 얼마나 되는지 감이 잘 오지 않는다면, 그랜저 등 중형 이상 세단 한 대의 길이가 약 5m 정도 되니 참고합시다. 소화전 및 소방용 기계·기구 앞에 주차하면 긴급 상황 시에 사용하기 어려워져 피해가 커질 수 있고, 소방활동 시 강제집행으로 차가 견인되거나 파괴되어도

피해보상을 청구하지 못하도록 법이 바뀌었으므로 절대 주차하지 말아야 합니다.

정류장은 버스가 빈번하게 정차하며 사람 통행도 많은 곳이므로 주정차하여 교통을 방해해서는 안 됩니다. 교차로나 도로의 모퉁이에서는 차가 우회전하는 등 주정차하면 사고의 위험이 높아 주정차를 금지하고 있습니다. 횡단보도 10m 이내는 보행자가 횡단보도를 건널 때 주차된 차가 있으면 보행자를 가려 주행하는 차가 보행자를 볼 수 없어 위험합니다. 어린이 보호구역에서 주정차하면 주정차된 차량에 어린이가 가려 사고의 위험이 있습니다. 보도는 보행자를 위한 곳으로, 주정차하여 보행자를 위험하게 해서는 안 됩니다.

🔹 어린이 보호구역: 색과 표지판, 이중 실선으로 구분하고 있다.

견인지역	주정차금지	주차금지

이외 주정차 금지구역

안전지대로부터 10m 이내, (철길)건널목의 10m이내. 시·도경찰청장이 도로에서의 위험을 방지하고 교통의 안전과 원활한 소통을 확보하기 위하여 필요하다고 인정하여 지정한 곳. 안전지대는 교통안전을 위해 흐름을 제한하기 위해 설치된 곳으로, 주정차하여 교통을 방해해서는 안 됩니다. (철길)건널목 등에 주정차하여 교통을 방해하면 위험하고 사고의 위험이 큽니다.

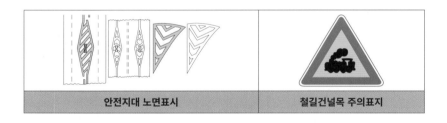

안전지대 노면표시	철길건널목 주의표지

주차 금지구역

다리 위, 터널 안, 도로 공사 구역으로부터 5m 이내, 시·도경찰청장이 도로에서의 위험을 방지하고 교통의 안전과 원활한 소통을 확보하기 위하여 필요하다고 인정하여 지정한 곳 등입니다. 다리 위와 터널 안은 시야가 좁고 피할 곳이 없습니다. 또한 교통사고 사망률이 일반 도로 대비 약 3배로 높아 위험성이 크니 주차하면 안 됩니다. 터널 안에서 불가피하게 정차해야 할 때에는 비상정차대가 있으므로 그곳을 찾습니다. 도로 공사 구역에 주차하여 시야를 방해하면 사고의 위험이 있습니다.

6대 불법 주정차 절대금지구역은 물론, 주정차 금지구역과 주차 금지구역에 불법 주차한 차량을 발견했다면, '안전신문고'나 '교통민원 24' 등 앱으로 신고할 수 있습니다.

운전하는 삶, 이야기 열하나

세상에 내 차 누일 자리 하나쯤은 있을 줄 알았지

주차라는 게 이렇게 어려울 줄이야. 남의 차를 타고 다닐 때는 몰랐다. 가족의 차를 얻어 타면 목적지에 도착해서 들떠 있다가, 운전자가 "나 잠시 주차 좀 하고 올게." 하고 사라지면 돌아오기를 기다리면 그만이었다. 생각보다 시간이 더 걸리는 것으로 보아, '주차할 자리가 부족한가.' 하고 막연하게 어려우려니 생각했다. 운전을 시작하고 나서야 알았다. 동행을 먼저 내려주고 주차하기까지, 골목을 뚫고 단속 카메라와 사람과 불법 주정차 차량과 오토바이를 피해 공영주차장을 찾아 헤매다 운 좋게도 빈자리를 찾는 일은 '잠시 갔다 올게.'라는 말로 축약하기에는 너무나 큰 고난의 행군이었다.

　'초보 운전자' 딱지를 떼고 나서는 운전 자체가 하나의 이벤트처럼 재미있었다. 평소라면 10분 남짓 걸어갔을 운동센터에 차를 몰고 간 적도 있다. 평소 걸어 다니던 곳이라 자신 있게 운전할 수 있었다. 그러나 평

각종 단속 및 범칙금, 벌금

소라면 손으로 문을 열고 쓱 걸어 들어갔을 건물 정문 앞에 도착했을 때 나는 당황했다. 내 '몸'이 아주 커졌다는 사실을 그제야 알아챘기 때문이다. 주차할 곳을 염두에 두고 출발해야 한다는 생각을 미처 하지 못한 탓이었다. 차를 타고 왔으니 '주차'를 해야지! 당연한 이야기지만 '뚜벅이'로 오래 살아온 나로서는 목적지에 도착하고 난 다음의 '숙제'까지는 떠올릴 여력이 없었던 모양이다.

건물 앞에서 어물어물하고 있는 사이 뒤차가 가까워 왔다. 머리를 필사적으로 굴렸다. 아무 일도 없다는 듯 직진한 후 블록 끝에서 우회전해 건물 뒤편으로 돌아 들어갔다. 대개 건물 뒤쪽에 주차장 입구나 주차장이 있기 때문이다. 다행히 주차장이 있었다. 진짜 문제는 여기서부터였다. 이런 작은 상가 건물이 그렇듯 주차장이 좁은 데다가 만차 상태였다. 다시 차를 돌려 나오느라 이미 운동 시간에 늦었다. 나는 식은땀을 흘리며 우물쭈물하다가 길가에 차들이 주차되어 있는 것을 보고는 먼저 주차된 차량 뒤에 주차했다. 약간 찝찝한 기분이 들었지만, '누군가 이미 주차해 둔 곳이니 괜찮겠지.'라고 생각했다.

약 2주 후, 우편함에 낯선 고지서가 꽂혔다. 불법 주정차 단속 고지서였다. 고지서에 있는 사진을 살펴보니 기가 막혔다. 내 차 앞 차량의 번호판은 웬 광고판에, 뒤차 번호판은 가로등에 가려서 안 보였다. 두 차 사이에 주차한 내 차량만 단속된 것이다. 물론 주정차 금지 구역인 것을 모르고 주차한 것은 잘못이지만 황당했다. 어쩐지 찝찝하더라니.

주정차 금지 단속에 걸렸을 경우 과태료는 차급과 단속 위치에 따라 달라지니 다음 내용을 알아두자.

	승용	SUV
일반 도로	과태료 4만 원(선납 할인 3만 2천 원)	과태료 5만 원(선납 할인 4만 원)
어린이 보호구역	12만 원(선납 할인 9만6천 원)	15만 원(선납 할인 12만 원)
노인 보호구역, 소화전 앞	8만 원(선납 할인 6만 4천 원)	9만 원(선납 할인 7만 2천 원)

* 경찰청 교통민원 '도로교통법 시행령의 과태료·범칙금 금액표' 공시

앞에서 다루었듯, 도로 가장자리 선이 황색인지 백색인지 점선인지 실선인지를 유의해야 한다. 전봇대 쪽을 살피는 것도 팁이다. 주차 금지 표지나 단속 전광판이 있는지 보고, 그 문구도 함께 보자. 해당 전광판이 있는 길에는 주차 단속 시간과 요일에 대한 표지판도 있으니 참고하면 좋다. 당연히 주차 금지 표지판이 있다면 주차하지 않도록 한다.

참, 그렇게 고지서를 받고 나는 과태료 32,000원을 납부했다. 선납하면 할인된다기에, 바로 납부했다. 만일 좁은 길로 차량이 양방향 통행하는 교행 구역이나 소방차 정차 구역(소방차 전용 표시가 있는 구역)인 '주정차 절대 금지구역'에 주차했다가 견인된다면 기십만 원을 납부하게 될 수 있으니, 주차비 아끼려다가 더 큰돈 쓰지 말고 공영주차장을 이용하도록 하자.

[주차와 관련된 도로교통법]

제32조(정차 및 주차의 금지) 모든 차의 운전자는 다음 각 호의 어느 하나에 해당하는 곳에서는 차를 정차하거나 주차하여서는 아니 된다. 다만, 이 법이나 이 법에 따른 명령 또는 경찰공무원의 지시를 따르는 경우와 위험방지를 위하여 일시정지하는 경우에는 그러하지 아니하다. 〈개정 2018. 2. 9., 2020. 10. 20., 2020. 12. 22., 2021. 11. 30.〉

1. 교차로 · 횡단보도 · 건널목이나 보도와 차도가 구분된 도로의 보도(「주차장법」에 따라 차도와 보도에 걸쳐서 설치된 노상주차장은 제외한다)
2. 교차로의 가장자리나 도로의 모퉁이로부터 5미터 이내인 곳
3. 안전지대가 설치된 도로에서는 그 안전지대의 사방으로부터 각각 10미터 이내 인 곳
4. 버스여객자동차의 정류지(停留地)임을 표시하는 기둥이나 표지판 또는 선이 설치 된 곳으로부터 10미터 이내인 곳. 다만, 버스여객자동차의 운전자가 그 버스여 객자동차의 운행시간 중에 운행노선에 따르는 정류장에서 승객을 태우거나 내리 기 위하여 차를 정차하거나 주차하는 경우에는 그러하지 아니하다.
5. 건널목의 가장자리 또는 횡단보도로부터 10미터 이내인 곳
6. 다음 각 목의 곳으로부터 5미터 이내인 곳
   가. 「소방기본법」 제10조에 따른 소방용수시설 또는 비상소화장치가 설치된 곳
   나. 「소방시설 설치 및 관리에 관한 법률」 제2조제1항제1호에 따른 소방시설로 서 대통령령으로 정하는 시설이 설치된 곳
7. 시 · 도경찰청장이 도로에서의 위험을 방지하고 교통의 안전과 원활한 소통을 확보하기 위하여 필요하다고 인정하여 지정한 곳
8. 시장등이 제12조제1항에 따라 지정한 어린이 보호구역 [전문개정 2011. 6. 8.]

제34조(정차 또는 주차의 방법 및 시간의 제한) 도로 또는 노상주차장에 정차하거나 주 차하려고 하는 차의 운전자는 차를 차도의 우측 가장자리에 정차하는 등 대통령령 으로 정하는 정차 또는 주차의 방법 · 시간과 금지사항 등을 지켜야 한다. [전문개 정 2011. 6. 8.]

9

차량 경고등 및
이상 증상에 대처하기

운전을 하다가 계기판에 경고등이 들어오면 어떻게 해야 할까요? 익숙한 경고등도 있겠지만 무엇을 의미하는지 짐작하기조차 어려운 낯선 경고등도 있습니다. 경고등에 따라서 바로 정차해야 하는 경우도 있고, 정비소에 천천히 들러도 괜찮은 경우가 있습니다. 운전과 관련된 것 중에서는 미리 한 번이라도 살펴두면 대처하기에 용이한 것이 많습니다. 여기에서는 각종 경고등과 차량의 이상 증상 대처법, 시동이 걸리지 않을 때 점프 스타트하는 방법 등 어려운 상황에 대처하는 방법을 알아보겠습니다. 차량의 모델에 따라 경고등의 종류나 모양새가 조금씩 다릅니다. 그 중에서도 공통적인 경고등을 추려보았습니다. 고장이 아닌 경우를 먼저 다루고 나서 공통적인 경고등, 가솔린 혹은 디젤, 가스 및 전기차의 경우로 나누어 몇 가지 예시를 살펴보겠습니다.

고장이 아닌 경우

시동을 켤 때, 혹은 시동을 걸기 전 잠시 많은 경고등이 동시에 들어옵니다. 이는 고장의 의미가 아닙니다. 시동 열쇠를 반만 돌리거나 브레이크를 밟지 않고 시동 버튼을 두 번 누른 'ACC' 상태에서는 각종 센서를 점검하기 위해 경고등이 켜집니다.

열쇠로 시동을 거는 자동차와 스타트 버튼이 있는 타입의 자동차가

🔼 열쇠 방식 시동 박스　　　　　　🔼 버튼 방식 시동 박스

있습니다. 위 그림을 보면 'ACC'와 'ON'이라는 글자를 볼 수 있습니다. 버튼 형식의 시동 버튼은 불빛 색깔이 달라지는 등의 변화로 ON 상태를 나타냅니다. 이 상태에서는 엔진의 시동이 켜지기 전에 자동차의 전자장비와 센서, 연료펌프 등에 전원이 들어온 상태에서 각종 센서를 확인하기 위해 계기판의 황색 및 적색 경고등에 불이 모두 들어옵니다. 만일 ON 상태에서도 들어오지 않는 경고등이 있다면 해당 센서를 점검해야 합니다. ON 상태에서는 창문을 열 수도 있고 전자기기를 사용할 수 있습니다. 그러나 오래 두면 배터리가 방전되므로 시동을 걸어야 합니다.

　시동을 걸 때, 이렇게 ON 단계를 거치기보다는 브레이크를 밟아 한 번에 시동을 거는 경우가 많습니다. ON 단계를 거치려면, 브레이크를 밟지 말고 시동 버튼을 두 번 눌러보세요. 그러면 계기판에 불이 들어올 것입니다. 이 ON 상태에서 1~2초 정도 기다렸다가 차량이 준비된 상태에서 브레이크를 밟고 시동 버튼을 눌러 시동을 거는 것이 시동성에도 좋고 엔진을 보호할 수 있습니다. 밤새 멈추었던 텅 빈 엔진에 시동을 걸기 위해 연료를 공급하려 연료 펌프가 먼저 작동하는 시간이 필요하기 때문입니다. 디젤 엔진의 경우 돼지 꼬리 모양 혹은 스프링 모양의 황색등이 켜졌다가 꺼지는데, 특히 겨울철에는 이 예열 경고등이 꺼진 후 시동을 걸어야 시동이 훨씬 잘 걸리고 엔진에 그을음과 배기가스의 불완전 연소물도 덜 생깁니다. 운전자에게 운전을 위한 준비 시간이 잠시 필요하듯 차량에도 시동을 위한 짧은 준비 시간을 주도록 합시다.

경고등의 종류

경고등을 발견했다면 우선 그 색깔을 보고 긴급도를 알 수 있습니다. 적색 등이 들어오면 지금 바로 조치가 필요하며, 조치 없이 더 운행할 시 위험할 수 있습니다. 운행에 직접적인 위험이 있을 경우 적색 경고등이 점등됩니다. 황색은 지금 당장 위험한 일은 아니지만 곧 정비가 필요한 경우 점등됩니다. 녹색이나 파란 등이 들어오면 이는 위험을 알리는 의미가 아니라 어떠한 상태를 알리기 위해 점등되므로 참고하면 됩니다.

아래 각 경고등 예시를 통해 살펴볼게요. 내 차량의 전체 경고등을 알고 싶다면 사용설명서를 봅니다. 여기서의 예시와 이상 증상들은 따로 우선순위나 체계가 있다기보다는 그간 워크숍 등에서 많이 받았던 질문을 중심으로 간추린 것입니다. 경고등을 색에 따라 분류하여 살펴보겠습니다.

적색 경고등

① 브레이크 경고등

브레이크 경고등

브레이크 경고등은 주로 다음 세 가지 상황에서 켜집니다. 첫 번째는 사이드 브레이크가 걸려 있을 때입니다. 이때는 켜지는 것이 정상이며, 사이드 브레이크를 풀면 꺼집니다. 두 번째는 브레이크액 압력이 떨어지고 있을 때입니다. 이때는 브레이크 성능이 떨어져 제동이 잘 안 될 수 있으므로 빠른 대처가 필요합니다. 세 번째는 센서 자체의 이상으로, 브레이크 경고등이 들어오면 다음과 같이 대처합니다.

▶ 대처 방법: 먼저 비상등을 켭니다. 안전하게 정차할 수 있는 곳을 찾아서 길 가장자리나 정차 가능한 곳으로 천천히 이동합니다. 브레이크를 깊이 밟으면 브레이크 압력이 소진되므로 남은 압력을 요령껏 분배하여 얕게 밟아 감속한 후 정차합니다. 만일 이미 브레이크가 듣지 않기 시작한다면 당황하지 말고 엔진 브레이크를 병용하며 강한 힘으로 브레이크를 짓밟습니다. 브레이크 압력이 모자라도 밟아서 힘을 가하면 브레이크가 작동하도록 설계되어 있습니다. 따라서 엉덩이 뒷부분을 시트 등받이에 붙여

지탱하고 있는 힘을 다하여 브레이크를 밀어내듯 밟으면 정지시킬 수 있습니다. 정차한 후 기어를 P로 바꾸고 정상적으로 시동을 끈 후 보험사에 전화해 긴급 출동을 요청합니다. 비상 정차한 후에는 트렁크를 열어두고 비상등과 전조등, 상향등, 실내등을 켜서 이상 상황임을 다른 차들에 알립니다.

② 엔진오일 압력 경고등

엔진오일 압력 경고등

엔진오일 압력 경고등은 엔진오일이 부족하거나 엔진오일 압력이 떨어질 때 들어옵니다. 이 등이 뜨고 나서도 계속 운행한다면 엔진에 손상이 생길 수 있으므로 정차하거나 최소한으로만 이동하여 정비소에 갑니다.

엔진오일은 윤활유 역할을 합니다. 엔진이 도는 힘으로 펌프가 작동하여 실린더 및 각 부분에 엔진오일이 보내지는데요. 엔진의 마모를 방지하며 압력이 새는 것을 막고, 움직임을 원활하게 하는 등의 역할을 합니다. 엔진 각 부위는 정교하게 가공되어 일정한 틈을 유지하고 있습니다. 각 부위가 마모되거나 이상이 생겨 틈이 넓어지거나 일부 통로가 막혀서 원래의 루트보다 짧은 거리를 지나게 되면 엔진에 이상이 생긴 것이지요. 이때 엔진오일 펌프에 가해지는 압력이 떨어지며, 이는 엔진이 손상되었음을 뜻합니다. 엔진오일 압력 경고등이 점등되면 엔진이 손상되었음을 짐작할 수 있으므로 점검이 필요하며, 엔진오일이 새어나가거나 소모되는 등 양이 크게 부족해지면 엔진의 윤활이 원활하게 이루어지지 않아서 점등되기도 합니다.

▶ **대처 방법:** 비상등을 켜고 가급적 동선을 최소화하여 정차한 후 시동을 꺼야 합니다. 보닛을 열어 엔진오일 확인 게이지를 꺼내 엔진오일의 양을 점검해봅니다. 부족하면 급하게라도 엔진오일을 보충하고 주행할 수 있으나, 엔진오일의 양이 부족하다는 뜻은 엔진오일이 어딘가에서 새거나 소모되고 있다는 뜻입니다. 따라서 정비소에 가거나 정차 후 보험사의 긴급출동 등을 불러 정비소에 차량을 입고하는 것이 좋습니다. 만약 엔진오일의 양이 부족하지 않은데 이 경고등이 뜬다면 엔진에 다른 이상이 있을 수

❶ 엔진오일의 양을 확인하는 모습

있으므로 마찬가지로 정비소에 차량을 입고합시다.

엔진 손상 시 보링(손상된 실린더 등을 갈아내어 정비하는 과정) 비용이 백만 원 단위이므로, 참고 및 주의합니다.

③ 냉각수 수온 경고등

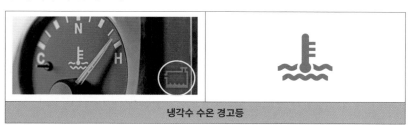

냉각수 수온 경고등

이 경고등은 엔진의 열을 적정 온도로 식혀주는 냉각수의 온도가 지나치게 올라갈 때 점등됩니다. 차량 안에서 기름이 타는 무쇠 가마가 곧 엔진이라고 가정해봅시다. 냉각 없이 계속 기름을 태우면 온도가 자꾸 올라가 결국 금속으로 된 엔진이 녹아 손상됩니다. 이를 방지하기 위해 엔진 외벽은 이중으로 만들어져 있고, 냉각수가 그 사이를 순환하며 열을 식혀줍니다. 만일 냉각수의 흐름에 문제가 생기거나 냉각수가 새서 부족해진다면 엔진은 과열될 위험이 있습니다. 이때 냉각수 수온 경고등이 점등됩니다. 만일 위와 같은 경고등이 점등되었는데도 계속 운행하면 엔진이 녹아 부품끼리 붙어 차량이 멈추고, 연기를 내며 멈추게 됩니다. 많은 영화와 드라마에서 차량이 고장났을 때 본 그 장면입니다.

▶ **대처 방법:** 우선 비상등을 켜고 안전한 곳에 정차합니다. 절대 더 운행해서는 안 됩니다. 시동을 끄지 않은 상태에서 기어를 P에 두고 사이드 브레이크를 채운 후 보닛을 열어봅니다. 만일 과열이 심하다면 보닛에 손을 댈 때 화상을 입을 수도 있으므로 주의하여 엽니다. 보닛 안의 냉각수 탱크를 살펴보고, 냉각수 탱크에 냉각수가 없다면 냉각수가 어딘가 새고 있다는 의미일 수 있어 수돗물 등을 붓는다 해도 일시적인 조치이므로 절대 운행해서는 안 됩니다.

냉각수 리저브 탱크의 수위를 살피고 끓어 넘치거나 수증기가 나오고 있을 경우 시동을 끄고 바로 제조사에 연락하며, 견인을 부릅니다. 냉각수가 끓어오르거나 김이 나오지 않으면 보닛을 열어 두고 시동을 켠 채 냉각수가 식을 때까지 기다립니다. 냉각수가 부족할 경우에는 보닛을 연 채 냉각수가 식기를 기다려 화상을 입지 않도록 유의하며 증류수나 수돗물 등을 부을 수도 있습니다. 급격한 온도 차로 엔진에 금이 갈 수 있으니 천천

🔼 라디에이터 팬이 돌고 있다면 시동을 끄지 않는다.　🔼 엔진 냉각수 보조 탱크를 살핀다.

히 붓습니다. 하지만 자신이 없다면 시도하지 마세요. 필수가 아닙니다. 어떤 경우이든 다시 운전하지 말고 최대한 빠르게 내 보험사의 긴급 출동을 불러 견인하도록 합니다. 엔진룸 안에서 들쩍지근하거나 시큼한 냄새가 난다면, 냉각수 속의 부동액에서 나는 냄새이므로, 이러한 냄새가 심하다면 냉각수가 새어 나갔을 수 있습니다. 냉각수가 과열되었을 때 냉각수통의 뚜껑을 열거나 라디에이터 캡을 열면 증기나 액체가 뿜어 나와 화상을 입을 수 있으므로 함부로 열지 않습니다.

냉각수 탱크에 냉각수가 있을 경우에는 냉각수를 순환시키는 펌프 등이 고장났거나, 워터 펌프 벨트가 끊어졌거나, 냉각수의 흐름이 막힌 경우 등일 수 있습니다. 시동을 끄면 냉각수의 온도를 식혀 주는 라디에이터에 바람을 불어 주는 팬(선풍기)이 꺼지기 때문에 냉각수 팬이 작동하는지를 살피고 팬이 작동하고 있다면 시동을 끄지 않습니다. 절대 더 운행하지 말고 최대한 빠르게 긴급 견인하여 정비소로 입고합니다.

④ 충전 경고등

충전 경고등

충전 경고등은 자동차 안에 있는 배터리가 충전되지 못할 때 들어옵니다. 이 경고등이 뜨면 시동이 곧 꺼질 수 있기 때문에 안전한 곳에 정차한 후 긴급 출동을 불러야 합니다. 엔진에는 발전기가 달려 있어서 엔진이 돌 때 발전기를 가동해 쓸 만큼의 전기를 발전시키고 남으면 충전합니다. 발전기가 고장 나거나 여러 이유로 충전되지 않으면 현재 배터리에 남은 만큼의 전력을 소진한 후 시동이 꺼집니다.

자동차는 기름으로만 간다고 생각하기 쉬워서 충전되지 않아 시동이 꺼진다는 것이 이해가 되지 않을 수 있습니다. 오늘날 자동차는 기름으로만 구동되지 않습니다. 자동변속기의 기어를 바꾸어주는 것도, 엔진의 연료 분사 밸브의 타이밍을 조절하는 것 모두 전기를 원동력으로 하는 ECU라는 컴퓨터와 각종 센서가 작동하여 이루어집니다. 그래서 기름이 있어도 배터리가 떨어지면 시동이 꺼집니다.

자동차 배터리는 충전식이기 때문에 충전이 되지 않는다 해도 그동안 충전해놓은 양이 다할 때까지는 정상 작동합니다. 그러나 남은 전력을 모두 소모하는 시점이 언제인지 알 수 없기 때문에 이 경고등이 켜지면 시동이 언제 꺼질지 모르는 위험한 상태가 됩니다. 이 경고등이 뜨면 안전하게 정차하고 긴급 출동을 부르도록 합니다.

▶ **대처 방법:** 시동이 언제 나갈지 알 수 없으므로 비상등을 켜고 안전한 곳에 정차합니다. 시동을 한번 끄면 다시 켜지 못할 수 있습니다. 반드시 안전한 곳까지 이동한 후 시동을 끄고 견인합니다. 내 차의 배터리에 RC130min이라는 글자가 적혀 있다면, 이런 상황에서 130분을 버틴다는 뜻입니다. 다만 배터리의 수명과 차량의 사용 환경에 따라 버틸 수 있는

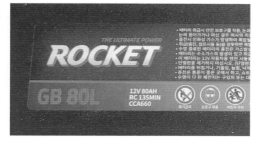

🔵 RC는 Reserve Capacity의 줄임말로, 자동차 발전기가 작동하지 않을 때 배터리가 몇 분을 버티는지를 나타낸다. 이 수치는 배터리 용량과 성능에 따라 다르다. 이 배터리는 RC 135분의 수치를 보여주고 있다.

시간이 더 짧아질 수 있으므로 가급적 서두르는 것이 좋습니다.

┤ TIP ├

견인 및 긴급 출동을 부를 때 주의할 점

내가 부르지 않은 사설 견인차, 일명 레커차(렉카)가 달려들어 견인하려 하는 경우가 있습니다. 내가 부른 보험사가 제공한 기사 이름 및 차 번호 등 정보가 일치하지 않고, 공식 명함을 요청해도 주지 않는다면 사설 견인차이므로 이들이 내미는 명함이나 서류 등에 사인하면 안 됩니다. 이들은 사설로 운영되는 견인차이므로 매우 높은 견인 금액을 청구하므로 주의합니다.

⑤ 안전벨트 미착용 경고등

안전벨트 미착용 경고등

안전벨트 미착용 경고등은 시동이 켜져 있는데도 안전벨트를 하지 않았을 때 켜지는 경고등입니다. 짧은 거리를 주행할 때 '괜찮겠지' 하고 안전벨트를 하지 않는 경우가 있는데요. 안전벨트 착용 시와 미착용 시 교통사고 사망률은 네 배나 차이납니다. 아무리 가까운 곳에 간다고 해도 안전벨트를 반드시 착용해야 합니다.

▶ **대처 방법:** 즉시 안전벨트를 맵니다. 만일 조수석에 짐 등을 올려놨는데 이 등이 켜진다면 짐의 위치를 조금 바꾸어 등받이에서 짐을 떨어뜨리거나 조수석 에어백 미작동 버튼을 눌러 경고등이 들어오지 않도록 합니다.

조수석 에어백 미작동 버튼

⑥ 에어백 경고등

사람 앞에 풍선이 있는 듯 보이는 그림은 에어백 경고등입니다. 에어백 경고등이 켜지면 에어백 장치에 문제가 생겼다는 의미이므로 사고가 나기 전에 미리 정비해둡니다.

에어백 경고등

▶ **대처 방법:** 차가 멈추는 등의 증상은 없어 즉시 정차할 필요는 없으나, 사고는 언제 어떻게 일어날지 알 수 없으므로 가급적 빨리 정비소에 방문해 에어백을 점검하고 수리합니다.

황색 경고등

① 엔진 경고등

엔진 경고등

엔진 경고등은 여러 가지 이유로 점등되지만, 황색 엔진 경고등이 떴다면 지금 당장 정차해야 할 정도로 심각한 문제는 아닙니다. 다만 더 주행하면 할수록 엔진에 무리가 갈 수 있기 때문에 가급적 빠른 시일 내 정비소에 방문하는 것이 좋습니다. 엔진 경고등이 켜지는 원인은 여러 가지이지만 다섯 가지 정도로 대처 방법을 나누어 살펴보겠습니다.

▶ **대처 방법:** 첫째, 주유구의 연료 캡이 잘 닫혀 있는지 살피고 열려 있다면 닫은 후 시동을 다시 켭니다. 연료 주입구의 뚜껑이 잘 닫혀 있지 않으면 엔진 경고등이 점등되는 경우가 있습니다. 둘째, 만일 어느 순간부터 차의 출력이 떨어지는 느낌이 나고(밟아도 잘 나가지 않음) 연비가 떨어지며 소음이 더 시끄러워진 느낌이 든다면 엔진의 점화 플러그나 점화 코일이 고장 났을 수 있습니다. 가급적 빨리 정비소에 방문합니다. 셋째, 연비가 떨어지며 이 램프가 켜졌다면 산소센서(배기)의 문제일 수 있습니다. 가까운 시일 내에 정비소에 방문합니다. 넷째, 차량 연식이 오래되었다면 촉매 변환기의 문제일 수 있습니다. 촉매 변환기는 자동차의 배기가스에서 유해

가스와 불완전 연소한 연료 등을 산화시키는 장치로, 촉매 변환기가 고장 나면 해로운 배기가스가 배출됩니다. 다섯째, 흡기 센서를 점검합니다. 흡기 센서는 엔진에 들어오는 공기의 온도나 질량 등을 검출하는 센서로, 엔진의 최적 연소를 위한 센서이며 고장 나면 경고등이 들어올 수 있습니다. 큰 수리는 아니므로 정비소에 방문하도록 합니다.

　촉매 변환기가 고장 났다면 비용이 많이 발생할 수 있습니다. 만일 짧은 거리만 운행한 차량의 촉매 변환기 문제가 의심된다면, 고속 주행하여 촉매 변환기에 쌓인 찌꺼기 등을 태워 없앨 수 있습니다. 간혹 이렇게 조치하여 촉매 변환기의 찌꺼기를 연소시켜 해결할 수도 있지만, 항상 가능한 일은 아니며 해결되지 않을 수 있으므로 정비소에 방문하는 것이 좋습니다.

② 타이어 공기압 경고등

타이어 공기압 경고등

타이어 공기 압력이 낮아지면 점등됩니다. 소위 '바람이 빠졌다.'라거나 '펑크가 난' 경우에 해당합니다. 못이 박히거나 타이어가 찢어지는 등의 변화는 바로 감지하지 못하므로 경고등이 뜨지 않더라도 주행 질감이 크게 변하면 안전하게 정차하여 타이어를 살피는 것이 좋습니다.

▶ **대처 방법:** 타이어는 주행 안정성에 크게 영향을 주고, 공기압이 매우 낮을 때 고속 주행 시에는 찢어져 큰 사고가 날 수 있으므로 펑크가 났는지 반드시 점검하는 것이 좋습니다. 만일 주행 중 핸들이 계속 한쪽으로 쏠리고 평소에는 들리지 않던 규칙적인 소음이 생겼다면 문제가 큽니다. 경고등이 들어오지 않았더라도 타이어가 찢어지거나 터졌을 수 있으니 비상등을 켜고 안전하게 정차한 후 타이어를 살펴봅니다. 타이어가 터지지 않았다면 서행하여 타이어 전문점에 갈 수도 있고, 위험하다고 판단되면 보험사의 긴급 견인 등을 불러 타이어 전문점에 가도록 합니다. 공기를 넣는 데에는 약 오천 원 정도 비용이 소요되며 타이어를 교체한다면 타이어 가격과 교체 공임이 청구됩니다. 바꾼 지 일 년 이내의 타이어라면 한쪽만 교체해도 되고, 더 오래되었다면 해당 위치의 양쪽을 교체하면 됩니다. 이런 경우 굳이 모든 타이어를 교체할 필요는 없습니다.

③ 연료 부족 경고등

연료 부족 경고등

연료가 부족하면 점등됩니다. 연료 부족 경고등이 들어와도 약 10~20km는 더 갈 수 있으므로 근처 주유소나 충전소를 찾아갑니다. 이는 차종과 상태에 따라 다를 수 있으므로 무리하지 않습니다. 연료가 없어 차가 멈춘 경우, 보험사의 긴급 급유 서비스(무료)를 이용할 수 있지만 3L밖에 주유해주지 않으므로 큰 기대는 하지 않는 것이 좋습니다.

▶ **대처 방법:** 스마트폰 지도 검색, 내비게이션의 가까운 주유소 찾기 기능 등으로 주유소나 충전소를 찾아 주유 또는 충전합니다. 계기판의 주유기 모양에 작은 팁이 하나 숨어 있는데요, 계기판 주유기 표시 옆 화살표 방향이 내 차의 주유구 방향을 나타냅니다.

🔼 주유구 왼쪽

🔼 주유구 오른쪽

④ 이모빌라이저 경고등

자동차 스마트키 또는 자동차 배터리 전압이 낮을 때 열쇠 모양 경고등이 뜰 수 있습니다. 이모빌라이저는 자동차 도난 방지 시스템으로 키와 자동차 본체에 각기 고유한 암

이모빌라이저 경고등

호를 가지고 있어 둘이 일치해야만 시동이 걸리는 시스템입니다. 스마트

키 배터리가 약하면 이모빌라이저 시스템이 작동하기 어려워져 경고등이 들어옵니다. 또한 차량 배터리가 방전되는 등 전압이 약할 때도 마찬가지입니다. 시동이 걸린다면 다행이지만 시동이 걸리지 않는다면 아래 방법을 이용합니다.

▶ **대처 방법:** 자동차 스마트키로 직접 스타트 버튼을 눌러줍니다. 한번은 시동이 걸릴 수 있습니다. 만일 시동이 걸리지 않는다면 스마트키 배터리를 교환합니다. 자동차 모델에 따라 배터리 사이즈가 다르지만, 주로 편의점이나 마트 등에서 흔히 구매할 수 있는 동전형 전지로 쉽게 교환 가능합니다.

　　스마트키 전지를 교환했는데도 계속 시동이 걸리지 않는다면 자동차 본체의 라이트나 라디오 등을 켜봅니다. 잘 작동하지 않거나 불빛이 흐리면 배터리가 방전된 것일 수 있습니다. 근처 운전자에게 부탁하여 점프선으로 두 차량의 배터리를 연결하여 시동을 건 후 30분 이상 고속 주행하여 배터리를 충전합니다. 방전된 배터리를 충전하기 위한 주행이며, 고속 주행일수록 발전이 잘 되어 좋습니다. 만일 점프 스타트(시동)가 어려울 때는 보험사에 긴급 출동을 요청해 시동을 걸 수 있습니다. 배터리가 이미 여러 번 방전되어 배터리 효율이 떨어졌을 때는 배터리를 교체해야 할 수 있으며 출동 배터리 교환은 다소 비용이 높으므로, 두 번 이상 방전된 후라면 인터넷에서 구매하여 셀프로 교체하는 방법도 있습니다.

⑤ 차체 자세 제어 장치(VDC) 표시등

차체 자세 제어 장치가 작동하는 상태를 표
시하는 등입니다. 이 등이 황색등인 이유는,
필요하지 않은 상황에서 해당 기능이 작동
되고 있을 시 운전자가 위험해지므로 이를

알리기 위해서입니다. 자동차에는 각 바퀴의 속도를 측정하는 센서가 있
습니다. 만일 차체의 왼쪽 바퀴와 오른쪽 바퀴의 속도 차이가 지나치게 많
이 난다면 차가 미끄러지며 한쪽으로 돌고 있는 상황일 것입니다. 그때 자
동차의 컴퓨터(ECU)가 좌우 바퀴의 회전 속도 차이를 감지하여 지나치게
빨리 도는 쪽의 바퀴에만 제동을 걸어주어 차가 도는 것을 방지합니다. 이
기능을 '차체 자세 제어 기능'이라고 합니다. 평소에는 차체 자세 제어 기
능이 늘 켜져 있으며, 이 기능이 작동될 때 계기판에 위와 같은 경고등이
표시됩니다. 만일 정상 직진 주행 중인데도 이 경고등이 점등된다면 관련
부품의 고장을 뜻할 수 있고, 브레이크가 자꾸 걸릴 수 있으므로 안전하게
정차한 후 정비소로 견인합니다.

특정 몇몇 상황에서는 차체 자세 제어 기능을 잠시 꺼두어야 할 때가
있습니다. 오른쪽 바퀴가 논에 빠져 액셀을 밟아 탈출하려는 상황을 생각
해봅시다. 논에 빠진 오른쪽 바퀴는 액셀을 밟으면 빠르게 헛돌고 땅을 딛
고 전진해야 하는 왼쪽 바퀴는 땅과의 마찰로 느리게 돌 것입니다. 이때
차체 자세 제어 기능이 작동해버리면 헛도는 쪽의 바퀴에 편제동(한쪽 바
퀴에만 브레이크를 잡아주는 것)이 걸리고 차량 출력이 제한되어 아무리 액셀

을 밟아도 차가 잘 나가지 않아 탈출이 어렵습니다. 헛도는 바퀴에만 브레이크가 걸려 마찰열로 타는 냄새가 나는 등 문제가 생길 수 있습니다. 이럴 때를 위해 일시적으로 차체 자세 제어 기능을 끄는데, 센터페시아에 위 경고등 모양과 같은 그림이 있는 버튼을 3초 이상 길게 누르면 계기판에 OFF가 붙은 모양의 위 경고등이 켜집니다. 이 등이 켜져 있는 동안은 차체 자세 제어 기능이 꺼져서 좌우 바퀴 속도에 무관하게 액셀을 밟아 탈출할 수 있습니다. 탈출한 다음 다시 원래대로 이 기능을 켜두려면, 같은 버튼을 3초 이상 길게 눌러 OFF 경고등을 끄면 평소대로 돌아옵니다.

차체 자세 제어 장치 OFF 버튼과 표시등

▶ **대처 방법:** 브레이크를 밟지 않아도 브레이크가 걸리는 현상이 없다면 가까운 정비소로 가고, 만일 브레이크가 걸리는 등 주행이 불안정하다면 안전한 곳에 정차한 후 긴급 견인을 불러 정비소에 가서 점검합니다. 일부러 차체 자세 제어 기능을 끈 것이 아니라면 다시 해당 버튼을 3초 이상 눌러 이 등을 꺼서 기능을 활성화합니다. 평상시에 이 기능을 끈 채로 다닌다면 차가 미끄러지기 쉬운 상태에 있는 것입니다.

⑥ 예열 플러그 경고등

디젤 자동차에만 있는 경고등입니다. 디젤
엔진에는 휘발유 엔진과 달리 예열 플러그
가 있어 연소실(엔진에서 기름이 폭발하는 곳)
의 온도를 높여줍니다. 동절기 등에 연소실

예열 플러그 경고등

의 온도가 낮으면 시동이 잘 걸리지 않거나 불완전연소가 일어나기 때문
에 예열 플러그가 필요합니다. 시동을 걸기 전에는 이 경고등이 켜져 있다
가 예열 플러그가 충분히 작동해 연소실 온도가 적정 온도로 올라가면 꺼
집니다. 이때 시동을 걸면 됩니다. 만일 시동을 걸었는데도 계속 켜져 있
다면 예열 플러그에 이상이 있는 것입니다.

▶ 대처 방법: 가까운 시일 내에 정비소에 들러 예열 플러그를 점검하고 필
요하다면 교환합니다.

⑦ 요소수 경고등

요소수 경고등

디젤 자동차에만 있는 경고등으로, 방귀나 연기 모양에 물방울이 같이 있
는 경우도 있습니다. 요소수를 보충해주어야 한다는 뜻입니다. 요소수는

디젤 엔진의 질소산화물 배출을 줄이기 위해 사용되는 요소가 포함된 액체로 엔진의 배기가스에 직접 분사되어 배기가스를 식히고 환경 보호를 위해 질소산화물을 줄이는 역할을 합니다. 요소수가 부족해지면 이 경고등이 점등되며, 요소수가 부족한데 계속 운행하면 시동이 걸리지 않을 수 있습니다.

▶ **대처 방법:** 주유소 등에서 요소수를 구입하여 요소수 주입구에 보충해줍니다.

⑧ 배기 브레이크 작동 표시등

배기 브레이크 작동 표시등

트럭이나 버스 등에 있는 경고등입니다. 배기 브레이크는 중량이 무거운 차량의 보조적 브레이크 시스템으로 풋 브레이크와 같이 사용합니다. 엔진에서 기름이 폭발하고 난 배기가스를 배출하는 배기 파이프를 막아 그 압력으로 인해 엔진에 새로 공기가 들어가기 어렵게 만들어 엔진의 출력을 낮춰 브레이크 효과를 일으키는 것을 배기 브레이크라고 합니다. 이 경고등은 배기 브레이크를 사용했을 때 뜨며, 배기 브레이크는 핸들 뒤 레버 혹은 별도의 버튼이 있습니다. 배기 브레이크를 계속 켜두면 엔진의 효율이 떨어질 수 있으므로 배기 브레이크를 사용 중임을 알리는 경고등이 점등됩니다. 배기 브레이크를 사용하지 않으려면 버튼이나 레버로 다시 끄면 됩니다.

녹색 및 청색등

① 상향등 표시등

상향등 표시등

상향등이 켜져 있음을 알리는 등입니다. 헤드라이트 등과 모양이 비슷하지만 파란색이고 빛을 비추는 방향이 정면을 향합니다. 평소에 상향등을 켜고 다니면 맞은편 운전자가 눈이 부셔 사고를 일으킬 위험이 있으므로 핸들 뒤 좌측 레버를 앞 또는 뒤로 움직여 끄도록 합니다. 후미등과 전조등 점등 경고등도 참고로 알아둡니다.

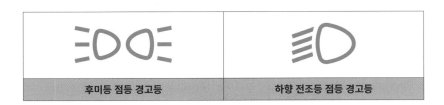

| 후미등 점등 경고등 | 하향 전조등 점등 경고등 |

② 방향지시등

방향지시등

좌측 혹은 우측 방향지시등을 켰을 때 깜빡거립니다. 만일 평소와는 달리 방향지시등이 지나치게 빨리 깜빡인다면 차량 뒤쪽에 달린 램프인 테일 램프(후미등) 중 하나가 수명을 다했을 수 있으므로 확인해봅니다. 비상등 을 켜면 방향지시등 두 개가 같이 깜빡입니다.

③ 안개등

안개등

헤드라이트 아래에 위치한 안개등이 켜져 있음을 알리는 등입니다. 안개 등도 상향등처럼 빛이 위로 퍼지기 때문에, 평소에는 끄고 다니는 것이 좋 습니다. 그림을 자세히 보면, 안개와 같은 물결을 빛이 뚫고 나가는 모양 을 하고 있습니다.

④ 전기차의 주행 가능 경고등

전기차의 주행 가능 경고등

전기차의 전원이 켜져 있어 이동 가능함을 알리는 등입니다. 전기차는 전원을 켜도 소리가 난다거나 기타 변화를 감지할 수 없기 때문에, 운전자에게 전원이 켜져 있다고 알려주는 경고등입니다.

시동이 켜지지 않을 때: 점프 스타트

배터리가 방전되어 시동이 걸리지 않을 때, 다른 차의 배터리나 차량용 보조 배터리 등과 연결하여 시동을 켤 수 있습니다.

① 시동이 걸리지 않는 차와 다른 차를 보닛을 마주 보게 주차합니다.

② 점프 스타트 선을 아래 그림처럼 (+)극은 (+)극끼리 우선 연결하고 (−)극은 시동이 걸리는 차 쪽에만 연결합니다.

③ ②처럼 연결한 상태에서 마지막으로 시동이 걸리지 않는 차의 (−) 극에 점프 스타트 선의 (−)극 선을 연결합니다. (−)극에 붙인 전선 이 차체 다른 곳에 닿거나 (+)극과 마주치면 불똥이 튈 정도로 스파 크가 강하게 일어나므로 서로 닿거나 차체의 금속 부분에 닿지 않 도록 주의합니다.

④ (−)극 선을 연결하자마자 시동을 겁니다.

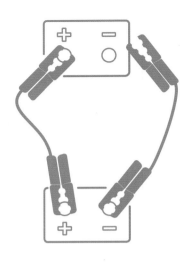

⑤ 시동이 켜지면 방금 붙였던 (－)선을 먼저 분리하고, 그다음 (+)선
   도 분리하여 두 차를 완전히 분리합니다. 순서를 외우기 힘들다면
   붙일 때는 (+)극부터 붙이고, 뗄 때는 (－)극 부터 뗀다고 생각하면
   이해하기 쉽습니다.

   시동이 켜지지 않을 때를 비롯하여 각종 이상 증상에 대응하는 방법
을 알아보았습니다. 주행 중에 일어난 문제는 대개 비상등을 켜고 침착하
게 대처하면 됩니다.

내 차가 말할 수 있다면

SNS에서 이런 글을 본 적이 있다. '자신의 반려동물이 사람 말을 딱 한마디만 할 수 있다면 어떤 말을 하면 좋을까요?'라는 질문이었다. 여러 댓글 중에서도 그 말이 "나 아파."였으면 좋겠다는 댓글에 많은 사람이 공감했다. 동물과 함께하는 사람들은 왜 여러 가지 좋은 말을 제쳐놓고 아프다는 말이 가장 듣고 싶을까? 동물은 자신의 상태를 표현하지 못한다. 그래서 아픈 것을 일찍 알아채지 못하고 건강 상태가 한참 나빠져 '티'가 난 후에야 병원에 가게 되는 슬픈 일을 막고 싶은 것이 아닐까?

자동차는 동물과 달리 (당연하지만) 기계다. 살아 있지도 않고 아프지도 않다.

그럴까? 기계도 '아프다'고 말한다! 그 수단은 바로 경고등이다. 자신(차량)에 이상이 생기면 사람에게 알려주어 더 큰 문제가 생기기 전에 막으려 경고등으로 상태를 알린다. 나는 내 차를 보면 가끔 쇠로 만들어진 큰 동물 같다는 생각을 한다. 밥(기름)을 줘야 하고, 목욕도 가끔 시켜 줘야 하고, 병원(정비소)도 가야 한다. 같이 산책(드라이브)도 다닐 수 있으며 전용 용품들(악세사리)도 있고 간식(연료첨가제)도 있으며, 가끔 사고(사고)도 친다. 물론 사고는 내가 내는 것이지만. 아무튼 그렇게 생각하면 사람들이 자신의 반려동물로부터 "아파"라는 말을 들을 수 있기를 간절히 바라는 것처럼, 자동차를 '키우는' 사람들도 차의 '아파'를 알 수 있다면 좋지 않을까.

자신이 동물을 잘 키울 여건이 되는지, 동물의 특성과 행동에 대해 잘 알아보지도 않고 냅다 동물을 집에 데리고 오는 것은 무책임한 일이다. 사전 지식이나 마음의 준비, 환경의 준비 없이 동물을 데리고 왔다가 예상치 못하게 동물이 아프거나 혹은 자연스러운 행동을 했을 뿐인데 못 키우겠다며 버리거나 남에게 떠맡기듯 넘겨버리는 말도 안 되는 일이 일어날 수도 있기 때문이다.

생명체와 차량을 단순하게 비교할 수는 없지만, 아무래도 자동차는 눈에 보이는 가격이 붙어 있어서인지 자신이 그 차량을 구매할 수 있을지, 유지가 가능할지를 고려해서 신중하게 데려오는 경우가 많다(물론 앞뒤 생각하지 않고 감당할 수 없을 만큼 비싼 차를 구매하는 '카푸어'도 있지만). 동물을 키우는 사람들이 동물의 행동 특성이나 아플 때의 표현, 감정표현 등을 알고 싶어하는 것에 비해 자동차에 대해서 알아봐야겠다고 생각하는 사람은 적은 듯하다. 자동차 사용설명서를 읽어 보는 사람이 몇 명이나 될까?

내가 처음 운전을 시작했을 때처럼 뭔가 알아보고 싶어도 '너무 많고 추상적이라서' 시작하려 마음을 먹어도 무엇부터 손을 대야 할지 막연하다가 하루하루 운전 기술이 늘어나다 보니 어물쩍 넘어가게 되거나, '사용 설명서를 보아도 설명 자체가 어려워서' 등 여러 이유로 차를 적극적으로 알아가는 것을 포기하게 된다. TV처럼 흔한(?) 가전제품을 두고 고장 날지 걱정하면서 쓰지 않는 것처럼 막연하게 '아무튼 괜찮겠지'라는 생각도 한몫하는 것 같다.

내 첫 차는 10년 된 중고차였는데, 연식이 있다 보니 모든 것이 의심스러웠다. 엔진 소리가 조금만 커져도, 뭔가 작은 삐그덕 소리가 나도 고장인 것만 같았다. 물론 차 자체에 대한 호기심에 작은 변화도 예민하게 받아들인 것일 수 있지만, 내 몸을 싣고 달릴 이 '쇠로 된 관'-그 당시에는 비장하게 이런 생각도 했다-이 될 수 있는 기계에 대해 제대로 알고 운전해야 안심이 될 것 같았다. 그렇게 내 차의 사용설명서를 정독하면서 모르는 부분을 검색하고, 동호회도 찾아다니며 내 차를 알아가기 위해 노력했다. 그러다 '언니차' 활동도 하고 정비사 자격증까지 따버렸지만.

어느 날 이런 뉴스를 본 적이 있다. 타이어가 터지면서 금속 휠이 드러나 도로와 휠이 마찰해 불꽃이 튀도록 달리던 차량 운전자가 시민의 신고를 받아 잡힌 소식이었다. 이 차량 운전자는 출동한 경찰에게 잡히지 않으려 도주하다 현행범으로 체포되었고 음주 운전한 것으로 드러났다. 그로 인한 사고가 없었으니 망정이지, 하마터면 애꿎은 시민들이 피해를 볼 뻔했다. 얼마나 무책임한 일인가? 차는 또 무슨 죄인지, 아작나버린 휠과 그에 따라 틀어졌을 휠 얼라인먼트, 충격을 받았을 여러 부품을 생각하자 탄식이 나왔다. 처음 타이어에 이상이 생겼을 때, 차는 분명 계기판에 타이어 공기압 경고등을 띄워 문제가 있음을 주인에게 알렸거나, 주행 질감의 변화가 있었을 것이다.

타이어 공기압 경고등

그러나 음주 상태인 차주는 그를 알아차리지 못하고 계속 운행했고, 타이어는 공기가 빠져 휠의 회전속도를 버티지 못하고 찢어졌을 것이다. 이때 분명 차체에도 충격이 가해졌을 테고, 찢어진 타이어가 회전할 때마다 덜그럭대며 둔탁한 충격을 차체에 전달하는데 이때 차량을 멈추었다면 손해는 여기서 그쳤을 것이다. 그러나 차주는 이 역시 무시하고 계속 운행했다. 타이어는 완전히 찢어지고, 쇠로 된 휠이 바닥에 닿아 마찰로 불꽃이 튀면서 휠이 손상되기 시작했으리라. 휠은 고무 타이어의 완충 없이 바닥으로부터 충격을 그대로 받았을 것이고 휠 얼라인먼트가 틀어지기 시작했을 터다. 또한 휠로부터의 충격을 흡수하며 차체와 유연하게 연결해 주는 서스펜션과 각종 암이 충격을 받았다. 휠은 차체에 직접 회전축이 고정되어 연결되어 있지 않고 암(arm)이라는 간접적인 구조에 의해 지탱되고 있다. 이들은 물론 가혹한 운행에도 버티도록 튼튼하게 만들어져 있으나, 강한 충격에 무리가 갈 수도 있다. 또한 네 바퀴 중 한쪽의 타이어가 꺼져버렸기 때문에, 주행 시 차체가 한쪽으로 돌아가거나 미끄러질 가능성이 굉장히 높아 사고 유발의 위험이 커진다.

영상을 보니 차는 비틀거리고, 주변 차들은 이를 피해서 가고 있었다. 다행히 사고가 나기 전에 붙잡혔지만 말이다. 이 남성에게는 음주운전 3범 전과가 있었다. 그는 벌금 혹은 다른 행정처분을 받았겠지만, 차수리비까지 지출해야 할 것이다. 운전할 자격을 잃더라도 차량을 수리해야 처분할 수 있을 테니 말이다.

정상적인 운전자라면, 처음 타이어 공기압 경고등이 떴을 때 이상을 감지했을 것이다. 그리고 안전하게 정차하고 타이어의 이상을 확인한 후 타이어 전문점에 가서 타이어를 교체하고 안전하게 귀가할 것이다. 하지만 앞서 이야기한 음주운전자는 이를 묵살하고 음주운전 사실을 들키지 않으려 도주했기 때문에 사고 위험이 커짐은 물론 자동차의 파손 규모도 커졌고 다른 차들과 시민들을 위협했다. 음주운전은 내 차의 이상조차 감지하지 못하거나 무시할 정도로 위험하다. 차가 불쌍하다는 마음마저 드는 사건이었다.

만약 차가 이때 '말할' 수 있었다면, 차주에게 "내려."라고 하지 않았을까?

10

평소에 차량 관리하기

우리는 큰 병이 나기 전 예방하기 위해 건강검진을 합니다. 자동차도 마찬가지로 큰 고장이 나기 전에 간단한 정비로 끝날 수 있도록 평소에 차를 점검해야 합니다. 이상을 알아채지 못하고 주행했다가 차량 이상으로 사고가 일어나게 된다면 큰일이므로, 운행하기 전 상태를 점검하고 안전하게 운행합시다.

매일 살펴볼 항목

이번 장에서 다룰 내용은 평소에 내 차의 건강(?)을 살피고 관리하기 위해 살펴볼 것들입니다. 차량의 외부와 엔진룸 등에 대해 하나씩 알아보겠습니다. 살펴보아야 할 것은 많지만 그중에서도 일상적으로 살피면서 점검하면 좋을 항목을 추려보았습니다. 차량 바깥 부분에서 안쪽으로, 자주 해야 하는 일에서 이따금 해야 하는 일 순으로 만들었으므로 차에 타기 전과 후에 체크박스를 확인하며 점검해봅니다. 기본적으로 차량 상태에 관심을 두고, 평소에 들리지 않던 잡음이 들리거나 이상한 냄새가 나는 등 이상 증상이 느껴진다면 주의 깊게 살펴보고 전문가나 정비소를 찾도록 합니다. 아래 제시한 내용을 살펴보면 어느정도 차량의 변화를 감지할 수 있습니다. 참고로 이 리스트는 차량과 관련된 모든 점검사항을 포함하는 것은 아닙니다.

점검사항(*표시가 있는 항목은 아래 추가 확인)	확인
외장에 찍히거나 파인 곳, 긁힘 등이 없는가?	
새똥이나 페인트 등이 떨어지지 않았는가?	
주차된 바닥에 없던 액체(오일 또는 수분)가 흘러 있는가?*1	
냉각수 양과 색은 적절한가?*2	
브레이크액의 양은 적정선에 있는가? *3	
엔진 구동벨트에 손상이 없는가?*4	
타이어 트레드 잔량과 편마모 여부는 적절한가?*5	
타이어에 못 등 이물질이 박혀 있는가?	
타이어가 내려앉아 있지는 않은가?	
휠을 조이는 너트가 정상인가?*6	
시동이 잘 걸리는가?	
시동이 켜진 후에도 경고등이 들어와 있는가?	
안전벨트는 정상 체결·작동하는가?	
좌우 방향지시등(깜빡이), 비상등은 잘 작동하는가?	
차량 외부의 램프(헤드라이트, 테일 램프 등)는 정상인가?	
시동을 켜고 5분 이상 주행한 후 수온계가 정상 범위인가?	
브레이크의 제동력은 충분한가?	
기어 변속에 잡음이나 충격이 있는가?*6	
히터나 에어컨이 정상 작동하는가?	
시금털털하거나 들쩍지근하거나 자극적인 냄새, 악취 등이 있는가?*8	
스티어링 휠(핸들)을 돌릴 때에 소음 등이 있는가?	
직진 주행 시 한쪽으로 쏠리거나 차체가 흔들리는가?*9	
스마트 키는 잘 작동하는가?	

＊1 주차된 바닥에 없던 액체(오일/수분)가 있는가?

→ 냉각수가 흘러나왔거나 오일 등이 샜을 수 있으므로 차 바닥을 살펴봄

니다. 없어야 정상입니다. 냉각수가 샌 것으로 의심된다면 보닛을 열어 확인하고, 냉각수가 없다면 운행하지 않습니다. 여름에 에어컨을 켠 후 물이 차 아래로 떨어지는 것은 정상입니다.

*2 냉각수 양과 색은 적절한가?

→ 냉각수 색이 녹물 색이거나 양이 냉각수 통에 새겨진 L(Low)선 이하로 떨어지지 않았는지 살펴봅니다. 색이 녹물 색으로 변했거나 양이 L선 아래로 떨어졌다면 정비소로 갑니다.

🔴 엔진 냉각수 보조 탱크

*3 브레이크액의 양은 적정선에 있는가?

→ L선 혹은 MIN선 아래로 떨어졌는지 봅니다. 브레이크 패드가 많이 닳은 상태에는 조금 내려가 있을 수 있으며, 큰 문제는 아닙니다. 브레이크액은 3년 혹은 5~6만km마다 한 번 교체합니다.

*4 엔진 구동 벨트에 손상이 없는가?

→ 엔진 옆이나 앞 부분을 보면 엔진 구동 벨트가 걸려 있습니다. 이 벨트가 손상되어 있거나 헐거워지지 않았는지 살핍니다. 만일, 벨트가 손상되어 찢어질 염려가 있다면 운행하지 말고 긴급 견인을 불러 정비소에 가도록 합니다.

◑ 엔진 구동 벨트

*5 타이어 트레드 잔량과 편마모 여부는 적절한가?

타이어 트레드 남은 양 보는 법: 남은 골의 높이가 마모 한계선 턱보다 더 높아야 한다.	편마모: 아래처럼 타이어가 한쪽만 닳는 현상이 있다면 휠 얼라인먼트를 해주어야 한다.

🔼 타이어의 수명 확인하는 법

→ 타이어 트레드는 타이어 외부 표면에 배치된 여러 개의 홈을 의미합니다. 홈은 물을 분산시켜 수막 현상을 방지함으로써 노면에서 우수한 접지력을 유지시켜줍니다. 타이어의 수명은 약 6~7년 정도입니다. 타이어 옆면을 보면 '주, 년도' 순의 네 자리 숫자로 생산일자가 새겨져 있으니 참고합니다. 위 사진에 적힌 '1822'는 타이어가 2022년의 18번째 주에 생산되었음을 뜻합니다.

* 6 휠을 조이는 너트가 정상인가?
→ 헐겁다면 주행 중 휠이 빠질 위험이 있으므로, 헐겁지 않은지 살핍니다.

* 7 기어 변속에 잡음이나 충격이 있는가?

→ 주행 중 특정 속도로 가속/감속할 때 울컥하는 느낌이 들거나 덜컹거리는지 확인합니다. 만약 차가 심하게 울렁이거나 무언가 잡아당기는 느낌 등이 든다면 정비소에서 변속기의 상태를 점검합니다.

* 8 시큼털털하거나 들쩍지근하거나 자극적인 냄새, 악취 등이 있는가?

→ 시큼털털하거나 들쩍지근한 냄새는 냉각수 냄새입니다. 냉각수가 새지 않았는지 잔량을 확인합니다. 이외에 기름이나 각종 액체 등이 새고 있는지 냄새로 먼저 알 수 있습니다. 정비소에서 누유나 누수 등을 확인합니다.

* 9 직진 주행 시 한쪽으로 쏠리거나 차체가 흔들리는가?

→ 해당 증상이 있을 때 휠 얼라인먼트나 휠 밸런스를 맞춰줍니다. 타이어 전문점에서 할 수 있습니다. 타이어가 터지거나 바람이 빠져도 해당 증상이 있을 수 있으므로, 공기압 경고등이 뜨지 않더라도 타이어를 잘 관찰합니다.

주기적으로 살펴보아야 하는 항목

점검사항	확인
브레이크 패드의 남은 양은 적당한가?*1	
브레이크 디스크의 상태는 적절한가?*2	
브레이크액의 양은 적정선에 있는가?*3	
엔진오일의 양은 적정선에 있는가?*4	
엔진오일 교환 주기인가?	
각종 벨트류의 장력과 상태는 적절한가?*5	
타이어 위치 교환 주기인가?*6	
하부나 외장에 부식되는 부분이 있는가?	
자동차 검사 시기가 오는가?	

*1 브레이크 패드의 남은 양은 적당한가?

→ 브레이크 패드는 브레이크 디스크에 겹친 캘리퍼 안에 있습니다. 손가

락을 넣어 만져보면 알 수 있습니다. 직접 살펴보기 어려울 때에는 정비소에서 남은 양을 문의하면 됩니다. 브레이크 패드의 남은 두께가 2mm이하가 되기 전에 브레이크 패드를 교환합니다.

*2 브레이크 디스크의 상태는 적절한가?

→ 브레이크 디스크는 표면이 매끄러워야 합니다. 나이테 모양의 우둘투둘한 홈이 많다면 교환 혹은 연마가 필요합니다.

*3 브레이크액의 양은 적정선에 있는가?

→ L선 혹은 MIN선 아래로 떨어졌는지 봅니다. 브레이크 패드가 많이 닳은 상태에는 조금 내려가 있을 수 있으며, 큰 문제는 아닙니다. 브레이크액은 2~3년 혹은 4~6만km마다 한 번 교체합니다.

*4 엔진오일의 양은 적정선에 있는가?

→ 시동을 끄고 약 5분 뒤에 엔진오일 게이지 스틱을 뽑아 닦은 후 다시 끝

까지 밀어 넣었다가 빼서 찍혀 나오는 높이를 봅니다. 찍혀 나오는 높이가 스틱의 두 선 사이에 있거나 높으면 됩니다.

* 5 각종 벨트류의 장력과 상태는 적절한가?

→ 엔진 RPM이 저속일 때 귀뚜라미 소리나 "휘리리
릭"하는 소리가 난다면 엔진의 벨트 장력이 모자
란 상태일 수 있습니다. 정비소에서 점검합니다.
엔진 벨트의 긴 부분을 엄지손가락으로 힘주어 눌
렀을 때 12~20mm 정도 들어가면 정상입니다.

* 6 타이어 위치 교환 주기인가?

→ 15,000km정도 주행하면 타이어를 그림과 같은 순서로 교환하는 것이
좋습니다. 거래했던 타이어 전문점에 의뢰하면 서비스로 해주기도 합
니다.

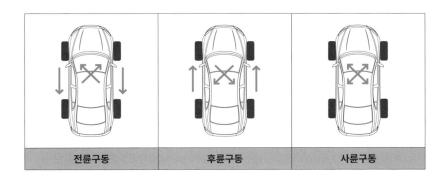

| 전륜구동 | 후륜구동 | 사륜구동 |

운전습관 점검

점검사항	확인
주차 턱에 올라앉아 주차하는가?*1	
양발운전을 하지 않는다.	
주차 시 P-R-N-D 기어 변속 때 브레이크를 밟는가?	
예열을 짧게라도 하는가?	
시동을 켜기 전 "ON" 상태를 잠시 거치는가?*2	
각종 소모품의 상태와 교체 주기를 확인하는가?	
밤에 전조등을 끈 채 달리지 않는가?*3	
제조사의 알람이나 업데이트, 리콜 등을 확인하는가?*4	

* 1 주차 턱에 올라앉아 주차하는가?

→ 주차 턱에 바퀴를 올린 채 주차하면 P 기어에 무리한 힘이 가해지며 시동을 켜도 P 기어가 빠지지 않을 수 있습니다. 주차할 때 기어를 바로 P로

옮기기 전 브레이크를 풀고 N으로 잠시 두어 바닥에 네 바퀴가 완전히 닿아 무게가 고르게 분산된 것을 확인하고 P로 바꾸어 주차하면 좋습니다.

*2 시동을 켜기 전 "ON" 상태를 잠시 거치는가?
→ 시동을 한번에 걸기보다는 "ON" 단계를 거쳐 시동을 걸면 각종 전자 장치가 활성화되어 급발진 예방에 도움이 됩니다. 또한 텅 빈 엔진에 연료 펌프가 작동하여 시동이 걸릴 때 시간을 단축할 수 있습니다.

키가 있는 타입의 경우 ACC, ON 상태에서 몇 초 있다가 시동을 켜면 되고, 버튼 타입일 때에는 브레이크를 밟지 않고 버튼을 두 번 한 번 누를 때마다 각각 ACC, ON 상태를 거칩니다. ON 상태에서 브레이크를 밟고 시동 버튼을 눌러 시동을 걸면 됩니다.

*3 밤에 전조등을 끈 채 달리지 않는가?
→ 2만 원의 범칙금에 해당하는 사항임은 물론, 나와 주변 운전자들의 안전을 위해 밤에 전조등을 켜고 주행합시다. 터널에서도 마찬가지입니다.

*4 제조사의 알람이나 업데이트, 리콜 등을 확인하는가?
→ 제조사가 중요한 알람이나 리콜 사항 등을 업데이트할 수 있으므로 이따금 확인합니다. 크고작은 결함이 있을 수 있으니 제조사가 제공하는 무상 정비를 꼭 받도록 합니다. 중고차의 경우에는 전 주인이 확인하지 않은 부분이 있는지 자동차리콜센터(www.car.go.kr)를 참고하여 점검합니다.

엔진룸 살펴보기

보닛 여는 법

먼저 운전석 왼쪽 아래의 보닛 열림 레버를 찾아 당깁니다. 이 레버를 당기면 보닛 쪽에서 '텅'하는 소리가 나며 보닛의 틈이 벌어집니다. 이때 이틈에 손가락을 넣어 보닛을 들어올리면, 어딘가에 걸려 다 열리지 않습니다. 그 틈 사이를 살펴보면 레버가 하나 있습니다. 그 레버를 젖힌 채로 다

❶ 운전석 아래 보닛 열림 레버를 당긴다.

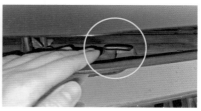

❶ 보닛 틈에서 한쪽으로 젖혀지는 레버를 찾는다.

❶ 보닛을 지지하는 받침대를 꺼내 닫히지 않도록 지지한다.

른 손으로 보닛을 손으로 들어올리면 보닛이 열리게 됩니다. 보닛을 연 후에는, 보닛 가장자리에 눕혀져 있는 지지대를 꺼내 고정합니다. 차량에 따라 스스로 지지되어 닫히지 않도록 된 경우도 있습니다.

보닛 안, 엔진룸 명칭들

엔진룸 안은 자동차마다 조금씩 다르고, 내부 부품들이 잘 보이지 않도록 된 자동차들도 있지만 내연기관의 엔진룸 안 구성은 비슷한 부분들이 있습니다. 무엇으로 구성되어 있는지 살펴보겠습니다.

① 엔진오일 게이지: 엔진에 꽂혀 있는 고리 모양의 손잡이가 달린 긴 스

틱. 엔진오일의 양을 측정할 때 사용한다. 스틱의 끝 부분에 점이나 선 등으로 두 개의 선이 표현되어 있는데, 낮은 쪽 선보다 엔진오일의 양이 많이 찍혀나와야 한다.

② 냉각수 탱크: 엔진의 열을 식혀 주는 냉각수가 있는 통이다. 냉각수는 엔진과 라디에이터, 히터코어 등을 지나며 엔진의 열을 식히기도 하고 나에게 뜨거운 바람을 보내주기도 한다. 냉각수 통의 L선 혹은 MIN선 보다 냉각수의 양이 많고 변색되지 않아야 한다.

③ 브레이크액 통: 브레이크 페달을 밟는 힘을 각 브레이크 패드로 전달하는 브레이크액이 들어 있는 통이다. MIN선 아래로 떨어지지 않는지 살핀다. 운전석 앞에 있다.

④ 에어필터: 엔진으로 들어가는 공기를 걸러 주는 필터가 들어 있다. 엔

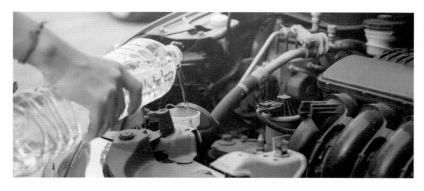

❶ 워셔액을 보충하는 모습

진에 이물질이 들어가면 손상될 수 있기 때문에 필터로 이물질을 걸러 준다. 에어필터로 들어가는 호스를 따라가보면 보닛 상단에 흡기구를 발견할 수 있다.

⑤ 구동벨트: 엔진의 회전력을 각종 펌프와 발전기 등에 전달하여 엔진과 그 부속 장치들을 완전히 기능하게 하는 벨트이다. 이 벨트가 손상되거나 끊어지면 시동이 꺼지며, 엔진이 손상될 수 있기 때문에 구동벨트의 상태를 점검해 주어야 한다.

⑥ 워셔액 주입구: 앞유리의 시야 유지를 위해 워셔액이 필요하다. 워셔액 경고등이 뜨면 워셔액 한 통을 거꾸로 꽂아버리면 쉽게 보충할 수 있다.

⑦ 배터리: 자동차의 시동을 걸고 등화를 켜며, 자동변속기 등을 작동시키는 등 자동차에 필요한 전력을 공급한다. 방전되지 않도록 겨울철에는 사용하지 않을 때에 블랙박스의 전원을 분리해놓거나 가끔 운행해 주자. 만일 주행 중에 배터리 경고등이 뜬다면 곧 시동이 꺼질 수 있으므

로 비상등을 켜고 안전한 곳에 정차한다.

⑧ 라디에이터: 앞서 말한 냉각수를 식힐 수 있도록 자동차의 그릴 쪽에 방열판(라디에이터)이 있다. 이 라디에이터에는 저속 운행하거나 차가 정차했을 때에도 냉각수를 식히기 위해 팬(선풍기)이 장착되어 있다. 라디에이터가 부식되거나 부풀지 않았는지, 외부의 충격을 받아 냉각수가 새지 않는지 가끔 확인한다. 냉각수는 시금털털하거나 들쩍지근한 냄새가 나므로 알 수 있고, 비가 오지 않는데 내부가 젖어 있다면 누수를 의심할 수 있다.

⑨ 퓨즈박스: 자동차에 있는 각종 전기 부품들에 과전압이 흐르거나 문제가 생길 때 퓨즈가 녹아내려 전류를 차단해 더 큰 손상을 방지하는 기능을 한다. 퓨즈박스 뚜껑에 각 퓨즈가 어디에 해당하는 퓨즈인지 그림과 글자로 설명이 되어 있으며, 퓨즈가 고장났을 때를 대비하여 예비 퓨즈(새것)이 들어 있는 경우도 있다.

평소에 내 차의 상태를 살피면 변화나 이상이 생겨도 금방 감지할 수 있습니다. 자동차는 나와 생명을 함께하는 만큼 잘 점검하여 안전하게 주행합시다.

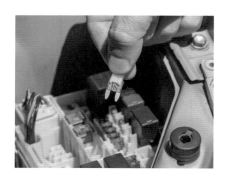

❶ 퓨즈박스 속에는 퓨즈 탈착 집게가 들어 있다.

전기차와 내연기관

'히터를 튼다고 차가 멈춰선다?' 일반적으로는 이해되지 않겠지만 전기
차에서는 가능한 일이다. SNS에서 한 사연을 보았다. 연말연시 파티에
가려 소형 전기차를 빌렸다가 차가 멈춰서서 추운 겨울날 다리 위에서 견
인차가 올 때까지 몇 시간을 기다리다 파티도 망치고 힘들었다는 이야기
였다. 사연은 대략 이러했다.

'연말연시라 케이크를 사서 친구들과 파티하기 위해 공유자동차에
서 소형 전기차를 빌렸다. 소형이었고 배터리가 많이 충전되어 있지 않아
서 남은 주행거리가 20여 km 정도였지만 목적지까지의 거리가 10km 이
내였기에 충전하지 않아도 괜찮을 것 같아 출발했다. 연말이다 보니 차가
밀렸고 추워서 히터를 틀었더니 갑자기 남은 거리가 쑥쑥 내려가기 시작
했다. 놀라서 충전하러 가려고 했지만, 정체가 해소되지 않아 교통체증으

로 꽉 막힌 차들 사이에 갇힌 채 결국 다리 위에서 차의 시동이 꺼져버렸다. 히터가 꺼지자 추위가 몰려왔다. 차가 멈추자 빵빵대는 다리 한가운데서 고객센터는 연락도 되지 않았다. 한참 후에야 견인차가 왔지만 약속에도 늦고 곤욕을 치렀다.'

한겨울 다리 위에서 점차 떨어져가는 주행거리를 보며 식은땀을 흘렸을 사연 제보자를 생각하니 그 초조함과 추위가 상상되어 안타까웠다. 그와 함께 전기차의 특성을 아직 사람들이 많이 모르고 있고, 대여 업체 역시 그 특성을 잘 알려주지 않고 있다는 생각이 들었다. 결국 이 비극은 공유차 업체가 이용자들에게 전기차의 특성과 유의할 부분을 충분히 고지하지 않아서 생긴 문제 같았다.

전기차를 맨 처음 탔을 때가 떠오른다. 렌터카였는데 처음 시동을, 아니 전원을 켜고 나서 '어라? 이게 켜져 있는 게 맞나?'라는 의구심이 들었다. 시동 버튼을 누르고 나서 으레 들려야 할 진동이나 소리, 훈기조차 없이 그저 쥐 죽은 듯 조용하고 아무 변화도 없어서였다. 어딘지 모르게 차갑고 낯설었다. 나는 어색하게 두리번거리며 시동(?)이 켜져 있는지를 확인하려 했다. 그렇다. 전기차다 보니 RPM이 있을 리 없다. 다시 시동 버튼을 눌러보니 계기판에 약간의 변화가 있었다. 켜져 있던 하나의 경고등이 꺼졌다. 처음 보는 모양의 녹색 경고등이었다.

❶ 전기차 주행 가능 표시등

후에 알고 보니 그 경고등은 전기차 전원

이 켜져 있음을 알리는 등이었다. 아마 많은 운전자가 전기차를 처음 접하고 시동이 켜져 있는지 아닌지 몰라서 당황했을 것이다. 전원이 들어와 있음을 알리기 위해 만들어진 경고등임에도 직관적이지 않은 모양이어서 한참이 지난 뒤에야 그 의미를 알게 되었다. 어쨌든 전원 버튼을 누르고 나서 변화가 생겼으니 켜졌겠거니 하고 짐작할 수 있었지만, 평소 듣던 엔진 소리가 나지 않으니 여전히 어색했다. 그때 비로소 전기차가 엔진이 없는 '새로운 물건'이라는 것을 몸소 느꼈다. 그도 그럴 것이, 내연기관 자동차는 시동을 켜면 진동이 느껴지고 소리가 나면서 동시에 엔진에서 기름이 불타고 있기 때문에 굳이 히터를 켜지 않아도 곧 차에서 훈기가 돌기 시작한다. 전기차는 그런 엔진이 없기 때문에 '차갑게' 느껴진 것이다. 기분 탓이 아니었다.

어떤 차든 처음 타면 시트며 거울 위치가 나에게 맞지 않는다. 전기차를 처음 타고는 새로운 마음으로 버튼 위치를 하나씩 짚어가며 차를 파악했다. 먼저 차를 이용했을 이름 모를 운전자에게 맞춰져 있던 시트를 내 몸에 맞게 조절하고, 사이드 미러와 룸 미러를 바로잡고 안전벨트를 매고 나서야 드디어 '내 차' 같아졌다.

평소처럼 라디오를 켜고 기어를 D로 바꾼 후, 브레이크에서 발을 떼자 자동변속기 자동차처럼 차체가 스르르르 앞으로 굴러가기 시작했다. 아무 소리도 없던 차체에서 그제야 '위이이잉' 하고 신비한 합성음이 흘러나왔다. 이 소리는 전기차의 실제 작동음이라기보다는 스피커에서 나오는 소리다. 외부에 이 차가 움직이고 있다는 것을 알려주어 보행자가 위험하지 않도록 보조하는 소리이다. 일부러 소리를 넣어주어야 할 만큼 전기차는 조용하다. 덤으로, 이 차가 움직이고 있다는 것을 운전자 자신에게도 알려주는 듯했다. 이런 기능은 내연기관 자동차에 익숙해진 이 시대의 운전자와 보행자를 위한 것이 아닐까 싶다. 아무래도 시동(스타트) 버튼을 누를 때 엔진이 돌아가는 소리가 나지 않으니 굉장히 허전하다. 만약 가상 시동음을 넣는다면 더 그럴싸하지 않을까?

유튜브 영상 등에서 '시작'을 나타내는 효과음으로도 쓰이는 엔진음이 곧 사라질 때가 올지도 모른다. 자동차에 왜 부르릉 소리를 넣는지 이해하지 못하는 시대도 오지 않을까 생각해본다. 마

ⓘ 출처: flaticon.com

치 요즘 어린이들이 플로피 디스크 모양을 한 네모난 '저장' 버튼 모양이 왜 그런 네모난 모양을 한 것인지 이해하지 못하는 것처럼.

전기차의 재미라면, 경쾌한 가속감을 꼽고 싶다. 내연기관 자동차에 비해 전기차 액셀 페달을 밟으면 바로 탁탁 튀어나가듯 속도가 올라간다. 밟는 대로 토크며 출력이 확확 올라서, 준중형 SUV가 준대형 승용차보다 가속감이 더 빠르다고 느껴질 정도였다. 놀라서 차량 출력을 찾아보았다. 당시 내가 타던 승용차가 준대형 승용차로 자연흡기 2.4리터 엔진에 최고 201마력, 최대 토크 25.5kgf·m에 공차중량 1,525kg이었는데, 이 차량은 최고 출력 204마력에 최대 토크 40.3kgf·m, 공차중량 1,685kg 정도

로 최대 토크가 약 1.6배 차이가 날 정도니 체감 가속이 더 빠른 것은 당연했다. 차급이 두 단계나 차이가 나는데도 출력이 동등하거나 더 앞선다니 놀라웠다.

내연기관 엔진은 액셀을 밟고 나서 엔진 회전수가 올라가 그 힘이 바퀴로 전달되기까지 약간의 시간차가 있다. 그러나 모터는 전기로 움직이기 때문에 그 반응 속도가 훨씬 빨라서 가속 페달을 밟으면 체감상 즉각적으로 가속되며 토크가 높아 더 강력한 가속으로 경쾌하고 탄력 있는 주행이 가능했다. 또한 액셀을 밟아도 내연기관처럼 기름이 폭발하고 있지 않기 때문에 모터 작동음이 약간 커지는 것을 제외하면 추가적인 진동이나 소음 없이 그저 순수한 속도만을 즐길 수 있었다. 얼음 위에 미끄러지듯 움직이는 신기한 느낌이었다.

전기차 주행의 그다음 재미라면 '회생제동'을 들겠다. 회생제동은 전기차에만 있는 시스템이다. '회생' 제동이라는 이름답게 속도를 줄이는데 바퀴의 회전력을 이용해서 전기차 안의 발전기를 돌림으로써 소모되는 힘으로 배터리를 자체 충전하는 시스템이다. 발전기를 돌리느라 줄어드는 속도로 감속 효과와 충전을 동시에 꾀한다. 그래서 '회생'이자 '제동'이라 할 수 있다. 이 회생제동은 핸들(스티어링 휠) 뒤의 패들로 강도를 조절할 수 있으며, 풋 브레이크와 동시에 사용할 수 있다.

회생제동은 내연기관으로 치자면 '엔진 브레이크'와 비슷한 양상을 보인다. 엔진 브레이크는 앞에서도 다루었듯 자동차가 주행 중일 때 기어 단수를 하나 내림으로써 속도를 줄이는 방법이다. 이때 연료 절감 효과가 나며 이 현상을 '퓨얼 컷'이라고 한다. '회생 제동'도 자동차의 속도를 줄이며 에너지를 충전한다는 점에서 둘은 닮은 듯하다. 단, 회생 제동은 엔진 브레이크와 마찬가지로 감속할 때만 쓰는 것이기 때문에 완전히 차를 정차하려면 풋 브레이크(발로 밟는 페달)을 사용하도록 하자. 회생제동을 잘 사용하여 운전하면 오르막길에서 가속하고 내리막길에서 충전하는, 전기를 먹었다 뱉었다 하는 느낌으로 재미있고 효율적으로 차량의 속도를 이용할 수 있다. 그래서 속도 자체가 에너지라는 점을 확실히 느낄 수 있었다.

약 일주일 동안 전기차로 400여 km를 주행했고, 전기 충전 비용으로는 만 얼마밖에 들지 않았다. 유지비용에 또 한번 놀랐다. 렌트한 전기차를 반납하고 오랜만에 내 차에 시동을 걸었다. '푸르릉' 하고 엔진이 '뛰는' 소리가 나고 차 전체에

⊙ 아이오닉5를 충전하는 장면이다.

훈기가 돌기 시작했을 때, 마치 차가 살아있는 듯한 느낌이 들었다. 엔진 속에서 불꽃이 일어나고 심장이 뛰듯 피스톤이 움직이고 있으며, 그 열로 차에 온기가 돌기 시작한다고 생각하자 차가 마치 생물처럼 느껴졌다. 소리나 진동을 통해 따스함을 느끼고 살아있음을 느끼며 정겨운 마음마저 든다니. 무생물에서도 자신과 비슷한 점을 찾아 친근함을 느낄 수 있는 것이 사람이구나 싶어 내 차에 다시금 정이 들었다.

내연기관은 엔진 속에서 연료가 불타고 있다. 따라서 엔진의 열기로 데워진 공기가 차내에 도는 것은 동력 발생의 부산물로 당연한 일이다. 그에 비하면 전기차는 조용하고 차갑다. 물론 그 덕에 깔끔하고 산뜻한, 매연도 기름 냄새도 없는 깨끗한 공간이 만들어지지만 실내 공기를 따뜻하게 하기 위해서는 주행에 사용되는 에너지를 빼서 써야 하니 히터를 틀면 주행가능거리가 훅 줄어들 수밖에 없다. 내연기관에서 히터를 틀었다고 딱히 주행거리가 크게 줄어들지 않는 것과 큰 차이가 있다. 앞서 말했던 연말 파티에서의 슬픈 사연은 전기차의 이러한 차이가 잘 알려져 있지 않았고, 처음 전기차를 접하는 사용자를 위한 안내도 부족했던 불상사였던 것 같다.

앞에서 이야기했던 소형 전기차뿐만 아니라 SUV 크기의 전기차도 별반 다르지 않다. 만충전 상태일 때 주행 가능 거리가 430여 km였다가 히터나 에어컨을 트는 순간 주행 가능 거리가 390km 정도로 훅 줄어든다. 에어컨을 더 오래 틀면 어떻게 될지 궁금하지만, 당시의 나는 전기를 아껴 써야 한다는 강박과 차가 멈출지 모른다는 불안에 차마 시도해보지 못했다. 주행 가능 거리가 390km라는 것은 서울에서 대구를 지날 정도의 긴 거리인데도 전기는 실체가 없게 느껴지다 보니 조금이라도 잘못되면 배터리가 확 소모돼버릴 것처럼 불안했다. 아직 전기차에 익숙해지지 않아서 그럴지 모르지만, 연료 탱크 안에 출렁일 기름의 실질적인 존재감에 비해 전기는 추상적인 존재라 스마트폰 배터리 잔량 표시만큼 변덕스럽게 느껴진 듯하다.

🔼 제주도에서 아이오닉5와 함께한 바닷가.

전기차의 장점을 주로 이야기했지만, 배터리를 충전하는 데 시간이 오래 걸리고 충전소를 찾기가 번거롭다는 단점도 있다. 충전 포트가 통일되어 있지 않아서 DC 콤보, AC 5핀 등 여러 종류의 포트에 익숙해지기까지 처음에는 낯설 수 있다. 내연기관은 주유하는 데 몇 분이면 연료를 가득 채울 수 있고, 주유구도 통일되어 있지만 전기차는 급속 충전을 하더라도 최소 10여 분 정도가 걸린다. 그러다 보니 처음 전기차를 탔을 때 남은 주행거리가 400여 km나 되는데도 왜인지 모르게 불안해서 자꾸 충전소를 찾았다.

전기차 충전소는 전기차 충전 앱을 통해서 따로 찾을 수 있다. 제주도에서는 이 앱이 잘 활성화되어 현재 충전소에 차량이 충전 중인지 아닌지, 몇 %나 충전되었는지도 볼 수 있었다. 육지에서도 전기차 충전소 앱

등을 통해 실시간으로 이용 중인 차량의 충전량을 알아볼 수 있다. 가시화된 데이터를 살펴볼 수 있다는 점은 충전하는 시간을 기다리는 마음을 달래주는 듯했다.

오랜만에 돌아와 내 차를 탔을 때 느낀 온기와 소리에서 살아있는 듯한 느낌을 느낀 것이 단지 기존의 차량에 익숙하기 때문이 아닌 실제로 애착 혹은 감성을 인간이 느꼈기 때문이라면, 어릴 때부터 전기차를 접할 미래의 어린이들은 전기차의 신비한 작동음에서 미래적인 느낌이 아니라 익숙한 안정감을 느끼게 될까? 문득 궁금해진다.

11

어려운 코스 운전하기

"130미터 앞에서 동부간선도로, 내부순환로 방면으로
우회전하십시오."
동부간선도로며 내부순환로가 어디에 있는지도 모르겠는데,
'내비'는 늘 이런 식으로 말합니다.
어디인 줄 알고 가라는 건지요!
하라는 대로 우회전했더니, 또 갈림길이 나옵니다.
잠깐, 이번에는 왼쪽 갈림길이네요.
급하게 차로를 바꾸기 위해 눈치를 봅니다.
식은땀이 절로 납니다.

갈림목·분기점 등 램프 구간 진입하기

저는 한동안 램프 구간을 주행하는 것이 너무 어려웠습니다. 이번 장에서는 초보 운전자의 정신을 혼미하게 하는 여러 형태의 길을 알아봅시다. 도로는 네모 반듯한 격자 모양만 있는 것이 아니니까요.

고속도로에서 다른 고속도로로 통하는 구부러진 분기점, 고가차도에서 오른쪽 지선으로 빠져 돌아나가는 램프 구간 등에서 어떻게 하면 좋은지 알

🔼 구리 나들목(인터체인지)

🔼 램프 구간

아봅시다. 램프 구간은 높이가 다른 도로 둘을 이은 구간(주로 곡선)을 말합니다.

내비게이션 화면을 봅시다. 한남대교가 어디인지는 몰라도, 강변북로 한남대교 방향으로 우회전하라고 합니다. 이때 보아야 할 것은 '73m' 가까이에 적힌 강변북로(한남대교)라는 부분과, 위 그림처럼 표지판이나 도로의 모양과 흡사한 이미지를 지원한 모습(내비게이션 업체마다 그림 모양은 다를 수 있음)에서 '도로표지판'과 '노면표시(도로 위 흰 글자)'입니다. 내비게이션 화면을 보면, 일단 표지판에서 우측 '강변북로(한남대교)' 방향으로 진입하라는 점과 도로 위 노면표시에 적힌 '마포대교 북단'을 보아야 한다는 점을 알 수 있습니다.

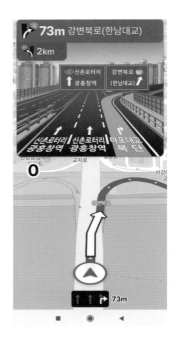

● 내비게이션에서 보아야 할 것은 먼저 할 일인 '73m 전방 강변북로(한남대교)' 방향 우측 도로 진입과, 노면표시인 마포대교 북단입니다.

실제 도로에서는 여러 방면이 표지판에 적혀 있습니다. 내비게이션과 딱 들어맞지 않는 부분도 있습니다. 한남대교로 가야 하는데 강변북로만 강조되어 크게 적혀 있을 수도 있고요. 이때 우리는 실제 표지판을 보며 가야 할 길을 직접 찾아야 합니다.

우선, 표지판의 경우 실제 표지판은 '강변북로(한남대교)' 방향이라고

🔼 실제 도로 표지판입니다. 강변북로(한남대교) 방향은 우측으로 화살표 표시되어 있습니다.

🔼 노면에 표시된 '마포대교 북단'을 눈여겨보고, 오른쪽으로 진입하는 입구를 잘 살펴봅니다.

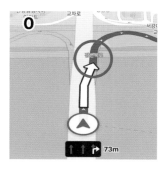

🔼 내비게이션 지도는 많이 구부러져 있지만 실제 도로 사진을 보면 심하게 구부러져 보이지 않는다는 점을 참고합시다.

되어 있습니다. 그러면 우선 이 방향으로 간 다음 길을 찾아야 합니다. 우측 차로로 변경하며 도로의 오른쪽 가장자리로 붙습니다. 내비게이션 지도에는 빠져나가는 길이 구부러져 있지만, 실제 길은 그렇게까지 구부러

져 보이지 않습니다. 길의 구조가 오른쪽 끝에서 가지를 쳐서 나가는 구조이므로, 차로를 변경하여 차량을 길 오른쪽 가장자리로 붙이면, 위에서 언급한 '강변북로(한남대교)' 방향이 적힌 표지판이 보일 것입니다.

즉, 그림 속 분기점이 우리가 가야 할 방향임을 세 가지 단서로 알 수 있습니다. 하나는 '한남대교' 방향이 표시된 표지판. 둘째는 지도의 길 모양으로 볼 때 우측으로 빠져나가는 방향. 셋째로는 도로 위에 적힌 '마포대교 북단'이라는 글자입니다. 이때 내비게이션에서 말하는 '○○ 방향'이 표지판과 순서가 다르거나 다른 방향이 함께 있기도 하므로 눈을 부릅뜨고 지도에서 말하는 길 방향과 일치하는 곳을 찾습니다. 한 가지 팁이 있다면 좌회전 혹은 우회전해야 할 경우 '다음 할 일'을 보고 거리에 따라 미리 차로를 바꿔두면 좋습니다. 다만 빠져나가는 곳은 여러 방향으로 향하는 길이 모여 있기도 하니, 너무 빨리 오른쪽으로 붙어서 나가야 할 곳에서 나가지 못하는 불상사가 없도록 지도를 살피며 주의합시다.

내비게이션이 안내하는 전국의 모든 'OO 방향'을 다 외우기란 불가능에 가까운 일이겠지요. 그러므로 내비게이션이 길을 안내할 때 보여주는 'OO 방향' 및 도로 위 표지가 실제 도로표지판과 맞는지 살피는 연습만 잘 한다면, 금방 어렵지 않게 진출로를 찾을 수 있을 것입니다.

분기점을 지난 후에 다시 분기점이 있는 상황에서, 내비게이션 화면에는 위와 같은 이미지가 뜹니다. 이처럼 헷갈릴 수 있는 상황에 대비하려면, 내비게이션의 '102 미터 우측 화살표' 부분과 그 아래 '168m 우측 화살표' 부분을 주목합니다.

내비게이션마다 형태는 다르지만 보통 시간 순서대로 '바로 지금 할 일'과 '그다음 할 일' 두세 개 정도를 동시에 보여줍니다. 지금 가야 할 길과 그다음 가야 할 길을 미리 보고 해야 할 일을 준비할 수 있습니다. 마치 테트리스를 할 때 다음에 나올 블록이 무엇인지 보고 준비하는 것과 비슷합니다.

내비게이션 화면에 있는 '102m 우측 화살표'와 그 아래 '168m 우측 화살표' 부분을 봅시다. 지금 위치에서 102m를 지난 후에 판교 방면(오른쪽)으로 한번 빠진 다

🔵 내비 상단의 첫번째 할 일, 다음 할 일 목록을 살핀다.

음, 168m를 주행해서 다시 오른쪽으로 빠진다는 것을 의미합니다. 오른쪽 길로 빠졌다가 또 오른쪽으로 나갈 것이니 오른쪽 차로에 붙어서 가는 것이 편하겠지요? 만일 내비게이션에서 오른쪽 길로 진출한 다음 왼쪽 길로 빠지라고 안내한다면, 첫 번째 분기점에서 오른쪽으로 진입한 후에 왼쪽 차로로 미리 변경해두면 주행하기가 수월할 것입니다. 어느 방향으로 가야 할지 헷갈릴 때에는 내비게이션에 '일산, 판교'와 같이 행선지가 적힌 도로표지판 방향의 길로 가면 됩니다.

　정리하자면, 길을 찾을 때는 내비게이션의 방면 표시와 표지판, 도로 표면 글자를 보고 실제 도로의 표지판과 연결해보며 목적지와 가장 근접한 길로 가면 됩니다. 만일 2단 분기점이 있다면, 내비게이션 화면에서 다음 할 일 창을 보고 좌, 우 어느 차로로 갈지 대비할 수 있으니 차근차근 살펴봅시다. 자주 가는 길은 차차 익숙해질 테니 억지로 외우지 않아도 괜찮습니다.

고속도로 톨게이트 진입하기

먼저, 하이패스는 전국의 모든 고속도로와 대부분의 유료도로 통행료 결제에 두루 쓰이는 전자 자동 결제 시스템입니다. 하이패스를 이용하려면 단말기와 카드를 별도로 구매하거나 발급해서 차량에 설치해야 이용할 수 있으며, 최근에는 기본 옵션으로 룸 미러에 하이패스 기능이 탑재되어 있는 경우가 많습니다. 만일 하이패스를 장착하지 않았는데 고속도로 톨게이트의 하이패스 구간으로 진입했다면 어떻게 해야 할까요? 반대로 하이패스를 장착했는데 유인 게이트로 들어섰다면 어떨까요? 혹은 고속도로에 진입하고 싶지 않았는데 길을 잘못 들어 고속도로에 진입한 경우에는 어떻게 다시 나올 수 있을까요? 운전하다 보면 원하지 않는 길로 들어설 때가 있습니다. 대처방법을 살펴봅시다.

하이패스가 없는데 하이패스 통로로 진입한 경우

일단 그대로 통과합니다. 우선 통과한 다음, 나올 때 유인 톨게이트로 가면 되니, 당황해서 후진하거나 급 브레이크를 밟아서는 절대 안 됩니다. 매표원에게 출발지(어디로 진입했는지)를 말하면 그에 해당하는 도로 이용료를 계산할 수 있습니다. 또 다른 방법은 나올 때도 하이패스 통로를 이용하는 것입니다. 그러면 집으로 영수증이 청구되는데요, 이때는 '최장 루트 최고액'으로 계산하여 청구됩니다. 내가 간 거리에 해당하는 금액으로 정정하려면 해당 날짜의 블랙박스 파일을 수집해두거나 그 지역에서 카드 결제한 내역 등 증빙자료가 있어야 합니다. 만일 이런 식으로 톨게이트를 통과했다면 해당 지역 영수증을 보관해둡시다.

단, 연 2회에 한해서 조건 없이 실제 운행한 경로 그대로 요금을 수정하여 지불할 수 있습니다. 하이패스 영업점에 방문하거나 고속도로 통행료 앱을 이용하면 됩니다. 또, 고속도로 통행료 홈페이지(www.hipass.co.kr)

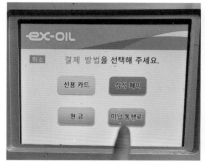

🔼 알뜰 주유소 주유기에서 미납 통행료를 조회하고 납부하는 모습

에서도 요금 조회 및 납부가 가능합니다. 증거 자료 없이 톨게이트에서 두 번 초과하여 실수한다면 최장 거리에 해당하는 요금을 납부해야 합니다. 고속도로 휴게소 알뜰 주유소의 주유기에서도 미납 고속도로 통행요금을 직접 지불할 수 있습니다. 이처럼 해결 방법이 있으니 잘못 진입했다 해도 너무 걱정하지 말고 그대로 통과하도록 합시다.

하이패스가 있는데 유인 톨게이트로 진입한 경우

교통카드 기능이 있는 카드 또는 현금을 건네 결제합니다. 이때 깜짝 놀라 그냥 지나가버린다면 앞에서 언급한 것과 마찬가지로 집에 고지서가 날아옵니다. 이때도 하이패스 앱으로 요금 수정이 가능하고, 하이패스 영업점에 방문하거나 고속도로 알뜰 주유소에 들러 요금을 조회한 후 납부할 수 있습니다.

고속도로에 오진입한 경우

톨게이트에 진입하여 맨 우측 차로를 잘 보면 '돌아가는길' 또는 '회차로' 라는 팻말이 적혀 있습니다. 이 길은 보통 차단기로 막혀 있는데요, 고속도로 통행소에 전화하여 어느 톨게이트에서 잘못 진입했는지 이야기하면 차단기를 열어줍니다. 당황하지 말고 고속도로 통행소 직원의 안내에 따라 돌아가는 길로 나가면 됩니다.

◑ 회차로(돌아가는 길)는 차단기로 막혀 있을 때가 있다. 사진은 열려 있는 장면.

복잡한 형태의 도로들

오거리

十자형 교차로나 T자형 교차로에서는 직진 혹은 좌회전, 우회전하기가 비교적 쉽습니다. 그러나 운전을 하다 보면 오거리나 육거리 등 정형화되지 않은 교차로를 만날 때가 있습니다. 어느 방향으로 가야 할지 혼란스러울 때 어떻게 대처할까요?

오거리는 대체로 좌회전 차로 1개와 직진 차로 2개, 우회전 차로 1개로 이루어져 있습니다. 도로에 따라서 좌회전이 금지된 경우가 있지만 대체로 직진 차로가 2개입니다. 맨 왼쪽 도로부터 좌회전, 직진, 직진, 우회전이라고 생각하면 거의 맞습니다. 내가 가야 하는 방향이 왼쪽이라면 1차로로 붙고, 오른쪽이라면 맨 우측 차로에 붙으면 됩니다. 만일 직진 차로 중 하나라면 어떻게 해야 할까요? 지도를 직접 보겠습니다.

오거리에서 화살표 방향으로 주행 중일 때, ①, ②, ③, ④번 진행 방향으로 가려면 실제 사진에서 어느 차로에 진입해야 하는지 살펴봅시다.

위 오거리의 실제 모습. 지도와 비교하여 어느 길이 몇 번으로 표시되는지 보자. 1차로부터 좌회전, 2차로 직진, 3, 4차로 두번째 직진, 맨 우측 차로가 우회전입니다.

위 이미지는 한 오거리의 모습입니다. 바닥을 보면 길이 크게 두 갈래로 나뉘어 있는 것을 볼 수 있습니다. ①, ②번 길로 가려면 왼쪽으로 진입하고, ③, ④번 길로 가려면 오른쪽으로 진입하면 됩니다. 더 자세히 봅시다. 지도에 표시된 ①번 길로 가려면 1차로의 좌회전 차로에 들어가면 되고, ②번의 직진하는 길로 가려면 2차로의 직진 차로로 들어가면 됩니다. ③번 직진(우회전 아님) 차로로 가려면 3차로와 4차로에 들어가야 하며, ④번 우회전 길로 가려면 5번째 차로에 들어가면 됩니다. 간단히 생각하면,

내가 가야 할 방향이 왼쪽 두 갈래 길에 해당한다면 왼쪽 차로로 들어가고 오른쪽의 두 갈래 길 중 하나에 해당한다면 오른쪽 차로로 들어가면 되는 것입니다.

기타 복잡한 도로

길이 복잡한 경우에는 직진 신호가 녹색 원형등이 아닌 화살표로 표시된 경우가 있습니다. 좌회전과 착각할 수 있지만, 직진 신호입니다. 혹여나 좌회전으로 착각해서 멈추려 하면 뒤차가 경적을 울리거나, 추돌할 수 있으니 잘 구별해야 합니다.

'좌회전 신호는 적색 원형등과 함께 들어와 있을 때 좌회전이다.'라는 점을 기억하면 좌회전 신호와 직진 화살표 신호를 구별하기에 용이합니다. 녹색 화살표만 들어와 있다면 '해당 방향으로의 직진 신호'임을 기억합시다. 길모퉁이에 세워진 두 칸짜리 세로로 된 우측 화살표 신호등은 우회전 전용 신호등입니다.

❶ 좌회전 신호

❶ 직진 신호

다이아몬드형 입체교차로

입체교차로는 두 길이 높이가 다르게 입체적으로 만나는 교차로입니다. 나들목이나 자동차전용도로 등에 많습니다. 그 중 다이아몬드형 입체교차로는 자칫 잘못 진입하면 역주행의 위험이 있기 때문에 살펴보겠습니다. 아래 지도를 봅니다. 큰길과 작은길이 십자로 만나는 길인데, 큰길이 작은길의 위로 지나가는 형태의 교차로여서 일반적인 +자 교차로와는 좌회전이나 우회전하는 방법이 다릅니다.

　　큰길에서 작은길 쪽으로 좌회전 혹은 우회전할 때에는 큰길에서 갈라져 나오는 오른쪽의 내리막길을 따라 이동하여 좌회전 또는 우회전을 하면 됩니다. 이때 좌회전, 우회전 대기 부분에 신호가 있는 경우도 있습니다. 우측 지도에서 진행 방향(빨간색, 파란색 화살표)과 실제 사진을 봅니다.

🔁 좌회전, 우회전할 때의 경로이며 직진해서는 안 됩니다.

빨간색, 파란색 화살표는 큰길에서 작은길 쪽으로 좌회전 혹은 우회전할 때의 경로입니다. 위 실제 도로 사진과 비교해봅니다. 이때, 아래쪽 도로에서 직진해서는 안 됩니다.

🔁 직진 금지: 2차선에서 직진하면 위험하므로 우회전 혹은 좌회전한 후 유턴하여 원래 가려던 방향으로 직진한다.

이제 어려운 부분은, 작은 길에서 큰길로 좌회전 혹은 우회전해야 할 때입니다. 내비게이션이 좌회전하라고 안내했을 때, 여러분이 가야 할 경로는 뒤 지도상에서 파란색 화살표입니다. 빨간 화살표대로 좌회전하면 역주행하게 되니 주의합니다. 이때 여러분의 눈에 처음 보이는 길은 다음 사진과 같을 것입니다.

🔵 왼쪽에 보이는 길로 좌회전하면 역주행하게 된다. 굴다리를 지나쳐서 좌회전한다.

이때 사진에 보이는 왼쪽 길로 좌회전하면 역주행하는 것입니다. 낮에는 사진처럼 신호 대기하는 차량이 잘 보여서 좌회전하려고 들어가지 않겠지만, 밤이나 차량이 없을 때 잘못 진입한다면 역주행 상황에서 정면 충돌을 일으킬 수 있으므로 반드시 주의해야 합니다. 노면표시를 보면 좌회전이 불가능함을 알 수 있습니다.

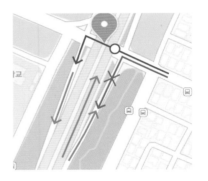

🔵 도로는 우측통행이기 때문에 빨간색 경로로 좌회전하면 역주행이 되어 정면충돌을 일으킨다. 파란색 경로로 가면 큰길 기준 우측통행이 되어 안전하다.

마치 굴다리처럼 보이는 입체교차로 아래에서 좌회전할 때는, 지도의 첫 번째 진입로에서 좌회전하는 것이 아니라 다리를 지나쳐서 나오는 왼쪽 진입로로 가야 합니다.

🔵 굴다리를 지나쳐 좌회전해야 큰길의 교통흐름과 같아 안전하다.

고가도로를 지나친 다음 나오는 왼쪽 진입로로 들어가야 역주행이 되지 않습니다. 도로의 진행 방향이 우측통행이기 때문입니다. 노면표시를 보면 좌회전이 가능함을 알 수 있습니다.

그렇다면 우회전은 어떨까요? 우회전할 때는 도로의 오른쪽 가장자리를 따라 처음 마주치는 진입로로 들어가면 자연스럽게 큰길의 오른쪽으로 정상 진입하게 됩니다.

조금 어렵지만, 도로가 우측통행이라는 것을 기억하면 내가 어느 방향으로 합류해야 하는지 알 수 있습니다. 또한 교차로에는 오진입을 막기 위해 '좌회전 금지'

🔵 큰길의 우측통행 방향에 맞게 진입한다. 파란색 경로로 진입해야 한다. 작은 길 (아랫길)에서 우회전할 때에는 첫 번째 마주치는 길에서 우회전하면 진입하려는 도로의 진행방향과 맞아 안전하다.

🔵 부평IC로, 다이아몬드형 입체교차로의 상부 도로와 하부 도로의 진행 방향에 유의한다.

나 '우회전 금지' 등이 표시되어 있는 경우가 많으므로, 절대 금지된 방향으로 진입하지 않도록 표시를 잘 따르면 됩니다. 작은 굴다리 등에는 방향이 표시되어 있지 않은 경우가 많으니, 특히 주의하도록 합니다.

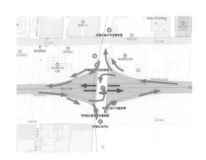

위 지도를 보고 올바른 통행 방향을 가늠해보세요. 비슷한 유형의 도로로, 역주행 사고가 일어났던 곳입니다. 답은 오른쪽에서 확인합니다.

감응신호

감응(感應)신호는 다음과 같은 표지판이나 노면표시로 알 수 있습니다. 통행이 적은 지역의 교차로에서 차량이 있을 때만 감응하여 좌회전 신호가 들어오도록 반응하는 신호 체계입니다. 감응신호라는 표지판이 있는 곳에서 도로 위 네모난 표시에 차량을 위치하면 곧 좌회전 신호가 들어온다는 점을 기억하세요. 이 신호는 횡단보도에서 보행자가 버튼을 누르면 곧 녹색불이 켜지도록 하는 '보행자 작동 신호'와 비슷합니다.

길에서 처음 보는 도로 요소가 있더라도 당황하지 마세요. 비상등을 켜거나 서행하며 침착하게 대처해봅시다. '가본 만큼 내 세상'이라는 말처럼, 또 새로운 경험을 쌓을 것입니다.

❶ 감응신호 표지판. 아래의 보조 표지 문구를 살펴보자.

❶ 감응신호 노면표시. 박스 표시에 정차하자.

어려운 코스 운전하기

초보운전과 돌아가는 길

최근에 운전하다 마주친 당혹스러운 표지판을 소개한다.[39] 초보 운전자이거나 초행길인 운전자는 이렇게 짧은 간격으로 분기점이 연속으로 나타나면 당황스러울 수 있다. 길의 모양이 직각이 아니어도 마찬가지다.

　내가 가야 하는 곳은 신도림역 방향이었는데, 지도를 봐도 길이 너무 다닥다닥 붙어 있어서 진입로가 어디인지 알기가 어려웠다. 내비게이션에서는 "신도림역 방향으로 우회전하세요."라고 안내 음성이 나왔지만 길이 비스듬한데다가 약간의 경사가 겹쳐 길이 잘 보이지도 않았다. 갈림길들이 코앞에 다가오자 더욱 당황스러웠다.

운전하다 위와 같은 곤란을 겪었을지 모를 초보 여러분. 이렇게 길을 찾기 어려운 순간은 언제 찾아올지 모른다. 그때 내비게이션이 안내하는 대로 완벽하게 가기 위해 급브레이크를 밟거나, 후진하려 하거나, 놀라서 무리하게 핸들을 돌리면 오히려 더 위험해진다. 당황하지 말고 아까의 경로 안내를 기억한다면, '우선 지금 있는 위치에서 우측으로 빠지는구나.' 하고 일단 진입하자. 많은 길은 되돌아갈 수 있다. 물론 강변북로와

같은 고속화도로에서라면 되돌아가기까지 '직진 9km'를 겪을 수도 있지만 말이다. 이왕이면 돌아가기보다 길을 잘 찾고 싶을 때, 우선 속도를 살짝 줄이고 침착하게 표지판을 보자. 이런 복잡한 갈림길에는 대개 방향 표지판이 별도로 있다. 이렇게!

길 어귀에 이쪽으로 가면 신도림역 방향이라는 표지판이 있다. 가야 할 방향인 '신도림역'을 기억하고 있다면 저 표지판을 보고 진입하면 된다. 사실 이 길은, 운전자 입장에서는 조금 이상해 보인다. 우선 메인 표지판이 너무 멀리 있다 보니, 표지판의 글자가 보일 즈음에는 이미 신도림역으로 들어가는 분기점을 지나치게 된다. 초보 운전자에게는 당황스러운 경험이 될 수 있다. 마치 피할 수 없는 함정 같다. 하지만 놀랍게도 이 길은 원래 가려던 첫 번째 분기점으로 들어가지 못하고 두 번째 분기점으로 들어가더라도 다시 첫 번째 길로 합류할 수 있게 된 '요상한' 구조의

길이었다.

첫 번째 갈림길인 신도림역 방향을 지나쳐 뻔뻔하게 들어간 두 번째 길에서 다시 이런 분기점을 보게 되었다. 내비게이션이 아직 새 경로를 찾지 못해 우왕좌왕하더라도 내가 가야 할 방향을 기억하고 있다면 표지판을 보고 순

발력 있게 대응할 수 있다. 가려던 길이 신도림역 방향이라 했으니, 재빨리 우측의 '신도림역' 방향으로 가는 길로 진입하면 된다. 복잡한 갈림길에서 내비게이션이 안내하는 방향을 찾으려면 목적지 방향을 기억해서 주변의 보조 표지판이나 다른 표지판 등을 참고하여 진입할 수 있다.

모든 길이 위에서 이야기한 길처럼 분기점에서 다시 합류하지 않는다. 하지만 나는 놀라움을 느꼈다. 운전은 물론 어떤 일에 도전하는 자세에 대해서였다. 여성의 실수는 종종 여성 자체의 문제를 나타내는 것인양 비난의 구실이 되기도 했다. 어쩌면 여성들에게 암묵적으로 '한 번의 실수도 용납되지 않는' 강박이 요구되었는지 모른다. "남자는 자신감"이라며 지금 당장 잘하지 못하더라도 몇 번이고 기회가 주어지는 남자아이들에 비해 여자아이들에게는 조금의 자연스러운 시행착오조차도 "역시 여자애들은 안 돼."라며 '더 계속할 자격이 없는' 증거로 못 박고 만다. 그러다 보니 '아주 탁월하게' 잘하지 않으면 시도할 엄두도 못 내게 되고, 그것이 다시 여성들에게 문턱으로 작용하지 않았나 싶다. 실수 하나에도, 시행착오조차도 두려워지도록 말이다. 그래서 '차라리 안전하게' '쉬운' 길로 가도록, 도전이나 시행착오를 포기하고 의지하도록 키워진 것은 아닐까?

그러나 인생도 길도 가보지 않으면 알 수가 없다. 잘못 들어간 길이라 생각했더라도 그 안에서 방향을 잃지 않았다면 다시 길을 찾을 수 있다는, 일종의 작은 재미 혹은 깨달음이 생겼다. 한번 길을 잘못 들었더라도 큰일이 생기지 않았고, 실제로 가보고 나니 정말로 별것 아니었음을 느꼈다. 운전할 때나 삶에서나, 실수를 두려워하지 말자. 경험으로 배우면 된다. 다만 언제나 시간을 넉넉하게 두고, 안전띠를 꼭 매도록 하자.

운전할 때 순간순간 갈등되지만 아무도 알려주지 않는 도로 위의 암묵적인 규칙은 물론 도로교통법까지! 사례별로 알아봅시다.

1. 도로 주행 중 차로 변경하기

위와 같은 차로 변경 상황에서 양쪽의 파란색 차와 녹색 차 둘 다 깜빡이를 켰을 때, 차로 변경의 우선권이 어느 차량에 있을까요?

① 파란색 차
② 녹색 차
③ 더 재빠른 차

정답은 ②번, 녹색 차입니다. '언니 차' SNS 계정에서 실시한 온라인 투표에서도 정답 비율이 가장 높았습니다. 해당 상황에서 관련되는 법은 앞지르기 방법 등 21조와 관련이 있습니다. 후행 차량은 앞지르려는(선행) 차량을 방해하여서는

안 됩니다. 이때는 선행인 녹색 차에 진행의 우선권이 있기 때문에 녹색 차를 먼저 보내주어야 합니다. 여기서 '우선권이 있다, 할 수 있다.'라는 개념은, 해당 행동을 하다가 사고가 났을 때 책임(과실)이 적은 쪽을 말합니다.

도로교통법 제21조 (전략)

④ 모든 차의 운전자는 제1항부터 제3항까지 또는 제60조 제2항에 따른 방법으로 앞지르기를 하는 차가 있을 때에는 속도를 높여 경쟁하거나 그 차의 앞을 가로막는 등의 방법으로 앞지르기를 방해하여서는 아니 된다.

제22조 (앞지르기 금지의 시기 및 장소)

① 모든 차의 운전자는 다음 각 호의 어느 하나에 해당하는 경우에는 앞차를 앞지르지 못한다.

앞차의 좌측에 다른 차가 앞차와 나란히 가고 있는 경우

앞차가 다른 차를 앞지르고 있거나 앞지르려고 하는 경우

관련 법규를 잠시 살펴봅시다. 녹색 차가 진로 변경 중일 때 파란색 차가 진로 변경을 시도하다가 녹색 차의 운전석 도어 등과 충돌한다면, '앞지르기 금지의 시기 위반'으로 12대 중과실이 될 수 있습니다. 위의 법 제22조 1항 2번에서 '앞차가 다른 차를 앞지르고 있는 경우'에 해당합니다. 앞에 가던 녹색 차는 파란색 차를 보기 어려운 상황이지만, 파란색 차는 녹색 차를 볼 수 있었는데도 진행하여 사고가 났기 때문에 과실이 커질 수 있습니다. 물론, 둘 중 속도가 빠른 차가

차로를 완전히 바꾸어 진행한 이후에 다른 차가 차로 변경을 시도하여 사고가 났을 경우에는 그림의 상황보다 더 일방적인 끼어들기 상황으로 간주되어 책임 소재가 달라질 수 있습니다.

주의해야 할 것은 40:60 사고에서 과실이 40이라고 해서 '이긴' 것이 아니라는 점입니다. 사고는 나지 않는 것이 이기는 것입니다. 언제나 무사고와 안전 운전을 위해 노력합시다.

2. 골목에서 다른 차를 마주쳤을 때

좁은 골목길, 두 차가 나란히 갈 수 없는 상황에서 상대 차와 마주쳤다면. 누가 길을 비켜줘야 할까요?

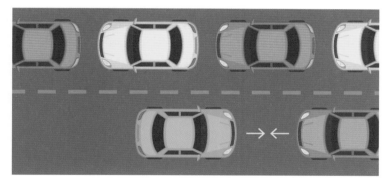

① 파란색 차
② 초록색 차

정답은 ①번, 파란색 차입니다. 도로교통법을 보면 구급차, 소방차, 경찰차 같은 긴급자동차를 제외하고 차의 양보에 대해 아래와 같이 정하였습니다.

도로교통법 제20조(진로 양보의 의무)

① 모든 차(긴급자동차는 제외한다)의 운전자는 뒤에서 따라오는 차보다 느린 속도로 가려는 경우에는 도로의 우측 가장자리로 피하여 진로를 양보하여야 한다. 다만, 통행 구분이 설치된 도로의 경우에는 그러하지 아니하다.

② 좁은 도로에서 긴급자동차 외의 자동차가 서로 마주보고 진행할 때에는 다음 각 호의 구분에 따른 자동차가 도로의 우측 가장자리로 피하여 진로를 양보하여야 한다.

1. 비탈진 좁은 도로에서 자동차가 서로 마주보고 진행하는 경우에는 올라가는 자동차

2. 비탈진 좁은 도로 외의 좁은 도로에서 사람을 태웠거나 물건을 실은 자동차와 동승자(同乘者)가 없고 물건을 싣지 아니한 자동차가 서로 마주보고 진행하는 경우에는 동승자가 없고 물건을 싣지 아니한 자동차

비탈길인 경우 올라가는 차가 비켜주며, 동승자가 없고 짐이 없는 차가 비켜주어야 합니다. 법으로 정해진 것은 아니지만 골목에서는 통상 다음과 같이 대처합니다.

1) 뒤에 차가 더 많은 쪽이 직진한다.
2) 원래 차로에 있으면 직진한다.
3) 골목에 먼저 들어간 쪽이 직진한다.

위 상황에서 짐과 동승자에 대한 언급은 없으므로, 골목 끝에 더 가까운(늦게 진입하여 후진 경로가 짧은) 파란색 차가 후진으로 비켜줍니다. 그리고 초록색 차가 자신의 원래 차로에 있어서 우선권이 있기도 합니다. 만일 파란색 차가 일반 승용차가 아니라 출동 중인 소방차라면 불법주정차 차량을 밀고(부수면서) 갈 수 있도록 법이 바뀌었으니 반드시 기억해두세요.

3. 비보호 좌회전

1) 다음과 같은 신호등과 표지판이 있을 때 틀린
   것은 무엇일까요?(정답 1개)

① 좌회전 화살표 신호에서 좌회전할 수 있다.
② 빨간불일 때는 차가 없어도 좌회전하면 안
   된다.
③ 직진 신호에 차가 오지 않으면 좌회전할 수
   있다.
④ 신호등에 화살표가 있을 때는 그때만 좌회
   전해야 한다.

2) 아래와 같은 신호등과 표지판일 때 옳은 설명은 무엇일까요?

① 초록불에서 차가 없을 때 좌회전할 수 있다.
② 좌회전 화살표가 없으므로 좌회전할 수 없다.
③ 빨간불에서 차가 안 올 때 좌회전할 수 있다.

이번 퀴즈는 비교적 쉬웠지요? 1)의 정답은 ④, 2)의 정답은 ①입니다.
'언니차' SNS에 이 문제를 냈을 때 1,600여 분이 답을 남겨주셨고, 정답률이 각
각 61%, 66% 정도 되었습니다. 모르는 분도 39% 있다는 뜻이겠지요? 비보호 좌
회전 개념을 꼭 알아둡시다. 비보호 좌회전이란, 신호에 의해 보호받지 않아 내
가 좌회전하는 동안에도 내 경로로 차가 오는 좌회전입니다. 이와는 달리 '←' 표
시 좌회전 신호 화살표가 들어와 있을 때는 다른 차로에 빨간불 신호가 켜져서

좌회전하는 내 경로로 차가 오지 않게 신호로 보호받습니다. 쉽게 말해, 비보호 좌회전은 '보호받지 않는 좌회전'입니다. 그러나 좌회전 화살표 신호에 의한 것이든 비보호 좌회전이든, 두 가지 모두 좌회전을 할 수 있는 상황임은 마찬가지이니 아래 정리를 참고합시다.

좌회전 가능한 상황이 두 가지인 신호등	좌회전 가능한 상황이 한 가지인 신호등
① 좌회전 신호가 들어왔을 때 ② 직진 신호(청색 원형 등)가 들어오고 진행 경로에 차가 없을 때	① 직진 신호(청색 원형 등)가 들어오고 진행 경로에 차가 오지 않을 때

3) 응용문제입니다. 아래와 같은 상황에서 좌회전하려면 어떻게 해야 할까요?
나는 파란색 차량의 운전자이며 비보호 좌회전을 해야 하는 상황입니다. 보행자 신호는 녹색입니다. 비보호 좌회전해도 될까요? 할 수 있다면 어떻게 해야 할까요?

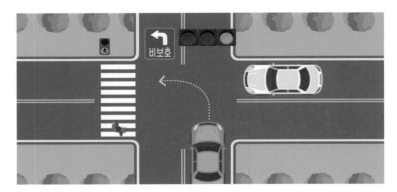

정답은, '보행자 신호가 적색이 될 때까지 대기했다가 좌회전하거나, 사거리에서 직진 차량에 방해가 되지 않는다면 횡단보도를 침범하지 않고 좌회전하여

대기한 후 보행자 신호가 적색이 되면 직진한다.' 입니다. 횡단보도 신호를 기다리거나, 횡단보도를 침범하지 않고 대기하면 됩니다.

4. 유턴과 우회전

아래와 같은 사거리에서 유턴과 우회전 차량이 마주쳤을 때, 통행의 우선권은 어느 차량에 있을까요? 물론 더 재빠른 쪽이 먼저 지나가버릴 수도 있지만, 사고가 났을 때 누구에게 더 잘못이 있을지에 대한 이야기입니다.

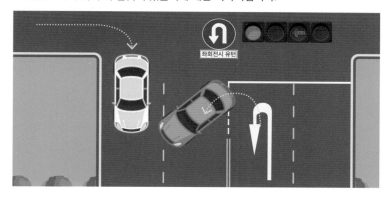

① 유턴 차량이 우선이다.
② 우회전 차량이 우선이다.

정답은, ① 유턴 차량 우선입니다. '언니차' SNS에서 진행한 온라인 투표 정답률은 75%였어요. 단, 두 가지 경우가 존재할 수 있습니다.

아래 첫 번째 그림의 상황에서 유턴은 신호에 의해 보호되지만 우회전은 (비보호) 우회전으로 해석됩니다. 그렇기 때문에 유턴 차량에 통행의 우선권이 있습니다. 만일 사고가 나더라도 유턴 차량 과실은 20% 정도가 됩니다. 그러나 두 번째 그림과 같이 유턴이 신호에 의한 유턴이 아니라 늘 유턴이 가능한 상시 유턴일 경우. 유턴 차량 과실이 70%가 되어 가해 차량이 되므로, 이때는 우회전 차량에 통행의 우선권이 있으므로 유의해야 합니다.

신호로 보호받는 유턴 차량에 통행의 우선권이 있다. 사고 시 유턴 차량 과실 20%.

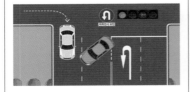

신호가 없는 유턴인 상시 유턴 차로에서의 유턴은 우회전 차량에 통행의 우선권이 있다. 사고시 유턴 차량 과실이 70%.

* 여기서 '신호로 보호받는다.'라는 뜻은 문제 2번에서와 같이 '화살표 신호를 받은 좌회전'처럼 신호에 의해서 내 경로가 보호받으며 이때 내가 통행의 우선권을 가지는 상태를 말합니다. 반대말은 '비보호 좌회전'처럼 신호에 의해 내 경로가 보호되지 않는 상태로 우회전 전용 신호등이 없는 대부분의 우회전이 비보호 우회전 상태라고 보면 됩니다. 우회전이 비보호 상태인데도 오른쪽 경우에 유턴 차량의 과실이 큰 이유는, 통행의 우선권이 우회전이 유턴보다 높기 때문입니다.

5. 좌회전 차량과 우회전 차량이 마주칠 때

다음 그림처럼 신호가 없는 사거리에서 좌회전 차량과 우회전 차량이 동시에 마주친다면 통행의 우선권은 어떤 차에 있을까요?

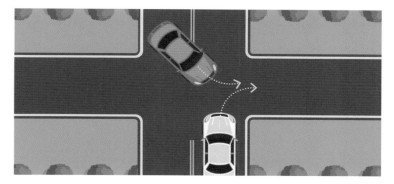

① 좌회전 차량
② 우회전 차량

정답은 ② 우회전입니다. '언니차' SNS 온라인 투표에서 최초로 오답이 더 많았던 퀴즈였습니다. 여러분도 이번 기회에 제대로 알아가면 되겠지요? 우회전 차량에 우선권이 있는 이유는, 도로교통법 제26조 4항에

여성운전 프로젝트 '언니차' ✔
@unniecar

통행의 우선권은 누구에게 있을까요? 정답은 내일 발표됩니다. 언니차 책에도 나옵니다!
Translate post

좌회전차량   64.3%
우회전차량   35.7%

1,234 votes · Final results
9:53 PM · Jul 23, 2023 · **12.6K** Views

따른 양보 순서에 의한 것으로 좌회전 차량이 양보하여야 합니다. 다만 도로 상황에 따라 다르므로 상황에 맞도록 안전하게 운행합니다.

> 도로교통법 제 26조(교통정리가 없는 교차로에서의 양보운전)
> ④ 교통정리를 하고 있지 아니하는 교차로에서 좌회전하려고 하는 차의 운전자는 그 교차로에서 직진하거나 우회전하려는 다른 차가 있을 때에는 그 차에 진로를 양보하여야 한다.

* 여기서 '통행의 우선권' 개념은 '내가 먼저이니 마구 빵빵대도 됨'을 뜻한다기 보다 신호기가 없어 통행 순서를 알기 어려운 도로 등에서의 통행의 우선 순위 를 정해 둔 것이므로 지키지 않았을 경우 누구에게 더 큰 책임이 있는지 영향 을 미칩니다. 가장 중요한 것은 사고가 나지 않는 것을 최우선으로 합니다.

6. 좌회전 차량과 좌회전 차량이 마주칠 때
신호가 없는 사거리에서 좌회전 대 좌회전, 아래 그림과 같은 상황에서 누가 양보 해야 할까요?

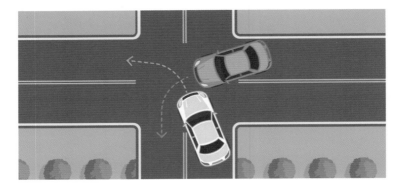

   ① 파란색 차
   ② 흰색 차

정답은 바로 ② 흰색 차입니다. 온라인 투표에서 정답률이 33.6%밖에 되지 않았던 문제인데요. 그 만큼 까다로운 상황일 수 있으니 알아둡시다. 이 상황에서 흰색 차가 양보해야 하는 이유는 아래 의 상황에서 흰색 차가 양보해야 하는 이유와 같 습니다.
신호등이 없는 사거리에서 위와 같이 양쪽 차가

동시에 부딪쳤다면, 과실이 50:50일까요? 놀랍게도 아닙니다. 진행 방향상 우측에 있는 파란 차는 운전석을 들이받힐 수 있는 위치이기 때문에 왼쪽에 있는 흰색 차가 우측 진행 차량에 양보해야 합니다. 그런데도 사고가 났다면 과실은 양보해야 했던 흰색 차량의 과실이 더 커져서 흰색 차:파란색 차=60:40이 됩니다. 그러면 문제의 좌회전 대 좌회전 사고를 볼까요? 이 사고도 위의 직진 대 직진 사고와 같은 원리로 흰색 차가 우측의 파란색 차에 양보해야 합니다. 운전석이 위험한 우측 차량에 양보하기, 기억해주세요!

다양한 상황에서 통행하는 요령을 알아보며 문제도 함께 살펴보았습니다. 원칙은 원칙대로 알고 있되, 상황에 맞게 대처하여 사고가 나지 않는 것이 가장 중요합니다. 여러분의 안전 운전을 기원하겠습니다.

2022년 가을, 비즈니스고등학교와 경기도의 여러 중학교에서 '진로와 젠더'를 주제로 특강한 적이 있습니다. 수업 요청을 받았을 때, 수업을 할지 말지 많이 고민했습니다. 왜냐하면 저의 직업은 한마디로 정의하기 어려워 학생들에게 진로에 대해 강의하기에는 적절하지 않을 듯했기 때문입니다. 강의 제안을 사절한 것이 몇 번이었습니다. 그러다 담당 선생님께서 말씀하시기를, 여성과 자동차 분야에서 알려진 인물로 의미가 있다고 하셔서 결국 수업을 맡게 되었습니다.

수업을 준비하려는데, 무엇부터 이야기할지 막막함이 밀려왔습니다. 마치 자기소개서를 처음 쓸 때 같았습니다. 저는 흔히 위인전 첫머리를 장식하듯 '어릴 때부터 자동차 이름을 줄줄 외우며 바퀴만 보고도 어떤 자동차인지 구별하던……' 사람이 아니었음은 물론, 오히려 '문과인'으로 살며 국어 교육을 오래 하다가 30대에 새로운 진로를 찾은 셈이어서 고민이 많았습니다.

그러다 문득, 이렇게 길고 멀리 돌아 자동차를 선택한 나의 삶이, 직업에서의 성차별을 보여주는 하나의 예라는 생각이 들었습니다. 초등학교 3학년 무렵의 일이 떠오릅니다. 저는 학교에서 '과학반' 아이들만 구매하던 라디오 조립 키트가 너무나도 궁금했습니다. 직접 꼭 만들어보고 싶었습니다. 문방구에서 파는 걸 보고 부모님께 졸라 사온 다음 방에 한참을 틀어박혀서 완성해냈습니다. 직접 만든 라디오에서 '멋진 잡음'과 함께 들려오던 소리, 당시의 느낌을 잊을 수 없습니다. 어른들이 위험할까 우려하는 납땜이나 조립은 솔직히 어렵지 않았습니다. 중학교 1학년 때에는 역시 '과학반' 아이들만 참여하던 모형항공기 대회가 있었습니다. 지금 생각하면 과학고 진학반을 위한 것이었던 듯합니다. 당시 성적이 보통이었던 저는 과학반에 들 수 없었습니다. 그래서 혼자 고무동력기 키트를 사서 만들어보았습니다. 처음 완성한 비행기는 양쪽 날개의 균형이 너무나도 완벽한 나머지, 한껏 감은 고무줄의 동력으로 직선 비행해서 멀리 날아가 사라져버렸습니다. 속상한 마음에 두 번째 비행기는 다시 제게 돌아오도록 비행기 날개 좌우 무게를 다르게 하고 날개 각도를 비틀어 공중에서 크게 선회하도록 설계했습니다. 계산은 완벽했습니다. 두 번째 비행기는 멀리 날아가지 않고 운동장을 오래 맴돌았습니다. 그러나 비행기는 멋진 첫 비행을 마친 다음 제 손에 다시 돌아오지 못했습니다. 축구를 하던 남자아이들이 공으로 맞춰 부숴버렸기 때문입니다. 지금 생각하면 크게 화를 냈어야 했는데 그때는 아무 말도 하지 못했습니다.

이 이야기들이 다 무슨 연관이 있을까요? 누가 시키지 않아도 호기심이 생겼고, 스스로 하고 싶어했고, 혼자 연구하며 그 과정에서 문제점을 발견하고 문제를 해결하기 위해 할 수 있는 방법을 찾아서 실행하고 성공했던 이야기입니다. 자기소개서에 '문제 발견과 극복' 항목이 있다면 쓸 수 있을 법한 정석적인 에피소드겠네요. 돌이켜보니 당황스러웠습니다. 만일 제가 가르치는 학생이 과거의 저와 같은 모습을 보였다면 저는 이 학생에게 공학과 과학을 강력하게 추천했을 것입니다. "너는 이과형 소질을 가졌구나!"하고 말이에요. 하지만 저에게는 그런 일이 일어나지 않았습니다.

제가 만일 아들이었다면 어땠을까요? 더 수월하게 재능과 흥미의 발현을 눈치채고 "그래 역시 우리 아들은 과학에 관심이 있으니 기계항공과로 보내야겠다."라고 하지는 않았을까요? 저는 그저 또래 여자아이들과는 다른 별난 취미를 가진 아이 정도로만 여겨지고 잊혔습니다.

세상은 여전히 '역시' '아들'은 수학과 과학에 관심이 있는 게 맞다고, '아들'이기에 너무나 쉽게 '재능'이라고 응원합니다. 작은 조짐에도 수선을 떨며 박수를 치고, 이는 과학과 기술 분야 직업으로 쉽게 연결됩니다. 여자아이의 분명한 재능이나 관심은 작은 일탈처럼 여겨지거나 잊히기 쉬운 듯합니다. 그러한 경향을 뚫고 과학계로 진출한 여성 인재들은 여전히 편견과 유리 천장에 맞서야 합니다.

이 이야기를 수업에서 했을 때 아이들의 얼굴에 비친 기대와 놀라움은 동경에서 아쉬움과 안타까움으로 변했습니다. 저는 말했습니다. "여러분에게도 이런 일이 있지 않았는지, 자신이 가진 작은 흥미나 지금은 작아 보이는 재능들이 너무도 쉽게 남자 혹은 여자이기 때문에 잊히거나 별것 아닌 것처럼 취급되지 않는지 생각해보면 좋겠습니다. 그렇게 먼 길을 돌아서 지금 자동차를 만지고 있을 때, 사람들에게 자동차에 대해 설명할 때 저는 기뻤습니다."라고요.

직업이라는 것은 무엇일까요? 여러 대답이 나올 수 있겠지만 제 나름의 대답은, '하루 24시간, 깨어 있는 16시간 중 9시간 이상 이것만 하느라 붙잡혀 있어야 하는 것'이 직업이 아닐까 합니다. '자아실현'이니 '적성' 같은 모호한 말보다 저에게는 이 말이 건조한 현실에 피부로 와 닿았습니다. '삶은 견디는 것이다.' 같은 이야기를 하고 싶은 것이 아닙니다. 좋으나 싫으나 하루에 9시간이나 할애해야 한다면, 내가 관심이 있고 좋아하는 것, 다른 일에 비해 애쓰지 않아도 잘 되는 것을 하는 쪽이 훨씬 낫기 때문입니다. 그러나 많은 학생들이 스스로 무엇을 좋아하는지, 어디에 관심이 있는지 발견하기 어려운 것이 현실입니다.

학생들에게, 그리고 이 글을 읽고 있는 여러분에게도 말하고 싶습니다. 내가 만나고 관심을 가지는 여러 일 중에서 나의 시간과 관심을, 때로는 돈을 들여서라도 하고 싶은 행동을 찾아보세요. 그냥 해보고 싶은 것이 있는지, 조금이라도 관심이 가는 것을 소중히 여겨보세요. 저에게 저의 관심을 더 먼 미래로 연결하고 확장해서 생각해볼 수 있도록 도와줄 부모님이나 어른이 있었다면, 직업이라는 것이 그냥 학교에 앉아 멍 때리며 시간을 보내는 것과는 다르다는 것을 조금이라도 먼저 알 수 있었다면 도움이 되었을 것입니다. 이 마음을 담아 저의 이야기를 최대한 전달하고 싶었습니다.

사회에 나와서도 우리는 여전히 같은 말을 마주합니다. "결국 기계는 남자가 잘 다루지." "위험하니까 남자친구한테 해달라고 해!" "남자라 그런지 역시 차를 좋아하네." "아무래도 남자는 달라!" 얼핏 보면 맞는 말 같기도 합니다. 이런 말들이 사실처럼 보이는 것은 현재 자동차 산업에서 일하는 인력 중 95%가량이 남성이라는 현실도 어느 정도 반영되었을 것입니다. 그러나 우리가 계속 아이들을 이러한 방식으로 대한다면 어떨까요? 남자아이의 작은 관심은 '남자다운, 기계를 잘하는' 것이 되어버리고 여자아이가 수학이나 과학을 잘해도 '결국 남자가 잘할' 것을 '굳이' 하는 여자로 취급된다면 계속 힘을 내어 매진할 수 있을까요? 일견 사실을 말하는 것처럼, 별것 아닌 듯 보이는 저런 말들이 여자아이의 '일시적(?)인 우수함을 눌러 적성이 발현되지 못하게 합니다. '결국 잘할' 남자아이를 계속 응원하며 지금 못하더라도 학원에 보내거나 투자를 계속하여 잘할 때까지 기다려준다면 결과는 어떨까요? 여자아이가 조금만 일시적으로 성적이 하락하면 "그거 봐라."라며 "역시 오빠가 너보다 수학을 잘한다."라는 말을 되풀이하는 어른들이 가득한 사회에서 여학생과 남학생의 세계, 미래는 정말 다를 수밖에 없습니다.

요즘 세상에 차별이 어디 있냐고, 다 평등하게 키운다고들 말합니다. 그러나 결국 결정적인 순간에는 달라집니다. 주술적 믿음처럼 남자아이를 받드는 어른들 사이에서 아이들은 어떤 모습으로 자라날까요? 딱히 아주 나쁜 마음으로 여자아이를 짓누르고 남자아이를 떠받들려고 한 것은 아니라 그냥 '흔한 말'을 '경우에 맞게' 한 것뿐이라고 생각하는 많은 자칭 '일반인'이 지금의 차별적인 세계를 굳게 다지는 한 벽돌이 되고 있습니다.

아는 언니들과 이런 이야기를 나누었습니다. 사실 언니도 어릴 때부터 공구나 기계를 만지는 데 어려움이나 거리낌이 없었다고요. 20대가 된 이후 이사를 할 때 남자친구가 도와준다며 집에 왔을 때, 전동 드릴을 다루는 것이 자신보다 너무 서툴러도 "잠깐 비켜볼래? 내가 할게."라는 말은 차마 할 수 없었다는 이야기였습니다. 그렇게 말하면 남자친구가 민망할까 봐서요. 앞 이야기와 마찬가지입니다. 기계나 공구를 만지고 다루는 것은 '남자의 일'이기 때문에, 남자가 심지어 여자보다 못하더라도 못한다는 것을 들키면 안 되고, 그래서 여자가 나서는 대신 못하는 남자가 계속 기회를 얻기 때문에 그렇게 얻은 기회가 경험이 되어 남자가 '결국 잘하게' 되는 것에 가깝습니다. 그렇게 늘 기회를 얻기 때문에 '역시 기계는 남자가' 하는 모습만 보이게 되고, 결국 그 망상적 믿음을 현실로 만들고 있다는 생각이 들었습니다. 만일 공구나 기계 혹은 무엇인가에 '남자의 일'이라는 쓸데없는 편견이 없었다면 누가 하든 잘하는 사람이 해서 세상은 더 효율적으로 발전했을지 모릅니다.

일부의 특수한 사례들을 일반화한다고 생각할지도 모릅니다. 하지만 저는 이 이야기들을 듣고 동감할 이들이 분명 많을 것이라 생각합니다. 어떤 직업이나 직군이 '남자의 것'이 되어버리면, 여성이 그것을 남성만큼 잘하더라도 그 여성의 행동은 '남자의 일자리를 빼앗는 괘씸한 짓'으로 치부되어 텃세와 쓸데없는 시험('진짜 잘하지도 않는데 남자의 자리를 감히 (?) 꿰차려는 여자에 대한 공격성')을 감내하게 만듭니다. 그러한 말 중 하나가 저 말들, 수동공격의 언어라고 생각합니다. '운동뚱'의 김민경 씨가 운동을 보통 사람 이상으로 잘하자, 남자 패널들이 "와 무섭다!"라며 칭찬하듯 '잘하는 여자'를 수동 공격하는 것처럼요. 왜 무서운가요? 남자가 잘했을 때도 무섭다고 했을까요?

특강을 마치고 나서 학생들이 질문했습니다. 그러면 이러한 사회에서 앞으로 성차별이 줄어들려면 어떻게 해야 좋겠냐고요. 저는 잠시 고민한 다음 대답했습니다. 이 대답은 제가 세상에 하고자 하는 이야기이기도 합니다.

"지금 우리가 익숙한 것, '성별에 따라 어떤 직업이나 행동이 특정 성별에 어울린다는 생각'에 어긋난 예를 마주하더라도 비웃거나 놀리거나 시험하지 않는다면 어떨까요? 다른 길을 걷는 사람들이라 해서 더 특별한 응원이나 대단하다는 말이 필요하지는 않습니다. 물론, 응원해준다면 좋겠지만 칭찬은 하지 못하더라도 우리가 그런 사람들에게 또 하나의 '흔한' 시련이 되지 않도록 한다면 어떨까요? 쉽게 던지는 편견 섞인 말들을 하지 않는 것입니다. 그리고 우리 스스로가 무엇을 좋아하며 어디에 끌리는지를 곰곰이 생각하고 자신의 흥미가 지금의 편견, 세상의 편견과 일치하지 않더라도 시도함으로써 새로운 예가 되는 것. 더 많은 여자 정비사와 과학인 기술인과 남자 전업주부가 등장하고 그들의 이야기가 유별난 것이 아니게 될 때, 편견은 점점 흐릿해지지 않을까요? 저는 그렇게 생각합니다."

알아두면 좋은 앱과 사이트

운전한다는 것은 차를 굴리기만 하는 것이 아니라 차와 관련된 법규와 제도 등에 내가 관련되는 일입니다. 운전을 시작하며 알아두어야 하는 사이트와 앱을 모았습니다.

경기도 버스정보시스템 www.gbis.go.kr

운전하지 않을 때, 버스의 도착 시간과 어제 및 일주일 평균 도착 시간을 알 수 있는 앱으로 모바일 서비스도 있어 유용합니다.

고속도로 교통정보(앱)

지도를 보면서 실시간으로 고속도로의 교통량은 물론 사고, 공사, 정체 등을 볼 수 있습니다.

고속도로 통행료 홈페이지 hipass.co.kr

고속도로 통행료 사용 내역 조회, 미납 통행료 납부, 하이패스 단말기 등록, 하이패스 단말기 명의변경 및 해지, 선후불 카드 신청, 통행료 환불 신청이 가능합니다.

교통민원24(이파인) efine.go.kr

앱을 통해 최근 단속 내역과 미납 과태료, 범칙금 등을 바로 조회할 수 있으며 착한운전 마일리지를 신청하여 벌점을 경감할 수 있습니다.

국가교통정보센터(ITS) www.its.go.kr

국도 포함 교통정보와 사고, 공사 정보, 교통량 등을 알 수 있습니다.

무공해차 통합누리집 ev.or.kr

전기차 충전소 위치 제공, 충전기 사용법, 전기차 구매보조금, 전기이륜차 구매보조금, 수소차 구매보조금 및 무공해차 관련 정보를 얻을 수 있습니다.

보험개발원 사이트 kidi.or.kr

첫 페이지의 '주요 서비스'를 누르면 과납보험료 휴면보험금 조회, 내 차 보험 찾기, 보험전문인시험, 보험정보고객센터, 보험통계조회서비스, 차량 모델등급 조회, 내 차 보험료 할인할증조회, 개인형 대리운전보험 가입조회를 할 수 있습니다.

스마트 위택스 wetax.go.kr

지방세 인터넷 납부시스템인 위택스에서 운영하는 앱을 이용해 자동차세 연납 신청을 할 수 있습니다.

안전신문고 safetyreport.go.kr

행정안전부에서 일상생활 주변에서 접하는 안전 위험요소를 국민들이 간편하게 신고하고 처리결과를 확인할 수 있도록 한 앱입니다. 불법 주정차, 도로 및 보도 파손이나 시설물 고장 등을 신고할 수 있습니다. 이외에도 각종 안전 신고가 가능합니다.

오피넷: 싼 주유소 찾기 www.opinet.co.kr

한국석유공사가 운영하는 지역별 유가정보 및 저렴한 주유소 찾기 사이트입니다.

자동차365 www.car365.go.kr

자동차 관련 많은 정보를 찾을 수 있으며 운행, 폐차, 신차구입 등 민원도 처리할 수 있습니다. 각 메뉴를 읽어보기를 추천합니다.

자동차리콜센터 www.car.go.kr

중고차 등을 샀을 때 내 차의 리콜(무상, 유상)을 알아보고 처리할 수 있습니다.

자동차민원 대국민포털 www.ecar.go.kr/Index.jsp

자동차 관련 민원과 제증명서 발급을 간편하게 처리할 수 있습니다.

자동차보험료 할인 · 할증 요인 조회시스템 prem.kidi.or.kr:1443

보험개발원에서 만든 사이트로, 내 자동차보험의 할증, 할인 요인을 조회할 수 있습니다.

지도/내비게이션 앱

각종 지도와 내비게이션 앱을 이용하면 내비게이션 기능뿐만 아니라 실시간 도로 CCTV를 볼 수 있고, 지도 설정에서 레이어를 선택하여 실시간 교통량을 볼 수 있습니다. 티맵의 경우 운전 점수를 높게 유지하면 자동차보험이 최고 19.3% 할인도 됩니다.

척척해결서비스 앱

도로이용불편을 신고할 수 있는 앱입니다. 포트홀, 노면 상태 불량, 도로시설물 불량, 로드킬, 낙석 등을 신고하면 지자체가 신속히 처리해줍니다.

현대모비스 부품 간단 검색 www.mobis-as.com/simple_search_part.do

현대, 기아 차량에 대한 기본적인 부품 정보와 가격 정보를 제공합니다. 명칭 및 부품번호로 검색할 수 있습니다.

참고자료

검찰청, 「범죄분석」 공표: 범죄통계, 2023.

교통안전시설 일람표, 경찰청, 2023.12.

김기범 기자, "천연기념물 산양 537마리 떼죽음…환경부 방치 탓 현장은 공동묘지", 경향신문, 2024.4.1.

김나경·윤병조, 「생태통로의 설치가 로드킬(Road-kill) 저감에 미치는 영향 분석-7개 국립공원을 중심으로」, 대한교통학회 학술대회지, 2020.

이하나 기자, "근거 없는 편견에 억울한 '여성 운전자'… 난폭운전 가해자 91%는 남성", 여성신문, 2023.9.11.

최한이, 「조류는 어떻게 생태통로를 이용하는가」, 이화여자대학교, 2022.

한국교통안전공단 자동차안전연구원, KNCAP 홈페이지 갈무리, 2025.

환경부, 국립생태원 '동물 찾길 사고 발생현황', 2019~2022.

주

1   자동차관리법 제58조의6 제3호 발췌: '해당 자동차의 침수 사실이 고지 내용과 다른 경우 또는 침수 사실을 거짓으로 고지하거나 고지하지 아니한 경우, 자동차 인도일부터 90일 이내에 해당 매매 계약을 해제할 수 있다.' 이 법에 따르면 침수 차량임이 밝혀지면 매매 계약을 해지 가능하며, 만일 침수 차량 매매로 인한 다른 피해가 발생했을 경우 그 손해도 매매의 취소와 별도로 배상한다는 특약이다.

2   대법원 2024도1195 판결

3   도로교통법 시행규칙

4   제37조(차와 노면전차의 등화)

   ① 모든 차 또는 노면전차의 운전자는 다음 각 호의 어느 하나에 해당하는 경우에는 대통령령으로 정하는 바에 따라 전조등(前照燈), 차폭등(車幅燈), 미등(尾燈)과 그 밖의 등화를 켜야 한다. 〈개정 2018. 3. 27.〉

   1. 밤(해가 진 후부터 해가 뜨기 전까지를 말한다. 이하 같다.)에 도로에서 차 또는 노면전차를 운행하거나 고장이나 그 밖의 부득이한 사유로 도로에서 차 또는 노면전차를 정차 또는 주차하는 경우

   2. 안개가 끼거나 비 또는 눈이 올 때에 도로에서 차 또는 노면전차를 운행하거나

고장이나 그 밖의 부득이한 사유로 도로에서 차 또는 노면전차를 정차 또는 주차
하는 경우

3. 터널 안을 운행하거나 고장 또는 그 밖의 부득이한 사유로 터널 안 도로에서 차
또는 노면전차를 정차 또는 주차하는 경우

② 모든 차 또는 노면전차의 운전자는 밤에 차 또는 노면전차가 서로 마주보고 진
행하거나 앞차의 바로 뒤를 따라가는 경우에는 대통령령으로 정하는 바에 따라
등화의 밝기를 줄이거나 잠시 등화를 끄는 등의 필요한 조작을 하여야 한다. 〈개
정 2018. 3. 27.〉

5   한국교통안전공단 자동차안전연구원, KNCAP 홈페이지 갈무리, 2025.

6   언니차 브런치 '2021 신차안전도평가, KNCAP 시상식에 다녀오다- 언니차, 국토교
통부와 한국교통안전공단의 초청을 받았습니다!' 일부 재구성(2022. 2. 13.).

7   과료는 재산형(財産刑)의 하나. 가벼운 죄에 물리며, 벌금보다 가볍다. 과태료는 공
법에서, 의무 이행을 태만히 한 사람에게 벌로 물게 하는 돈. 벌금과 달리 형벌의 성
질을 가지지 않는 법령 위반에 대하여 부과한다.

8   https://x.com/unniecar/status/1453970662247174148

9   자동차손해배상보장법 제5조제1항부터 제3항까지의 규정에 따른 의무보험에 가입
하지 아니한 자는 300만 원 이하의 과태료를 부과한다. 의무보험에 가입되어 있지
아니한 자동차를 운행한 자동차보유자는 1년 이하의 징역 또는 1천만 원 이하의 벌
금에 처한다. (자동차손해배상보장법 제 46조)

10 메리츠화재해상보험 1566-7711, 한화손해보험 1566-8000,
롯데손해보험 1588-3344, 흥국화재해상보험 1688-1688,
삼성화재해상보험 1588-5114, 현대해상화재보험 1588-5656,
KB손해보험 1544-0114, DB손해보험 1588-0100,
AXA손해보험 1566-1566, 하나손해보험 1566-3000

11 서울중앙지방법원 2018. 5. 29. 선고 2018나1901 판결, 2021. 5. 26. 선고 2020나
71767판결 등 참조.

12 대법원 2024. 6. 20. 선고 2022도 12175 전원합의체 판결

13 서울중앙지방법원 2016. 9. 22. 선고 2016나21826, 2019. 6. 20. 선고 2018나70853 판결 등 참조 .

14 대법원 1996. 4. 12 선고 96다716 판결, 2004. 2. 27. 선고 2003다6873 판결, 2004. 8. 20. 선고 2004다19562 판결 등 참조.

15 서울중앙지방법원 2018. 9. 5. 선고 2018나16484 판결, 서울남부지방법원 2021. 6. 25. 선고 2020나71619판결 등 참조.

16 서울중앙지방법원 2021. 10. 26. 선고 2021나3877 판결 등 참조.

17 서울중앙지방법원 2008. 9. 3. 선고 2007가단290391 판결, 춘천지방법원 강릉지원 1993. 8. 26. 선고 92가합1264 판결 등 참조.

18 서울중앙지방법원 2018.11.14. 선고 2018다44045 판결, 부산지방법원 2018. 8. 22. 선고 2017나62839 판결, 울산지원 1994. 5. 26. 선고 93가단23533 판결 등 참조.

19 서울중앙지방법원 2019. 1. 25. 선고 2018나50637 판결, 대구지방법원 2012. 9. 13. 선고 2010가단4991 판결 등 참조.

20 대법원 2011. 7. 28. 선고 2009도8222 판결, 대법원 2005. 5. 13. 선고 2005다7177 판결 등 참조.

21 서울중앙지방법원 2020. 2. 19. 선고 2019나52746 판결, 춘천지방법원 2003. 1. 22. 선고 2001나4136 판결 등 참조.

22 서울지방법원 북부지원 1993. 8. 2. 선고 92가단2008 판결, 서울중앙지방법원 2016. 8. 11. 선고 16나22119 판결 등 참조.

23 서울고등법원 2003. 10. 24. 선고 2003나16681 판결 등 참조.

24 서울남부지방법원 2021. 10. 22. 선고 2021나58361 판결, 서울중앙지방법원 2019. 11. 29. 선고 2019나40071 판결 등 참조.

25 대법원 1996. 5. 10. 선고 96다7564 판결, 서울지방법원 서부지원 1993. 7. 29. 선고 92가단30538 판결 등 참조

26 도로교통법 제19조(안전거리 확보 등) 참조.③ 모든 차의 운전자는 차의 진로를 변

경하려는 경우에 그 변경하려는 방향으로 오고 있는 다른 차의 정상적인 통행에 장애를 줄 우려가 있을 때에는 진로를 변경하여서는 아니된다.

27   서울중앙지방법원 2017. 5. 24. 선고 2016나76772 판결 등 참조.

28   모든 차의 운전자는 교차로에서 좌회전을 하려는 경우에는 미리 도로의 중앙선을 따라 서행하면서 교차로의 중심 안쪽을 이용하여 좌회전하여야 한다. 다만, 시·도 경찰청장이 교차로의 상황에 따라 특히 필요하다고 인정하여 지정한 곳에서는 교차로의 중심 바깥쪽을 통과할 수 있다. 〈개정 2020. 12. 22.〉

29   국립생태원 자료, 2023.

30   집계된 로드킬 건수는 실제보다 적다는 지적이 이어지고 있다. 동물보호단체 등에서는 연간 10만 건 이상의 로드킬이 발생하는 것으로 추산한다. 2022년 기준, 정부 자료와 4만 건가량 차이가 난다. 이는 현재 로드킬 현황 파악 기관이 국토부(일반 국도), 한국도로공사(고속도로), 지자체(국지도 및 지방도)로 나뉘기 때문이다.

31   환경부, 국립생태원 '동물 찾길 사고 발생현황', 2019~2022.

32   김기범 기자, "천연기념물 산양 537마리 떼죽음…환경부 방치탓 현장은 공동묘지", 경향신문, 2024. 4. 1.

33   김나경·윤병조, 「생태통로의 설치가 로드킬(Road-kill) 저감에 미치는 영향 분석-7개 국립공원을 중심으로」, 대한교통학회 학술대회지, 2020.

34   국토교통부, 22년도 동물 찾길 사고(로드킬) 저감 대책 수립: 사고 다발 상위 80구간 선정, 24년까지 야생동물 유도울타리 설치 등 구간별 저감 시설 설치 계획

35   중앙일보, 데이터로 찾아낸 로드킬 고속도로, 2018. 7. 26.

36   생태연구원, 로드킬 다발구간 정밀조사 보고서, 2022.

37   검찰청, 「범죄분석」 공표: 범죄통계, 2023.

38   이하나 기자, "근거 없는 편견에 억울한 '여성 운전자'… 난폭운전 가해자 91%는 남성", 여성신문, 2023. 9. 11.

39   언니차 트위터 게시글 일부 갈무리 https://twitter.com/unniecar/status/1357712240636436482?s=20